PAUL PINEAU

ALDEARDE

UNE EPOPEE AMOUREUSE EN POITOU MEDIEVAL

UPCP

EDITION UPCP
1988

Réimpression de l'édition parue à l'Imprimerie Nouvelle à Thouars.

AVANT-PROPOS

J'ai connu l'histoire d'ALDEARDE dans un pays dont j'ai d'abord fouillé le sol pour en découvrir la nature.

Cet épisode du folk-lore poitevin m'a fourni plus tard l'occasion d'évoquer le passé d'une région riche en souvenirs et qui fut une partie importante de l'ancienne Aquitaine. Qu'on ne demande pas, toutefois, à ce roman une exactitude historique bien difficile à contrôler quand il s'agit du Haut Moyen Age. J'ai pris des libertés, je l'avoue, même avec la légende.

C'est ainsi que dans les pages qui vont suivre l'aventure de Mélusine diffère quelque peu de ce qui est raconté tout au long dans le livre de Jean d'Arras. Mais on admettra volontiers que le seigneur de Lusignan, voyageant en Albanie, ait pris pour femme Mélusine chez le roi Elinas, son père, plutôt que de la rencontrer sur le bord d'une fontaine, dans la forêt de Coulombiers.

Bref, mon récit n'est qu'une fiction. Il ne me semble pas très éloigné, pourtant, de ce qu'étaient les choses et les gens à l'époque d'ALDEARDE.

PREMIÈRE PARTIE

Le Trouvère

Vers l'an 975, deux pélerins de bonne mine : un joueur de luth et un marchand, venus par la vallée du Toué, gravissaient le chemin escarpé qui conduisait aux remparts de Toars, en Aquitaine.

Le premier s'appelait Raynold et le second Meynard.

Celui-ci tirait par sa longe un petit âne gris, tout chargé de ballots, recouverts d'une serge rouge, dont le volume dépassait celui de l'animal.

Dans le raidillon suivait, à quelque distance, un groupe de jongleurs forains. Raynold en était le chef. On voyait, parmi eux, Hatto, le montreur d'ours, se dandinant du même pas pesant que son élève, Flippo, le joueur de flûte, un harpeur breton, maints diseurs de contes et faiseurs de tours. Ces gens, au nombre d'une dizaine, portant avec eux leur bagage, avançaient péniblement car la pente était rude et, depuis l'aube, le ventre vide, ils avaient parcouru une longue route.

Chemin faisant, Meynard instruisait son compagnon de rencontre des particularités du lieu où ils arrivaient et dont lui-même était originaire.

— Ce *pagus* est ancien, disait-il. Il est compris entre Sayvre et Dive. Son castelfort défend l'entrée de l'Aquitaine. Le Seigneur de Toars, Arbert 1er, Vicomte par la grâce de Dieu, étend sa suzeraineté, par plus de mille fiefs et arrière-fiefs, depuis les terres angevines jusqu'à la mer...

— On raconte, interrompit le musicien, que la dame du château donne de grandes réjouissances et qu'elle s'y montre généreuse envers les chanteurs ambulants, doctes en récits d'aventures ou experts en farces et joyeusetés.

— On m'y achète, dit Meynard, mes parfums, mes épices, mes mules navarraises et mes vins de Narbonne.

— Ce sont des châtelains puissants et riches, admira Raynold.

— Notre ghilde, reprit Meynard, l'esprit naturellement orienté vers sa « mercante », est la plus nombreuse qui soit en-decà de la Loire. Nos caravanes parcourent les riches contrées d'Andalousie et de Gascogne. Elles en échangent les produits contre ceux de l'Aquitaine et alimentent, au retour, largement nos marchés.

Raynold, cependant, s'intéressait à la vaste citadelle dont ils contournaient la forte assise de rochers.

L'oppidum primitif, construit par les Celtes, occupait le sommet d'une sorte de promontoire, découpé dans la masse granitique et qui dominait le Toué par 150 pieds de haut. Cette place enserrée, sauf sur un court espace, par la boucle que formait la rivière à cet endroit, bénéficiait ainsi d'une formidable défense naturelle.

Plus tard, d'autres conquérants, romains ou francs, avaient entassé sur ce roc près de dix mille toises-cubes de terre. Et, à l'époque dont nous parlons, au faîte de cette motte d'au moins 40 pieds s'élevait une énorme tour carrée en bois qui était le Donjon.

En dehors de la demeure principale, perchée sur son mamelon, existaient d'autres logis réservés aux commensaux. Une enceinte de remparts clôturait le tout. Ses murs en bloc de granit bleu, liés par un mortier d'argile, épousaient le contour du plateau.

Le joueur de luth remarqua que le toit du donjon où habitait le Vicomte ainsi que ceux des maisons environnantes étaient couverts de peaux de bêtes. Il en demanda la raison à Meynard.

Celui-ci, dans l'exposé dithyrambique de son négoce, en était arrivé aux mérites comparés des vins de Loire, de Garonne et d'Espagne... Mais, en habile homme, sachant varier ses discours, au gré de la clientèle, il revint à ses explications premières.

— Ce sont, dit-il, des trophées de chasse que les Seigneurs de ce pays étalent sur la toiture de leurs châteaux afin de les protéger contre le jet de matières incendiaires.

Puis il invita Raynold à se pencher au-dessus du ravin qui descendait à pic jusqu'au Toué.

En bas du précipice, l'eau bondissant de roche en roche, s'éloignait vers le Nord. Des remous marquaient la place de profonds entonnoirs, où il était dangereux de se hasarder, en temps de crue, même en barque. Sur l'autre versant de la vallée, la montagne se dressait également abrupte et inaccessible.

— Du côté de la plaine, indiqua Meynard, l'accès de cette presqu'île est fermé par un fossé infranchissable.

— Par Dieu ! s'exclama le Trouvère, impressionné par la beauté du site et l'aspect redoutable de la forteresse. C'est à la fois Toars le bel et l'inviolé !

Déjà il songeait à composer un lai en l'honneur de ce lieu fort.

Mais le marchand, qui connaissait l'histoire de sa ville, détruisit les illusions du jeune homme. Il lui raconta la révolte de Waifer, duc d'Aquitaine, contre Pépin ; puis la prise de Toars et sa destruction par le roi des Francs, assisté de son fils Karl, le futur empereur. C'était, à vrai dire, offrir à l'ardente imagination du poète le thème d'un récit plus grandiose encore.

***

Tout en causant, les deux hommes étaient parvenus à la poterne par où Meynard, d'ordinaire, pénétrait dans le château.

Trois gardes, assis en rond, y jouaient aux osselets sur un tambourin de Biscaye, posé sur leurs genoux. Le marchand était connu de longue date. Les joueurs ne se dérangèrent même pas. Bientôt nos voyageurs et leur suite se trouvèrent dans la cour intérieure de la citadelle.

On y menait grand bruit. Sur le pont-levis qui reliait l'enceinte fortifiée au reste de la ville, il y avait un va-et-vient incessant de dames et de seigneurs à cheval, de gens d'armes, de clercs, d'hommes du commun, de chariots et d'attelages. Les cris et les appels s'entrecroisaient, mêlés aux sons de trompes et aux aboiements. L'un des passe-temps favoris des seigneurs toarsais devait être la chasse, à en juger par les nombreux cortèges de piqueurs et de chiens qui gagnaient la sortie dans ce but ou bien rentraient porteurs de gros et de menu gibier.

L'esplanade où tout ceci se passait, protégée par sa hauteur au-dessus de la rivière, n'était gardée que par un simple parapet. Raynold et Meynard purent ainsi apprécier le contraste existant entre cette agitation et le calme monastique, qui régnait en face, sur les flancs du mont Alboin. Des religieux y vaquaient en silence aux travaux de leur emploi. D'autres y promenaient de lentes méditations, parmi des jardins distribués avec art et soigneusement entretenus.

Cependant il fallait songer aux choses sérieuses et les nouveaux amis durent se séparer. Il s'agissait pour Raynold de faire valoir ses talents et pour Meynard sa marchandise. Ce qui exigeait de chacun d'eux une présentation appropriée.

Pendant que le marchand déchargeait ses ballots, le Trouvère alla poster sa troupe au pied de la motte du Donjon.

Il conquit sur le champ un public facile. Aux premiers accords de son luth un cercle imposant de curieux se forma autour de lui. Ecuyers, pages, soldats, serfs domestiques des deux sexes, employés aux besognes des cours, des cuisines, des écuries ou des chenils, oisifs de tous ordres, épars dans les dépendances du castel, étaient accourus.

Il possédait une voix agréable et déjà puissante. Il chanta, en s'accompagnant lui-même, soutenu par la vielle de Flippo et la rote d'Anik, le breton.

Il dit l'amitié, puis le duel d'Olivier le sage et de Roland le preux, les exploits de Garin le loherain et la beauté de Blanchefleur.

Les autres jongleurs, suivis bientôt par la foule, reprenaient en chœur les refrains de la geste et, dans l'intervalle des récits du chanteur, débitaient mille sottises dont s'esbaudissait l'auditoire.

Pendant que se déroulait cette mélopée, entrecoupée de farces, l'ours de Hatto, insensible aux quolibets et gravement assis sur ses pattes de derrière, en attendant de montrer son savoir-faire, n'en excitait pas moins un vif intérêt chez les valets et les soldats.

Telle était, en ces temps lointains, la manière des jongleurs de se manifester aux abords des demeures seigneuriales et d'obtenir l'audience du maître grâce aux bruyants suffrages de la valetaille.

***

Meynard avait pris, dans la charge de son âne, tout un lot de splendides étoffes. Il confia le grison à l'une des connaissances qu'il avait dans la place et, par la rampe qui montait à la tour maîtresse, s'en alla soulever le heurtoir d'une porte garnie de ferrures. L'anneau retomba lourdement sur les clous de cette fermeture primitive qui ne comportait ni loquet ni serrure mais seulement des verrous poussés à l'intérieur. Un moment après, il les entendit grincer dans leurs vertevelles. Un valet lui ouvrit. Derrière lui, le toarsais s'engouffra sous la haute tour avec sa marchandise et, au bout d'un long couloir, pénétra dans les appartements de la vicomtesse Aldéarde.

La châtelaine, avertie de sa présence, l'accueillit avec joie. Elle se tenait dans sa chambre à parer. Des serves, prises parmi les plus jolies gouges du *pagus* : tricoteuses, brodeuses, quenouilleuses, l'entouraient. Deux esclaves burgondes s'employaient à coiffer leur jeune maîtresse. La pièce était vaste. Elle communiquait avec une autre plus importante, qui était la grande salle du Donjon. Celle-ci, pour le moment, demeurait silencieuse et paraissait vide.

Meynard, déposant son fardeau, vint se prosterner, à la mode orientale, devant sa cliente et, humblement, baisa le bas de sa robe.

Puis, dévotement, il se mit en devoir de déployer, devant elle, les tapis, les molles draperies et les tissus soyeux dont il était vendeur.

Il possédait des fourrures très rares, provenant des forêts de Germanie où la faune était abondante et diverse; des serges de qualité, des toiles de chanvre et de lin; des tapisseries du Royaume de France, représentant des scènes de chasse et les hauts faits des paladins; des soieries grecques; des lainages sarrasins comprenant d'admirables variétés et revêtus des plus beaux coloris de l'Orient.

En extase devant ces magnificences étalées sur le sol, en terre battue et recouvert de paille tressée, de leur demeure, la vicomtesse et ses femmes écoutaient avidemment le colporteur. Son intarissable faconde savait mettre en valeur chacun des objets de ce déballage féérique.

Aldéarde hésitait parmi tant de merveilles. Enfin son choix parvint à se fixer sur une peau de tigre des Indes, aux noires zébrures, achetée par Meynard à des navigateurs byzantins.

Une lumière rose tombait des hautes fenêtres dont les chassis à bascule, ouvrant entre les meneaux, étaient garnis de toile huilée de cette couleur.

La fourrure aux tons chauds en était avivée d'un chatoiement étrange, qui mettait dans la chambre aux sobres lambris comme un vivant reflet des pays du soleil...

— Combien, marchand ? demanda la châtelaine, dont les pieds nus, retenus dans leurs sandales par des rubans de laine montant jusqu'aux genoux, foulaient déjà le souple tapis.

— C'est la plus belle pièce de ma collection, répondit Meynard.

— Combien ? répéta Aldéarde impatiente et ravie de sentir, sur ses fines chevilles, la caresse des poils soyeux.

— Vingt deniers d'argent, Madame, tout au plus, pour votre Seigneurie, dit l'homme.

C'était une somme pour l'époque. La dame scruta avec inquiétude le contenu de l'aumônière pendue à sa ceinture. N'y trouvant pas le compte elle fit la moue.

Meynard regretta, *in petto,* que l'occasion fut si peu favorable.

Dans sa profession, le crédit était alors chose inconnue ou peu sûre, surtout à l'égard des grands.

N'osant pourtant refuser la fourrure ni mécontenter la pratique, il n'avait d'autre alternative que de se satisfaire de promesses ou de la céder à vil prix. Il ne savait, au juste, quel parti adopter, quand un cliquetis d'armes et d'éperons, dans la pièce voisine, mêlé à des bruits de voix, l'avertit de l'arrivée du vicomte et d'une suite nombreuse.

***

Le maître de céans était un vieillard fort épris de la jeune beauté dont il avait fait sa compagne. Il entra dans la chambre d'Aldéarde avec tout son monde et se récria à la vue de tant de richesses amoncelées.

— Jour de Dieu ! gentil Meynard, oncques nef marchande ni caravane barbaresque n'offrirent pareille cargaison à l'éblouissement de nos yeux !

Avisant dans le tas une mante rouge en velours de Smyrne, il en couvrit galamment la chevelure et les épaules de sa femme.

Sous cette parure éclatante, la brune châtelaine recueillit le tribut de l'admiration générale.

Arbert montra du pied l'ensemble du lot.

— Combien ? demanda-t-il à son tour.

Meynard n'osait, cette fois, fixer un chiffre.

— Celà m'a coûté très cher, Monseigneur, fit-il. J'y ai sacrifié mon modeste pécule. Mais, j'ai cru te plaire en rapportant toutes ces choses. Je t'en fais l'hommage en féal sujet. Tu m'en donneras ce qu'il te plaira.

Le châtelain fit peser par son intendant six livres d'or fin. Le marchand, ravi de l'aubaine, enferma la somme, qui représentait plusieurs fois sa dépense, dans sa bourse de cuir. Puis, se confondant en remerciements et le dos en équerre, il se retira à reculons.

Avec le consentement d'Aldéarde, le vieil Arbert préleva, sur cette acquisition, quelques étoffes de prix qu'il distribua, pour leurs épouses, aux seigneurs présents.

Les suzerains de Toars montraient ainsi leur munificence.

***

Il nous faudra, Madame, dit le Vicomte, tendre ces neuves tapisseries aux murs de nos chambres de *parement*, car nous allons avoir bientôt un hôte illustre.

Il prévint alors son entourage de l'arrivée prochaine dans la Vicomté du très noble et puissant Seigneur Guilhem, quatrième du nom, comte de Poitiers et duc d'Aquitaine.

— Monseigneur, ajouta-t-il, qu'on surnomme, à bon droit, Fièrabras, (1) nous revient de la terre d'Argoat, après avoir libéré nos marches de l'Herbauge de l'emprise des héritiers d'Alain Barbe-Torte, alliés des barbares normands.

— Vive notre glorieux Duc ! s'écrièrent d'une seule voix, les barons toarsais.

— Sans doute, reprit le Vicomte, mes vaillants soldats, conduits par notre aimé et féal Amaury de Maulévrier, ont eu leur large part dans ce succès. Toutefois, notre jeune souverain, secondé par d'habiles conseillers, a conclu, m'a-t-on dit, avec les successeurs du feu roi de Bretagne : Conan de Rennes et Guérech de Nantes, un traité fort avantageux et qui, mieux est encore, nous garantit une longue paix.

— Monseigneur est non moins avisé que brave, remarqua le viguier de la châtellenie, qui se trouvait présent.

— Je sais de plus, dit Arbert, que le Duc Guilhem, à cette occasion, fut reçu de pompeuse manière par

(1) Ferrea bracchia : Bras de fer.

l'évêque Guérech. Notre accueil, Messires, ne saurait le céder en rien à celui du prélat nantais.

Cet avis fut unanimement approuvé. Le Vicomte s'apprêtait à donner des ordres en conséquence quand Aldéarde demanda :

— Est-il vrai, mon cher Seigneur, que de ses bras de fer notre Duc soit capable de vaincre un taureau ?

— Quant à celà, Madame, déclara le Vicomte, le Calife de Cordoue, lui-même, peut en jurer, car, de ses propres yeux, il en fut le témoin.

— Oh ! Contez-nous la chose, Messire, s'écria la jeune femme.

Et, faisant ranger dans ses coffres les draperies et les fourrures du colporteur, elle fixa sur son noble époux un regard à la fois attentif et charmant.

— Le récit en sera bref, Madame, comme fut l'acte lui-même. D'ailleurs, voici le fait :

— Monseigneur, àl'époque, n'avait guère que vingt ans. Il fut chargé d'une ambassade auprès de la cour mauresque par Guilhem III, son père, de fière mémoire et que nous appelions, vous le savez, Messires, « tête d'étoupe » pour son opulente et folle chevelure.

— Chevelure folle, mais tête solide, affirma un assistant, et la seule du royaume de France qui ne se courba jamais devant Hugues de Paris.

— Nous l'avons tous, ici, hardiment soutenu, mes féaux ! proclama le Vicomte.

Puis il continua :

— Or. donc, le Madhi, en l'honneur de cet envoyé de l'Aquitaine, ordonna de grandes réjouissances. Un jour, il le pria d'assister, dans l'amphithéâtre de la ville de Cordoue, à la mise à mort d'un taureau redoutable amené des maquis de la sauvage Estrémadure.

Quand le noir enfant de la steppe, lâché hors du toril, apparut dans le cirque, décoré d'un flot de rubans et les naseaux en feu, ce fut, parmi la foule innombrable des spectateurs, un enthousiasme délirant.

L'un après l'autre, plusieurs chefs maures, montés sur de fougueux andalous et armés de la lance se présentèrent contre lui. Mais, vite désarçonnés et malmenés ainsi que leurs montures, ils durent quitter l'arène sous les rires et les huées de la plèbe.

Ce que voyant Guilhem de Poitiers se tourna vers le Madhi :

— Me permets-tu, fit-il, Illustre Emir, d'affronter à mon tour cet estrémadurien ?

Le Calife donna l'ordre aussitôt de mettre à la disposition de son hôte un cheval et des armes.

Mais, déclinant cette offre, Guilhem se défit même de son épée. Ne gardant aux mains que ses moufles en peau de sanglier, il gagna le champ clos où la bête, rendue furieuse par les estocades reçues, raclait durement la piste, dans un nuage blond de poussière.

Dès l'abord, elle fonça sur lui. Or, notre Fièrabras, plus vif que l'éclair et ferme comme un roc, saisissant les deux cornes, prêtes à l'éventrer, brisa net l'élan du taureau...

Un moment le colosse et le champion cornu mutuellement se continrent. Mais l'homme, manœuvrant l'animal, prit sur lui l'avantage et lui tordant le col, en un puissant effort, le jeta sur le sable les vertèbres rompues...

Il l'acheva d'un coup de poing, tandis que, suivant la coutume espagnole, le peuple des gradins, brandissant des poignards, se ruait à la curée.

Aldéarde battit des mains. Ses voisins l'imitèrent. Et chacun d'eux renchérit sur les prodiges de vigueur accomplis par le Comte de Poitiers.

— Moi, fit Sabran Chabot, voilà ce que j'ai vu. Et j'en fais le serment sur le tombeau de Radégonde où je pélerinais, en plaisante saison, alors qu'on célébrait les fêtes de la sainte.

En sortant de la messe, notre Duc avisa trois beaux fils de noblesse qu'on venait d'adouber : tous les trois grands et forts. Les nouveaux chevaliers, armés comme il se doit en cette circonstance, portaient casques et gorgerins, tunique lamée de fer, la francisque et l'épée, avec le bouclier.

Or, Monseigneur les prit, l'un dessus son échine, les deux autres à pleins bras. Et, d'un pied assuré, étant parti du Clain, il gravit sans faiblir, sous son triple fardeau, la montagne des Dunes au sommet de laquelle se tenait le *bernage* (1).

— Et moi, dit Simon de Chausseraye.

Mais Aldéarde coupa court aux récits de tant d'admirables exploits.

— Ecoutez, fit-elle.

***

Par une baie donnant sur la cour d'occident, où se trouvaient les jongleurs, parvenait le bruit des rires et de la musique.

Une heure durant, Raynold avait dispensé gratis joyeusetés et chansons au bénéfice d'un public qui l'intéressait peu. Il commençait à désespérer. Moins heureux qu'Amphion dont les accents harmonieux émouvaient les pierres, il regardait anxieux les madriers en chêne de la tour vicomtale, qui restaient impitoyablement sourds aux accords des trois musiciens.

En prenant congé de lui, avant de quitter la citadelle, Meynard l'avait informé de la générosité du Vicomte à son égard. Le Trouvère ne s'en morfondait que davantage.

Inlassable cependant et doué d'une inépuisable mémoire, il faisait défiler chants après chants, devant ses auditeurs ravis, l'interminable poème de Théroulde sur les hauts faits des paladins dans les gorges de Roncevaux.

Quand il manquait de souffle, Flippo, dont le talent musical se complétait de ceux de pitre et d'escamoteur, le relayait. Cessant de tourner la vielle, il perpétrait des jongleries à faire rire jusqu'aux larmes les bonnes gens de l'esplanade.

Il tirait, par exemple, soit un poulet vivant soit un bouquet de roses de la coiffe crasseuse d'un manant ébahi ou de la cotte troussée, malgré ses cris bruyants, de quelque maritorne toute une panerée d'œufs.

---

(1) Réunion de seigneurs.

Ceux-ci, malheureusement pour nos baladins affamés, n'avaient de comestible que l'apparence.

Ce fut, pourtant, cette dernière farce qui sauva la situation.

Elle provoqua une telle explosion de gaieté que dames et seigneurs se montrèrent enfin aux issues du manoir.

— Les jongleurs ! cria joyeusement Aldéarde au Vicomte, lequel suivait ses hôtes d'un pas ralenti par l'âge.

Pour ces reclus féodaux dont l'existence, dans leurs maussades forteresses, ne variait guère entre deux chasses, la journée s'annonçait fertile en nouveautés.

Voyant que les nobles étaient maintenant aux écoutes la troupe donna de la voix. Le luth, la harpe et la vielle vibrèrent de toutes leurs cordes. Le gros Hatto joua de l'olifant et l'ours, qui n'attendait que ce signal, se mit à danser.

La représentation fut à ce point brillante que la châtelaine exprima le désir de faire entrer dans le donjon les chanteurs forains.

Le Trouvère et ses compagnons furent donc introduits dans la grande salle du manoir, au milieu, cette fois, d'un public de choix.

***

Sans être de noblesse, Raynold appartenait par sa famille à la riche bourgeoisie. Son père, intendant du Comte Evêque de Metz, l'avait fait instruire dans l'un des principaux monastères de cette cité épiscopale. L'intelligence éveillée de l'enfant permettait d'espérer pour lui un bel avenir dans la cléricature. Mais, il se prit tout jeune à rêver de la vie aventureuse des ménestrels et, durant les jours de sortie du couvent, se plaisait sur les places, avec le menu peuple, à écouter les jongleurs.

Des leçons monacales il retint surtout les douces cantilènes qu'il chantait au lutrin avec d'autres clergeons, doués comme lui pour le chant.

A quinze ans, il composait des chansons à danser et des fableaux. Il acquit ainsi du renom auprès des escholiers de Metz et des commis de l'Intendant. Mais ces succès domestiques, loin de suffire à sa jeune ambition, ne firent que l'enflammer.

Il avait ouï parler de ces cours d'amour où des dames, illustres par la naissance et la beauté, accueillaient trouveurs et musiciens, en des contrées riantes où le ciel était plus clément et les mœurs plus affinées qu'en sa rude lorraine. Il souhaitait ardemment d'être distingué, quelque jour, par l'une de ces divinités terrestres.

Il partit donc à l'insu des siens et muni d'une vielle d'emprunt s'en alla chanter de villes en châteaux.

A la foire de Troyes, il troqua son instrument contre un luth à huit cordes, marqué du nom d'un luthier fameux dans les états du Pape. Il quitta la Champagne emportant, comme un trésor, ce vibrant compagnon moins rustique que la vielle et dont les modulations se mariaient mieux aux notes légères de sa voix.

Riche d'espoir autant que de chansons, il continua de pérégriner à la poursuite de sa chimère, conquérant en chemin le cœur des damoiselles entrevues aux étroites fenêtres des logis féodaux. Raynold, en effet, avait joli visage, la taille élancée et blonde chevelure. Il portait une courte tunique et des chausses ajustées qui dessinaient sa jambe fine. En place de chaperon, il était coiffé d'une toque bordée d'un galon de fourrure. Et, si sa mise était modeste, du moins elle était soignée autant que le permettaient les liards et les oboles qui venaient, au gré de l'aventure, gonfler les plis de son escarcelle.

Il parcourut ainsi les deux Bourgognes : celle du Roi et celle du Duc, puis l'Aquitaine, En route, il rencontra des confrères en jonglerie, qui l'élurent pour chef.

Ayant appris par eux la grande beauté de la fille de Chalon, Vicomte d'Aunay, mariée toute jeunette au vieil Arbert de Toars, fastueux suzerain de mille fiefs-servants, il s'était dirigé vers cette ville comme poussé par une force mystérieuse.

***

Quand il fut en présence de la noble personne, parée comme une sainte de vitrail des somptueux atours achetés de Meynard, il ne douta plus d'avoir atteint son idéal.

La châtelaine de Toars faisait impression sur ceux qui l'approchaient par l'éclat fascinant de son regard. Sous le voile de pourpre mis par Arbert sur ses cheveux, couleur de jais, dont les lourdes tresses tombaient plus bas que la ceinture, l'effet en était encore accru. Raynold, plus qu'aucun autre, fut subjugué par ces yeux magnétiques, enchâssés tels que deux noirs diamants dans le fin visage qu'ils semblaient absorber.

Son teint mat, la régularité sémitique de ses traits, leur ovale parfait, tout accusait en elle la race dont elle était issue. C'était celle des anciens sarrasins dont plusieurs tribus, de l'armée d'Abd er-Rahman, étaient restées au pays des Santons où se trouvait le berceau de sa famille. Une ample robe ornée, sur le côté et à l'échancrure du col, d'une bande de broderie l'enveloppait toute entière, sans toutefois pouvoir dissimuler la souplesse d'un corps harmonieux. Ses pieds, petits, chaussés de sandales légères, étaient ceux d'une fille de Castille, danseuse de moresca et joueuse de tambourin.

En vérité, dans cette rencontre, la Vicomtesse et le Trouvère, éprouvant l'un pour l'autre un égal penchant, ne virent tout d'abord qu'eux-mêmes.

Mais Arbert rompit le charme :

— Pardieu ! Sire baladin, au festoiement que l'on prépare, il ne manquait que le bouffon et tu tombes du ciel, en huy, à point nommé.

Ainsi ramené brutalement à son métier d'amuseur, le jongleur crut devoir renchérir sur le propos.

— Seigneur Châtelain ! tu ne saurais mieux dire. Car imagine-toi qu'emporté dans l'espace par je ne sais trop quelle magique attirance, je chevauchais à l'aube le croissant de la lune. Et, penché sur le bord de ce mince quartier, je contemplais du ciel le réveil des hommes... Lorsque, je découvris ton castel isolé, coiffant cet éperon enveloppé de brume, où chacun de tes hôtes, maugréant et baîllant, appréhendait déjà l'ennui de la journée. Aussi, j'ai profité de l'ultime rayon en partance, à cette heure, de la lune à la terre, pour glisser jusqu'en bas. Et me voici chez toi avec tous mes gens, prêts à y faire tinter les grelots de la folie et de la joie.

— Bravo compère ! fit Arbert amusé. Mais alors dis-nous ce que tu as vu de si haut.

— J'ai vu des choses à rire et beaucoup à pleurer, Monseigneur ! répondit Raynold.

Puis se tournant vers celle qui, maintenant, occupait sa pensée :

— Belle dame suzeraine ! Je chanterai selon ton bon plaisir. Veux-tu de gais refrains ou des couplets moroses ? Ordonne et ton féal obéira.

— Fais-nous rire, joli conteur, dit Aldéarde.

Et pour mieux écouter, elle s'assit, à la mode persane, sur la fauve toison venue des Indes.

A ce moment un jovial garçon, Hugues, cadet de Lusignan, que l'on disait le Bien-Aimé en raison de ses bonnes fortunes, se montra sur le seuil de la salle. Il était escorté d'un pétulant essaim de dames et damoiselles dont il s'était fait le chevalier servant.

— Entre, Lusignan, lui cria le Vicomte. Nous avons dans nos murs un jongleur fameux, qui se prétend exprès descendu de la lune pour divertir ma maisonnée.

— Ce que tu m'annonces là tient vraiment du prodige ! s'exclama le cadet.

Et, il se hâta de se joindre à la compagnie, avec son cortège de jeunes femmes, drapées comme des nonnes en leurs robes aux larges plis et aux manches pendantes.

***

Un cercle se forma autour de Raynold et de ses amis. Les seigneurs les plus âgés utilisèrent les bancs et les cathèdres rangés près de l'immense cheminée où le tronc d'un vieux chêne pouvait tenir à l'aise. Les autres, pour s'asseoir à l'instar de la Vicomtesse, étendirent leurs manteaux sur les nattes de paille qui jonchaient le sol. On abaissa les châssis des hautes et rares croisées de cette partie du donjon, afin de laisser pénétrer plus de lumière. L'éclairage et la mise en scène se trouvèrent, de la sorte, réglés et les spectateurs placés.

Cependant les acteurs se consultaient...

Un court silence régna dans l'assemblée que rompit brusquement Lusignan, assis au premier rang avec ses belles amies.

— Au fait ! Homme de la lune, n'as-tu point rencontré, au pays des nuages, cette errante chimère que l'on dit mon aïeule ?

Le Trouvère était rarement pris de court. Au surplus, il était admirablement renseigné de tout ce qui touchait au domaine des fées.

Mélusine ! s'exclama-t-il. Mais nous avons ensemble parcouru, cette nuit, vingt bonnes lieues d'azur.

— Alors, tu dois savoir, O chemineau céleste, si véridique est la légende, que m'a racontée ma nourrice, sur cette mère grand de ma famille qu'elle appelait la Mère Lusigne ?

— Mère Lusigne ! dis-tu. Pour d'aucuns c'est aussi Merlusine. Mais son vrai nom est Mélusine. Elle m'a narré tout au long son histoire. Et, flottant avec elle dans l'éther diaphane, j'ai composé de ce récit un octosyllabique poème, respectueux du rythme, soumis à l'assonance. Je l'ai distribué en laisses et refrains que je vais avoir, avec toute ma troupe, le plaisir de vous chanter... Mais avant d'entreprendre ce merveilleux roman, il me faut vous avouer, nobles dames et vaillants chevaliers, que mes amis et moi, afin de nous hausser jusqu'à l'astre des nuits, nous étant déguisés en légères vapeurs, nous avons du laisser sur terre à se morfondre, à jeun depuis la veille, un encombrant Messire que l'on nomme *Gaster* (1). Quand nous l'avons revu, après notre équipée, le pauvre était au plus bas. Nous l'avons bien réconforté par de consolantes promesses. Mais promesses ne sont que vents, vides de substance nutritive, que *Gaster* chasse avec mépris... Et tout me porte à redouter que ce boyau mal graissé et... grinçant sous le rude archet de la faim, ne vienne si l'on n'y remédie, troubler notre mélodie.

---

(1) Le ventre. Messere Gaster, suivant une expression de Rabelais

— Serves ! cria Aldéarde.

Sur un ordre de leur maîtresse, des femmes s'éloignèrent et revinrent bientôt portant, sur des plateaux d'argent, des hanaps remplis de boisson, que l'on se passa à la ronde, ainsi que des gâteaux de miel, des fruits et des pâtisseries.

La compagnie s'en régala et les pauvres jongleurs purent enfin calmer la fringale qui les torturait.

Ayant ainsi repris des forces, Raynold annonça le titre de sa chanson :

« Etonnante et véridique histoire de la princesse Mélusine et du Seigneur Raymondin, Comte de Lusignan ».

Les instruments préludèrent et, au milieu de l'attention générale, le Trouvère chanta :

PROLOGUE

Un jour le comte Raymondin,
Qu'on disait bon navigateur,
Fut prendre femme en Shkipérie. (1)
Quand l'âge arrive à son déclin,
Que l'on soit rustre ou grand seigneur,
Il est bien temps qu'on se marie.
Mais s'en aller chercher si loin
Une comtesse était folie,
Mieux eut valu pour Raymondin
Prendre en Aquitaine sa mie.

Tu dis vrai, interrompit bruyamment le Bien-Aimé, car cet ancêtre, en Aquitaine, n'avait que l'embarras du choix.

Ces galantes paroles provoquèrent, chez les dames présentes, un remous sympathique.

— Mais, reprit le damoiseau soudain devenu grave, la race des Lusignan porte dans le sang le goût de l'aventure.

---

(1) Albanie.

Cependant, on réclama le silence et Raynold continua :

Or ce fut la fille du Roi
Des Shkipétars (1) *qu'il épousa* :
La belle et tendre Mélusine.
Sur son navire il l'emmena,
Ce qui mit le cœur en émoi
De sa mère : la fée Pressine.

Refrain

Que de larmes et quel chagrin
Au départ de l'enfant chérie !
Mieux eut valu pour Raymondin
Prendre en Aquitaine sa mie.

***

Pressine, avant cet abandon,
A sa fille avait fait un don,
Qui devait lui rendre facile
De se soustraire à son mari,
Car elle était, le samedi,
Moitié femme et moitié reptile.

Ref.

Admirez l'étrange destin
D'une fille ainsi travestie !
Mieux eut valu pour Raymondin
Prendre en Aquitaine sa mie.

***

A ce passage, des exclamations fusèrent, de toutes parts, à l'adresse du Bien-Aimé.

— Eh quoi ! s'esclaffa Sabran Chabot, tu descends d'une vipère ?

---

(1) Albanais.

— Il lui en est resté la langue, affirma le Sire de Chausseraye.

— Oui-dà, répliqua l'interpellé, mais quand on s'y frotte, elle pique.

Chacun disait son mot. Les réparties succédaient aux apostrophes. Le maître de céans, usant alors de son autorité, pria l'assemblée de ne plus interrompre désormais le chanteur. Et l'on passa au troisième couplet :

Pourtant le roi des Shkipétars,
Opulent et fier d'avoir
Marié sa noble damoiselle,
Avait de bijoux, de diamants,
D'or et de perles d'Orient
Rempli sa blanche caravelle.

Mais s'en aller chercher si loin
Une jeunesse était folie,
Mieux eut valu pour Raymondin
Prendre en Aquitaine sa mie.

*
**

Mélusine avec son amant,
Vers le pays de Lusignan,
Voguait sur la mer tyrrhénienne.
Et, chaque samedi matin,
Fuyant dans l'élément marin
Elle allait se joindre aux sirènes.

Bien que sur mer on ait besoin,
Parfois, d'une épouse amphibie,
Mieux eut valu pour Raymondin
Prendre en Aquitaine sa mie.

*
**

Couverte de ses longs cheveux,
L'infante, en sortant des flots bleus,
Se confiait aux bras d'un esclave

Et, jusqu'à l'heure de minuit,
Loin des regards de son mari,
Restait cachée au fond du nave.

L'époux, surpris, blâmait en vain,
Cette hebdomadaire manie;
Mieux eut valu pour Raymondin
Prendre en Aquitaine sa mie.

⁂

« Ne savez-vous, mon cher Seigneur,
Qu'après six jours d'un dur labeur,
Dieu s'est reposé le septième ?
Je vous en prie, faites serment,
Disait la belle à Lusignan,
Avec moi d'en user de même »

Malgré l'exemple souverain,
Invoqué par sa tendre amie,
Il semblait bien à Raymondin
Que c'était une anomalie.

⁂

Ayant franchi caps et détroits,
Ils prirent terre, après des mois,
Aux rives de la doulce France.
Et, pour la dame, en grand renom
De beauté, les seigneurs Pictons
Donnèrent maintes réjouissances.

Mais le comte restait chagrin,
Car un secret troublait sa vie.
Mieux eut valu pour Raymondin
Prendre en Aquitaine sa mie.

⁂

Voulant consoler son mari
D'être abstinent le samedi,

La belle employa sa fortune
A lui construire un castelfort
Dont les dômes à pointes d'or
Menaçaient l'astre de la lune.

Las ! !... Sans attendre au lendemain,
Ce seul jour, il avait envie
De sa femme... Ah ! pour Raymondin
Mieux valait prendre une autre amie.

— Ah ! pour Raymondin
Mieux valait prendre une autre amie, répéta la cour toarsaise.

***

Or, à la longue, il remarqua
Que c'était le jour du Sabbat
Que, sans y manquer, la donzelle,
Pour complaire à quelque galant
Et, sans doute, à maître Satan,
S'avisait de rester pucelle.

Comment souffrir en bon chrétien,
Ce crime de sorcellerie ?...
Mieux eut valu pour Raymondin,
Trouver, ailleurs, une autre amie.

***

« Mordieu ! dit notre Sire, inquiet,
Un soir, après soleil couché,
Que l'ombre enveloppait la terre
Et que la dame, tout le jour,
Etait demeurée en sa tour.
« Je veux éclaircir ce mystère ! »

Ainsi donc de l'esprit malin,
Il allait braver la furie !
Mieux eut valu pour Raymondin,
Trouver ailleurs une autre amie.

Tel que Renaud de Montauban,
Le comte mit Flamberge *au vent*
Et s'élança tout d'une haleine,
Jusqu'au seuil de l'appartement
Où Madame de Lusignan
Commettait d'impures fredaines

Avec le roi des libertins,
Grand maître en l'art de la magie !
Mieux eut valu pour Raymondin
Trouver ailleurs une autre amie.

***

A sa porte trois Shkipétars,
Armés, chacun, d'un long poignard,
Veulent lui barrer le passage...
Et, la valetaille, aux abois,
Pousse, à sa vue, des cris d'effroi,
Qui viennent décupler sa rage.

Il fonce, occit, entre et soudain
Un spectacle le terrifie...
Ah mieux valait pour Raymondin
Trouver ailleurs une autre amie.

***

Sur le lit un affreux serpent
Déroule ses anneaux d'argent,
La tête enfouie sous la courtine.
Et, quand le bon chevalier
De son sabre veut séparer
En deux la bête vipérine,

Elle bondit hors des coussins.
Horreur ! Et, quelle anatomie !
Le monstre a la tête et les seins
De la Mélusine sa mie.

D'un grand coup, le château trembla
Depuis le faîte jusqu'en bas
Et, rageant d'être découverte,
La Belle et Bête, en même temps,
Quittant à jamais son amant
S'enfuit par la fenêtre ouverte.

Instinctivement tous les yeux se tournèrent vers les châssis béants, en haut de la muraille, comme pour y surprendre Mélusine dans sa fuite.

Le chanteur poursuivit :

Parfois, sur les tours, elle vient,
La nuit, et jusqu'à l'aube crie.
C'est alors d'un malheur prochain
Pour Lusignan la prophétie.

— C'est alors d'un malheur prochain,
Pour Lusignan la prophétie, redirent les assistants.

Puis, pressant vigoureusement les cordes de son luth, le Trouvère acheva sur ce couplet :

Ainsi, victime comme Adam
De la femme alliée au serpent
De Lusignan telle est la fable.
Et, Mélusine, dira-t-on,
L'héroïne de la chanson,
Etait l'incarnation du diable ?...

Oui, Messeigneurs ! Et mon refrain
Que l'on ne contredira mie,
Répète que pour Raymondin
Mieux valait prendre une autre amie. (1)

---

(1) On a dit de l'illustre et royale famille des Lusignan que son origine était diabolique.

Monseigneur le Duc d'Aquitaine

Sur les flancs abrupts de la vallée de l'*Argent*, le soleil, déjà haut, mettait des points d'or parmi les touffes de genêt, les mousses et les lichens gris des roches éboulées en travers des pentes. Par endroits, des bruyères roses animaient d'un décor plus vif ces lieux incultes et solitaires.

Deux pastours, dans l'eau jusqu'à mi-jambe, qui pêchaient des truites au filet dans le courant de la rivière, virent poindre, à la cime des coteaux, des casques et des lances.

Une file interminable de chars, de cavaliers et de piétons, empruntant la ligne de faîte, s'allongea jusqu'à atteindre le ravin qui descendait au gué le plus proche.

C'était l'armée du duc Guilhem qui s'en revenait de Bretagne.

Par les interstices des rocs, derrière lesquels ils s'étaient, tout d'abord, cachés, les enfants reconnurent à la tête des troupes et leur servant de guide, un manant de la vallée, connu sous le sobriquet de l'« anguille » pour son habileté à se tirer des plus mauvaises passes.

A demi-rassurés, ils se montrèrent. Le manant leur fit signe de venir se joindre à lui.

Il accompagnait, leur dit-il, un grand prince qui se rendait avec ses gens au castel de Toars.

Il ajouta, clignant de l'œil, que « *Messire leur baillerait ben ine boursaye d'argeont* » pour lui faire traverser les marais de la lande.

Présentant les jouvenceaux au Duc, le paysan cupide lui jura qu'à eux trois, ils le mèneraient sans *dangié* de se perdre jusqu'aux portes de la citadelle.

On divisa donc la colonne en trois groupes. Un pour chaque guide.

Après avoir franchi le gué, les attelages se rangèrent sur la rive opposée, avant de reprendre leur marche vers les hauteurs où çà et là des bouquets de sapins coupaient l'horizon de leurs maigres faisceaux.

Le Fièrabras prit les devants avec l'« anguille ». Il montait un cheval alezan et n'avait pour selle qu'une peau de buffle, maintenue par la courroie qui supportait les étriers. Son destrier, originaire des Iles du Nord, était un don du Comte de Rennes. On l'avait choisi pour être à la mesure de sa taille géante.

En cette époque du Haut Moyen-Age, la force physique était souveraine et plus encore que son illustre hérédité elle conférait au duc Guilhem la considération et la puissance.

La saison était chaude. Le torse protégé par une broigne à manches courtes, il allait sans manteau la tête et les bras nus. Ses poignets étaient ceints de bracelets de bronze. Ses cheveux, libérés du casque et répandus sur la dossière de sa cuirasse, flottaient au vent. Quand il parvint à la crête, sur sa bête à l'échine tendue ainsi qu'un arc d'arbalète et que l'armée le vit d'en bas, superbe et baigné de lumière, elle s'élança dans la montée comme à la conquête du ciel sous la conduite d'un jeune dieu.

Au sortir des gorges de *Grifferupt*, les soldats et les chariots continuèrent d'avancer sur un plateau aussi stérile que la vallée et peuplé, comme elle, de blocs de granit qui avaient servi, dans ce lieu, aux constructions de l'âge mégalithique.

Chaque pierre avait sa légende, conservée par la tradition druidique, dont il restait encore plus d'un fidèle dans le *pagus*. L'« anguille » les connaissait toutes. Et, cicerone intarissable, au milieu des dolmens, des pierres levées, des pierres folles, des pierres soupèze, des pierres fittes et des roches branlantes, il réjouissait, de ses récits, le maître de l'Aquitaine dont il ne lâchait plus les chausses en tiretaine, serrées au-dessus du brodequin par des lanières de cuir fauve.

Celui-ci, parvenu maintenant dans la plaine toarsaise, non loin de son Comté de Poitiers, s'attardait à écouter le villageois.

Pourtant les difficultés de la route n'étaient pas vaincues. A perte de vue s'étendait le marais. Il était coupé de chaussées naturelles, bordées de hautes quenouilles, entre lesquelles brillaient de petits lacs.

Les lieutenants du Duc s'arrêtèrent sur ses bords. Les plus hardis d'entre eux hésitaient à engager leurs équipages dans cette immensité pleine d'embûches et d'inconnu.

Le Fièrabras continuait à rire aux éclats des fables de l'« anguille ». Plein de confiance dans les affirmations de ce vilain de rencontre, il ne doutait pas de vaincre les tourbières.

***

Cependant, deux somptueuses basternes, se détachant du convoi, s'en vinrent le rejoindre au grand trot de leurs mulets.

Par l'ouverture des litières apparurent deux têtes non moins vénérables qu'agitées.

C'étaient Messires Alain de Mauprevoir, prévôt ducal et Regnault de Mortagne, baron des Mauges, séneschal. Conseillers, l'un et l'autre, à la cour poitevine, ils avaient pris part aux négociations entre Guilhem IV et les héritiers de Barbe-Torte.

— Où allons-nous, Monseigneur, demanda le Prévôt d'une voix inquiète ?

— Guilhem, surpris de la question, lui répondit fort simplement :

— Mais, nous allons, Messire, au-delà de ces landes, jusqu'au moustier de l'ermite Albin dont ce maraud, à la langue éveillée, vient de m'apprendre l'existence et qu'ont illustré ses miracles à dix lieues à la ronde.

— Le vrai miracle, Monseigneur, répondit Alain de Mauprevoir, serait d'entrer dans cette bourbe, sans y laisser tous vos chariots.

— *Nennida !* intervint l'« anguille ». *J'o traverso bé sûr, avec mon cheuo et ma carruque.*

— Vous entendez, Messire, ce que dit ce manant ? s'exclama triomphalement Guilhem.

— Mais nous ne pouvons, Monseigneur, s'écria le Séneschal, à son tour, affronter, sans péril mortel pour nos piétons et pour nos bêtes, la faune innombrable et perfide que dissimulent les eaux et la feuillée.

— *Oh ! Oh !*, ricana l'« anguille ». *Do vrais bestioles du Bon Giu.*

Et le noble Duc, dont le siège était fait, ricana, lui aussi, de plus belle.

Les deux conseillers eurent beau insister pour que l'on contournât cette lande maudite, disaient-ils, rien n'y fit. Leur maître était pressé d'arriver à Toars. L'ordre de marche fut donné. Et, les troupes, à la suite de l'« anguille » et des deux pastours, entreprirent la traversée des marécages.

Chaque groupe adopta un cheminement différent. L'armée d'Aquitaine peu à peu s'évanouit, absorbée par les joncs, les hauts gynériums, les flambes, les massettes, les acores odorants, les roseaux et les saules. Elle n'eut bientôt plus au loin, parmi les tiges des joncacées que l'aspect mouvant d'une houle, creusant de longs sillages dans le marais. Seule, au-dessus de cet Océan végétal, émergeait, comme celle d'un Titan, la stature du Fièrabras, sur son grand cheval breton.

Le Moustier

Sur une masse rocheuse mais verdoyante à son sommet, aux contours battus par le clapotis régulier de menues vagues, se trouvaient le moustier, sa chapelle et ses dépendances. C'était un îlot ceinturé d'étangs. A travers leurs nappes limpides, le marais, gagnant sur eux, étendait par endroits ses avancées comme autant de mains touffues aux doigts tentaculaires.

Le moustier n'était relié à la terre ferme que par une mince chaussée souvent rompue ou submergée. Elle menait aux collines boisées de *Lieu-noir* ainsi qu'à plusieurs villages desservis par des prêtres forains qui trouvaient, le soir, asile en ce couvent.

Contre l'église était adossée une longue demeure rectangulaire. D'autres toits, plus petits, lui faisaient suite. Les murs de l'église et de ces pauvres bâtisses étaient d'argile mêlée de paille. Leur couverture était de brandes. Un enclos fermé par une murette en caillasses isolait l'habitation et ses annexes.

Au faîte du sanctuaire, la cloche du moustier, dans son arceau de fer, se mit à tinter pour l'angélus de midi. La voix claire et métallique porta jusqu'aux extrémités de la lande silencieuse son invitation à la prière. A ce moment, un vieillard, vêtu d'un froc et le capuchon rabattu sur les yeux, poussa la porte en branchages de l'enclos.

Il fut suivi par un jeune religieux, encapuchonné comme lui. Ils rejoignirent dans la chapelle un troisième clerc, qui avait sonné la cloche.

Quelques minutes plus tard des appels retentirent de l'autre côté des étangs.

Le vieillard et les deux novices, prosternés aux

pieds d'une statue de la Vierge et l'esprit détaché de toute pensée terrestre, furent longs à entendre.

Les cris redoublèrent, comme proférés par une multitude furieuse. Les sons rauques et prolongés de nombreux olifants s'y mêlaient.

Un tel concert finit par arracher le pieux trio à son extase. L'un des novices vint sur la grève et rentra peu après.

— Ce sont des gens, mon Père, qui demandent assistance, dit-il au vieillard.

L'ermite Albin s'inclina profondément devant l'autel. Puis, rejetant en arrière sa capuce et, d'un geste familier de la tête, secouant, pour la remettre en ordre, son abondante chevelure grise, il sortit d'un pas souple du lieu saint.

Il aperçut, à la lisière des marécages, un rassemblement d'hommes armés. Parmi eux un gigantesque cavalier se démenait plus que les autres. Il pensa que c'était des chasseurs égarés. Se signant pour attirer sur lui la protection du ciel, il s'en alla détacher une barque, qui se balançait dans une anse de la rive. Puis, laissant l'ermitage à la garde de ses disciples et pagayant d'une seule rame, il dirigea son esquif vers ceux qui l'appelaient.

Sous l'aviron d'Albin, la barque glissait sur les eaux, comme mue par une force mystérieuse. Elle aborda rapidement le cloaque où Guilhem d'Aquitaine et ses hommes pataugeaient.

***

Contrairement aux dires de l'« anguille », les chemins du marais, bons, tout au plus, pour les charretons de bois et d'osier des habitants de la lande n'avaient pas résisté au poids des lourds chariots de l'armée. Nombre d'entre eux s'étaient enlisés. On avait dû les abandonner, en dépit des coups de fouet distribués généreusement aux attelages.

Aussi le Duc ne décolérait pas. Et, le malheureux guide, maintenant accablé d'injures et de menaces, était-il plus mort que vif.

Quant aux deux pastours et à ceux qui les accompagnaient, on ignorait leur sort.

— Quel service puis-je te rendre mon Fils ? demanda l'ermite, qui se tenait, appuyé sur sa rame, au milieu de l'embarcation.

Depuis son approche, Guilhem considérait curieusement le batelier.

De taille petite, les épaules arrondies par l'âge et la prière, il se faisait, néanmoins, remarquer par une forte carrure. Sa longue barbe d'anachorète, semée de fils d'argent, ses cheveux, partagés en deux flots par une raie médiane et répandus autour de lui, le rendaient comparable à ces frênes, au tronc court, au feuillage tombant, qu'on rencontrait parfois sur le rivage.

— Es-tu le saint homme Albin ? dit-il, après cet examen.

— Je suis cet homme, en effet, répondit le vieillard. Quant au titre de saint dont tu me gratifies, Dieu seul, à cet égard, peut juger mon mérite.

— Puisque tu es Albin, le faiseur de miracles, apprends que moi je suis Guilhem, par la grâce de Dieu, duc de l'Aquitaine et Comte du Poitou... Or, la félonie du rustre que voilà, ajouta-t-il, en désignant d'une bourrade le présomptueux manant — qui s'affala dans la vase à la grande joie de ses voisins — vient de me faire échouer, ainsi que mon armée, dans ce fangeux labyrinthe où mes chars sont embourbés... Tire-moi d'affaire, pieux vieillard et je te donnerai un monastère digne de toi.

— Monseigneur, je n'ai pas le don des miracles et cette thébaïde, si Notre Dame me protège, suffira bien à mon salut. Mais, depuis qu'en ce lieu j'ai fixé mon séjour, oncques n'ai laissé de voyageurs en détresse. Pourtant, la tâche que tu m'imposes est considérable, puisqu'il s'agit, me dis-tu, d'une armée !

— Bon ermite ! Je t'en prie au nom de Notre Dame !

— Allons ! fit Albin, se décidant à ce nom vénéré, que l'on vienne avec moi quérir jusqu'au moustier ce qui est nécessaire.

Le Fièrabras, rasséréné, descendit de cheval et monta dans la barque avec plusieurs hommes. Elle repartit sur les étangs.

***

L'« anguille », qui ne se sentait pas en sécurité au milieu des soldats, avait jugé bon de prendre lui aussi le bateau de l'ermite.

Hélas ! Il n'échappait à un danger que pour s'exposer à un pire.

Vers la moitié du trajet, les sarcasmes d'un gros soudard, derrière lequel il s'effaçait, attirèrent sur lui l'attention de Guilhem.

— Ah ! Traître ! hurla-t-il, repris par une colère folle, te voilà donc encore ?... Eh bien ! reçois le prix que tu as mérité.

Avant que le nautonnier n'ait eu le temps de s'interposer, le misérable, saisi d'une poigne inflexible par le redoutable seigneur, décrivit à plus de vingt pieds au-dessus du large une effarante parabole pour retomber, bras et jambes écartés, ainsi qu'une grenouille verte, dans l'eau profonde qui l'engloutit...

Mais le doux Albin n'eut pas longtemps à s'inquiéter du sort du maraîchin. Son surnom de l'« anguille » n'était pas usurpé. Et le religieux, de son œil exercé, reconnut bien vite, au léger frémissement de l'onde, que le guide malencontreux, filant entre deux eaux, mettait, entre les Aquitains et lui, une marge suffisante du liquide élément pour leur échapper désormais.

Le Miracle de la Lande

Dès qu'il eut atteint son île, l'ermite, aidé de ses disciples et de ses nouveaux compagnons, remplit sa barque de leviers, de chaînes et de madriers. Il équipa de même deux autres embarcations plus fortes.

Quand il en eut fini de cet appareillage, le vieillard se rendit sur une haute roche qui dominait la lande. Là, s'étant agenouillé, il demeura un long moment en oraison.

Des hirondelles, au vol rapide et frisant la face de l'eau, venaient le frôler. Puis, gravissant la nue, elles s'en allaient porter au Très Haut la prière de son serviteur.

Lorsqu'il retourna vers Guilhem, l'ermite l'aborda en ces termes sibyllins :

— Retiens mes paroles, O Fils de haut lignage et Chef au corps robuste. Le Maître de toutes choses t'a comblé de ses dons les plus magnifiques et, dans les entreprises de ta téméraire jeunesse, il te couvre de sa grâce ainsi que d'un bouclier. Mais un jour viendra où de tant de bienfaits il te demandera le compte. Alors, tu me verras de nouveau sur ta route et tu connaîtras à ce signe que l'heure a sonné.

Guilhem crut que le vieil Albin, s'il n'exigeait rien pour l'instant, se réservait de lui réclamer plus tard le prix de ses services.

— Ce que je t'ai promis, je le tiendrai, dit-il. Mais faisons vite. Le soleil décline aux pentes de l'Occident et j'ai hâte d'être à Toars où mon vassal Arbert a l'ordre de préparer mes quartiers.

— Avant de te mettre en peine du logis de tes troupes, répondit Albin, songe, d'abord, mon Fils, à sortir du bourbier où l'imprudence t'a fait choir.

Ayant dit, il répartit son monde entre les barques, lourdement chargées, qui s'éloignèrent, conduites chacune par un religieux.

Albin et les deux clercs connaissaient admirablement la lande du moustier. L'ermitage, en effet, avait donné son nom à cette terre de marécages, immense et désolée. Par suite, ils ne tardèrent point à retrouver les tronçons désemparés de l'armée d'Aquitaine.

En sus des outils de fortune dont ils s'étaient munis pour dégager les équipages, les hommes de Dieu possédaient la foi qui soulève les montagnes.

Ils surent commander les manœuvres propres à remettre en équilibre, sur le pavé des chaussées, les larges roues cerclées de fer dont les essieux, carrossés de planches et de ridelles, grinçaient sous le poids des engins de guerre et des approvisionnements de toutes sortes.

Ils surent, ensuite, par les passages les plus praticables, acheminer les attelages vers les levées rocailleuses et solides de *Lieu-noir*.

Il semblait, du reste, qu'une cohorte d'anges invisibles secondait les sauveteurs. Les roues s'élevaient, comme d'elles-mêmes, hors des trous où elles étaient échouées et les chevaux, évitant les fondrières, marchaient sans conducteurs.

Quand tous les convois eurent enfin regagné la terre ferme la nuit tombait déjà. Il n'était plus question de de se rendre à Toars. Par contre, à la sortie du marais, quelques prairies et les premières alignées de chênes et d'ormeaux des forêts de *Lieu-noir* offraient de la pâture aux animaux ainsi que des lits de mousse et des abris voûtés de feuillage pour la troupe. Guilhem se résigna donc à y camper jusqu'au jour. Et, guidé par l'un des pastours, qu'il prit en croupe, son meilleur écuyer partit en aviser le Sire de Toars.

***

Après avoir ainsi reçu du saint anachorète une preuve admirable de l'intervention divine en sa faveur, le duc d'Aquitaine en accepta l'hospitalité. Il en fut de même des seigneurs du Poitou, de la Marche et de Saintonge, qui composaient sa suite.

Seuls le Prévost ducal et le Seneschal, dont l'équipage et le moral avaient grandement pâti de cette aquatique randonnée, refusèrent obstinément de retourner, si peu que ce soit, dans le marais auquel ils avaient, avec toute l'armée, si miraculeusement échappé. On déposa donc les deux basternes souillées de boue et verdies par les algues à l'entrée d'un bosquet. Et, les deux conseillers boudeurs, clôturant leurs portières, se renfermèrent, pour la nuit, dans ce qui leur restait de confort et de dignité.

L'îlot du moustier présenta, ce soir-là, aux paysans de la lande, un spectacle inaccoutumé. Il resplendissait de mille feux. Leur miroitement, dans l'onde des étangs, mêlait des taches de pourpre au reflet des étoiles. Les longues torches de suif, que les valets portaient devant les seigneurs, se croisaient en tous sens sur la grève et dans la transparence de ses carreaux de toile huilée l'humble chapelle semblait comme embrasée.

Albin, en l'honneur de ses hôtes illustres, avait illuminé son sanctuaire. Par centaines, les flambeaux de cire, fabriqués de ses mains avec le produit de ses ruches, hérissaient de flammes ardentes le pourtour du tabernacle ainsi que les statues de la Vierge et des Saints. Il avait sculpté, lui-même, ces images rustiques dans le chêne et l'érable et les avait coloriées de bleu, d'ocre et de vermillon.

Quand ils pénétrèrent dans le temple de Dieu, la fumée de l'encens, le flamboiement des cierges et l'éclat des enluminures, réveillant au cœur des guerriers d'Aquitaine leurs souvenirs d'enfance, les incitèrent à la piété.

Aussi, jusqu'à une heure avancée de la nuit, sous le chaume sacré, retentirent à l'adresse du Tout-Puissant des chants d'actions de grâce pour son providentiel secours. Et, dans les cantiques, qui célébraient sa clémence, la voix des trois cénobites et des autres religieux, rentrés de leur ministère dans les villages, était largement dépassée par les mâles accents de Guilhem, bras de fer et de ses fidèles barons.

Vive Liesse et Jouvence, Gentil Duc

Le lendemain, le vicomte Arbert et sa noble compagne, avec une suite imposante de vassaux, se portèrent, de grand matin, au-devant de Guilhem IV.

Ils descendirent les pentes rocheuses du Toué qu'ils passèrent à gué, en aval des gorges de *Lucron*. Ils longèrent ensuite les cimes de la vallée jusqu'aux confins de la viguerie et s'arrêtèrent à la tour des gardes.

Les guetteurs postés dans ce châtelier signalaient déjà l'approche de l'armée d'Aquitaine.

La colonne bariolée et brimbalante des chars, qu'encadraient par « batailles » des rangées de lances, soulevait une lourde poussière. Elle traçait sa route nuageuse à travers les champs de seigle, de blé et de maïs.

Les serfs, entrevus au seuil de leurs cabanes, pestaient contre ces troupes inconnues qui, dédaigneuses de leurs récoltes, les écrasaient au passage. Mais ils maugréaient de loin, n'osant se hasarder auprès des gens de guerre.

On reconnaissait le Fièrabras au premier rang. Parmi ses lieutenants marchait Amaury de Maulévrier, avec la bannière à lambeaux, brodée aux armes des Toars, qui s'était couverte de gloire pendant l'expédition.

Le Vicomte s'avança à sa rencontre avec ses barons et les principaux officiers de sa maison.

Quand ils se furent rejoints, les deux chefs féodaux mirent pied à terre et le vieil Arbert rendit hommage au jeune Duc.

Un genou dans l'herbe, tête nue et sans éperons, il plaça ses deux mains dans celles du Suzerain.

***

Voici les termes de cet hommage, tels qu'ils nous

furent transmis par le moine *Ocfrid* de l'abbaye du mont Alboin.

— Je te souhaite la bienvenue, Comte et Duc, sur ces terres de mon domaine soumises à ta suzeraineté. Je t'ai promis et baillé l'assistance loyale que tout homme lige doit à son seigneur. Ores, je t'apporte, ici même, ajouta-t-il, en montrant son entourage, le serment de féauté de l'ensemble de mes vassaux : des fiefs dominants comme des fiefs servants, des fiefs de bannière, de haubert ou de corps et de ceux d'arrière-fiefs, tous prêts, si tu l'ordonnes, contre tes ennemis, au service envers toi d'ost et de chevauchée.

— J'ai pu mettre ta loyauté à l'épreuve, Vicomte Arbert, répondit Guilhem, en relevant son vassal qu'il baisa à l'épaule. Je connais la valeur de tes soldats et le nombre de tes vassaux. Ta fidélité à ma famille date de loin et ce passé, pour moi, est bon garant de l'avenir. De même, mon alliance avec Arnaud-Guillaume de Gascogne et les traités sur parchemin, scellés de nos sceaux, que je viens de passer avec Conan de Rennes et l'évêque de Nantes ainsi que votre vaillantise, mes preux ! s'écria-t-il fièrement, tourné vers ses chevaliers, me permettent de rire des prétentions osées du Seigneur Capet. Ce fameux Comte de Paris qui rêve d'agrandir, aux dépens de notre Aquitaine, l'apanage usurpé qu'il tient de la carence royale...

Un murmure approbateur accueillit ces paroles.

— Mais pour l'heure, reprit-il, oublions ces menaces et les soins de notre héritage. Avant de retourner en ma ville de Poitiers où moult soucis me précèdent et après mes longues étapes dans les montagnes d'Armorique et les forêts humides de l'Herbauge, je veux goûter, en ton manoir, quelques moments de gai repos.

—A ton aise, Messire Duc, fit Arbert. Mon épouse et moi-même avons tout préparé pour t'y rendre le séjour agréable.

Guilhem, alors, remarqua la présence d'Aldéarde. Elle était demeurée à l'écart, sur sa haquenée blanche qui, docile, s'immobilisait tenue en mains par un page.

Obligeamment, le comte de Poitiers s'approcha pour aider la jeune femme à descendre. Il n'eut pas cette peine. D'un bond la souple amazone fut en bas de sa monture.

Il s'inclina devant la brune fille de Chalon d'Aunay qui, malicieusement, souriait au blond géant.

Cependant les attelages et les convois de l'armée étaient arrivés à la tour des gardes. Celà remit en mémoire à Guilhem qu'il devait quelques présents à ses hôtes.

— Pour accomplir, Madame, de bonnes chevauchées, dit-il, rien ne vaut, à mon sens, une bête bretonne, croisée de sang normand.

Et il ordonna d'amener deux superbes bidets du pays de Corlay qu'il avait achetés à l'intention des châtelains.

L'ardente écuyère voulut, sans retard, essayer le sien. La haquenée blanche prit donc place, humblement, dans la colonne après qu'on eut transféré sur le dos du corlaisien, au poil luisant, son harnais de velours, garni de franges de soie.

Quant au vieux Vicomte, il préféra s'installer paisiblement dans la litière de Messire Regnault de Mortagne. Fort érudits l'un et l'autre, ils s'étaient liés d'amitié au cours de fouilles entreprises en commun pour la recherche des vestiges de l'âge de la pierre polie. Et comme leur curiosité n'avait eu, jusque là, guère d'émules, ils avaient, sans peine, rempli leurs châteaux des objets les plus remarquables.

***

On reprit la route de Toars. Aldéarde, piquant des deux, partit la première entraînant avec elle Guilhem et tout un lot de fringants cavaliers.

Elle se montra vite, à l'égard de son hôte, sans façons et pleine d'amabilité.

— Vive liesse et jouvence, gentil Duc ! criait-elle dans une course échevelée. Et qu'au vent de la plaine s'envolent tes ennuis !

Mis en galante humeur par le charme piquant de sa belle vassale, Guilhem la serrait de près.

— Dieu m'est témoin, dit-il, dans le galop assemblé de leurs coursiers, que je n'ai, pour l'instant, chère Vicomtesse, d'autre souci que de te plaire.

— Cependant, lui confia-t-il, la duchesse m'attend, et, seule dans la tour Maubergeon, elle se languit de mon absence, qui dure depuis de longs mois.

Mais, en un geste de folle insouciance, poussant sa bête de plus belle, Aldéarde le dépassa. Le corlaisien, dru et râblé, aux foulées rageuses et rapides, donnait du fil à retordre à l'alezan du Fièrabras.

Bientôt le joyeux escadron, ayant traversé le gué du Toué dans un jaillissement de gouttelettes blanches et franchi les coteaux, fut en vue du puissant château-fort.

Tout le peuple était aux remparts.

***

De mémoire de Toarsais, jamais ceux-ci n'avaient assisté à un pareil déploiement de forces militaires.

Débouchant de tous les chemins qui venaient de l'Herbauge, l'armée d'Aquitaine étalait à leurs yeux ses multiples aspects.

Dans la pâleur blonde des moissons, ce n'était que rumeurs et chansons, étendards et fanions, caracoles, éclairs de l'acier. Le son des fifres et des tambours, le mugissement des olifants soutenaient la marche des piétons et le trot lourd des destriers.

Sur un plateau, à quelques deux cents toises de la citadelle, on avait préparé l'emplacement du camp et planté des mâts de distance en distance.

Le corps des chevaliers, fort de quatre cents lances garnies, allait en tête.

Ces nobles hommes, casqués de fer, portaient, pardessus la cuirasse, d'amples manteaux francs, retenus à l'épaule par une fibule d'argent et tombant à longs plis sur la croupe de leurs montures. Chacun d'eux était assisté de dix hommes d'armes : archers, coutiliers, écuyers et pages. Au centre du terrain furent dressés leurs pavillons.

Ensuite arrivèrent les gens de pied, vêtus d'un haubert d'acier, avec la hache sur l'épaule et, suspendues au baudrier, l'épée et la rondache rouge.

A l'entour des tentes rondes des capitaines, on tendit de grandes bâches sur des piquets disposés en rectangle pour y loger leurs compagnies.

Puis les chariots s'alignèrent aux flancs de ce quadrilatère. On mit les cuisines au sud, à l'opposé des vents de galerne, afin d'éloigner les fumées. Et, dans les prairies non encore fauchées, qui voisinaient le camp, furent parqués la cavalerie et les animaux de bât.

Ainsi surgit une ville de toile, près de la ville construite en bois. Une ville guerrière, riche en couleurs, pleine de bruit et d'animation où s'affairaient les valets d'armes, les vivandiers et les goujats. Une ville coiffée de banderoles et de bannières, claquant au vent, qu'on avait hissées en haut de grands mâts pour marquer la place réservée à chacun des lieutenants de Guilhem IV.

Le Banquet

La vicomté était en fête. Aldéarde et ses compagnons poussèrent, à grand peine, leurs chevaux à travers les rangs pressés des gens de la châtellenie et des seigneuries voisines accourus pour voir le maître de l'Aquitaine. Celui-ci, au milieu des cris et de l'enthousiasme, suscités par son jeune renom et sa formidable prestance, pénétra en triomphateur dans la cour féodale, noire de monde.

Il y fut suivi, bientôt après, par le Vicomte Arbert, le Séneschal et le Prévôt dont les remous du populaire avaient quelque peu bousculé les litières.

Dans le narthex de la chapelle du château, l'abbé du Mont Albouin, mitre en tête, le bâton pastoral à la main, attendait le suzerain. Il était entouré de ses chanoines et du clergé local : prieurs, desservants et diacres. Le Duc d'Aquitaine ne manqua point d'aller s'incliner devant ce représentant du pouvoir religieux et reçut, à genoux, sa bénédiction.

Puis, à l'appel des trompes, on se dirigea vers la salle du banquet.

Un immense vélum rouge, fixé par son centre au sommet d'un fût de peuplier, haut de soixante coudées, couvrait, en partie, l'esplanade. Dans cette enceinte au toit mouvant, dont les retombées, en toile fine de lin, s'ornaient, brodés d'or sur fond blanc, d'armes, de chimères, d'emblèmes héraldiques, — qui étaient les premières armoiries des Toars — on voyait les apprêts d'un grandiose festin.

Sous un plafond de draperies suspendues, qui garnissaient, innombrables et multicolores, toute la hauteur du cône, des plateaux de bois posés sur des tréteaux avec des bancs pour plus de mille convives formaient un gigantesque fer à cheval. Au centre se trouvait une table plus élevée que les autres. Guilhem IV y prit place entre Arbert et Aldéarde, ainsi que l'abbé et les deux conseillers. Ces convives de marque étaient assis sur un banc à marchepied, rembourré de laine et surmonté d'un baldaquin. De là, ils dominaient l'assistance. Les tables n'étaient occupées que d'un seul côté. Le reste de l'hémicycle restait vide pour le service et les divertissements.

***

Les vassaux du vicomte avec leurs familles, dames, damoiselles, damoiseaux, s'étaient montrés fidèles à ce rendez-vous de haulte gueule et de beuverie. Ils tenaient toute la gauche du banquet. La droite avait été réservée aux gentilshommes de l'armée. C'était une alignée de bruyants garçons.

On servit les viandes sur des plats d'argent. Ils étaient lourdement chargés et portés chacun par deux valets.

Le Fièrabras, saisissant à pleines mains un quartier d'agneau saignant, y planta sa solide denture. Ce fut le signal de la ripaille.

Pendant un long moment, la foule des invités, chez qui la voracité ancestrale se révélait encore toute proche, demeura silencieuse et recueillie dans l'assouvissement de sa faim, comme dans l'observance du premier rite de la vie.

Nous ne décrirons pas les quantités de victuailles, de fritures, de venaisons qui composèrent la première partie du repas. Disons simplement qu'on avait mis abondamment à contribution les herbages, les forêts, les pêcheries de la rivière et les jardins du val, abrités au pied des roches, qui fournissaient au châtelain, en animaux gras, gibier, poissons, fruits et légumes, d'inépuisables ressources.

Les tonneaux de vin, amenés par dizaines et défoncés à coup de hache livraient leur contenu à des cornes à boire ou à des hanaps ventrus qui circulaient de mains en bouches.

On buvait à la régalade. Le même pot abreuvait une tablée.

Cependant, par souci de la bienséance, on avait placé sur la table d'honneur, devant les plus hauts personnages, de grandes nappes pliées en deux. Aldéarde et les dames de sa cour essuyaient, pudiquement, au drap de dessous de ces doubliers, leurs doigts salis de graisse et leurs lèvres humides.

Les appétits devenant satisfaits, les vins du pays d'Anjou et ceux des meilleurs clos de la viguerie commencèrent à délier les esprits et les langues. Monseigneur d'Aquitaine, après avoir fait honneur, avec une remarquable gloutonnerie, au repas de Madame de Toars, se dépensait, à son égard, en courtoises, voire même en gaillardes façons dont ne rougissait point son hôtesse.

La Représentation d'Entremets

Le trouvère avait reçu du Vicomte et de sa femme la mission d'égayer leurs visiteurs. Pour ce faire il avait introduit dans le château tous les bateleurs et chanteurs ambulants que l'annonce des réjouissances avait attirés.

Il était attablé avec ses compagnons à l'extrême bout du fer à cheval. La mise des baladins, leurs excentricités et l'éclat de leurs propos bouffons détournèrent Guilhem des galanteries qu'il prodiguait à sa voisine.

— Par Radégonde qui me protège, fit-il, il y a là-bas de francs lurons, qui semblent mieux armés de langue que d'épée.

— Leur seule arme, en effet, Monseigneur, est le rire, répondit la châtelaine. Ces pauvres amuseurs de villes en castels vont en répandre le secret. Parmi eux est Raynold, le trouveur lorrain... Il sait par ses chansons provoquer, à sa fantaisie, la gaieté ou les larmes...

— Commençons, s'il vous plaît, par farces et jongleries, dit le Vicomte Arbert, intervenant dans le débat. Liesse est ce que doit châtelain à ses hôtes !

— Plaisirs d'yeux et d'oreilles, fit observer l'abbé, sont le meilleur condiment d'un plantureux festin.

— Assurément, Messire, approuva le Séneschal car il n'est point de bonne mangeaille sans épices.

— Sans omettre, ajouta le Baron des Mauges, congestionné par l'excès de nourriture, que le rire et la gaieté favorisent, au surplus, nos fonctions digestives.

A ce moment, l'ours de Hatto, endormi sous la table des jongleurs et brusquement réveillé d'un coup de pied, poussa un grognement furieux.

Cet impromptu mit les dames en émoi et fit lever la tête aux chevaliers.

— Montre au moins ton museau, paladin mal léché ! lui cria de sa place Hugues de Lusignan, encadré de deux roses jouvencelles, aux blondes tresses enrubannées.

L'ours ne se fit pas prier. Il se dressa hors de sa retraite et de toute sa hauteur, en secouant l'anneau de fer rivé à son nez pointu.

Divertissement ! Divertissement ! clamèrent les tablées.

Répondant à ce désir, le Fièrabras, jovial, empoignant sur un plat un cuissot de chevreuil, le lança, de toute sa force, dans la direction du plantigrade qui, la gueule ouverte, le happa au passage.

Un rire général et des applaudissements éclatèrent sous les toiles, tandis que l'ours mettait en pièces son aubaine.

— Les guerriers, comme les enfants, sont prompts à l'imitation, dit alors l'Abbé, en voyant les reliefs du festin voler, de toutes parts, à l'adresse de l'animal.

Fuyant sous l'avalanche, les jongleurs décrochèrent leurs vielles, pendues à l'un des poteaux de la tente et vinrent au milieu de l'hémicycle, traînant derrière eux leur ours, qui pourléchait ses babines dégouttantes de sauce et de jus de viande.

Les hérauts d'armes, placés aux portes de la salle, sonnèrent à nouveau de la trompe pour signaler au public que la représentation d'entremets allait commencer.

*
* *

Elle débuta par une farce jouée par toute la troupe.

Raynold en était l'auteur. Pour le décor et la mise en scène, il tira un merveilleux parti de la futaille vide rassemblée autour du mât central. Il en était de ces tonneaux comme des couplets de la chanson de Roland. Inégaux et divers de forme et d'origine, ils se réclamaient, si l'on peut dire, de toutes les paroisses. Les uns allongés et cylindriques atteignaient la taille d'un homme. D'autres étaient petits et ventrus. Les plus grands, en beaux merrains de chêne, pouvaient contenir mille pintes. Mais beaucoup, dédaigneux de l'art du tonnelier et sans qu'il soit besoin de cercles ni de douves, n'étaient que des troncs d'arbres, grossièrement évidés, encore couverts de leur écorce, auxquels on avait ajouté des fonçailles.

Ces accessoires, mis en place, fournirent au Trouvère le titre de sa pièce qu'il annonça d'une voix claire :

La Farce aux Tonneaux

Et voici quels étaient les personnages :

Le baron *Fier;* Dame *Acariâtre,* son épouse; *Chantefort,* le curé; l'illustre chevalier *Matamoros,* le Compère, la Commère, puis la foule : soldats, marchands, moines, valets et vilains.

La scène se passe dans le manoir du baron *Fier.* Les acteurs vont se loger dans les fûts béants qui servent à figurer le donjon et les tours. Deux grands barils pour le donjon; un pour chaque tour d'angle, où veille un soldat armé d'une broche ou d'un coutelas, empruntés à l'office.

Plein de morgue et de suffisance, le noble Baron, dupé par ses gens, se ruine en procès contre une abbaye voisine. Une abbaye construite, elle aussi, en tonneaux, qui, juxtaposés et superposés, en manière de cloîtres et de chapelle, sont habités par des moines déchaux et mendiants, pillards et piaillards.

Dans leurs muids-donjon, d'où ils surgissent, à tour de rôle, tels que des diables, par une trappe, le châtelain et Madame *Acariâtre,* désagréable autant que son nom l'indique, se querellent à longueur de journées.

La dame, comme il se doit, trompe son mari. Et, qui plus est, elle le trompe avec *Chantefort,* son curé : un clerc paillard et gourmand que l'on voit juché sur son église-tonneau, surmontée d'une perche, en haut de laquelle pend une cloche.

Quand le galant est en ribote, il sonne les saints à toute volée et braille la messe à tue-tête.

Allant de l'un à l'autre de nos personnages enfûtés, Flippo le compère avec la jongleresse, sa commère, mènent le jeu, prodiguant les réparties, les ritournelles et les quolibets.

Le satire n'épargne personne. On s'y gausse des femmes toujours en quête d'un amant, des moines trop avides, des marchands trop « cherrants », des nobles vaniteux et des vilains balourds, aux jambes torses, aux mains velues. On distribue force nasardes aux valets de service. Ce qui fait se pâmer l'assistance.

Enfin, clou du spectacle, apparaît, à cheval sur un ais de porte et tenant un sabre de bois, l'illustre chevalier *Matamoros,* le tueur de Maures, lequel n'est autre que Raynold.

Barbouillé de vermillon, avec des moustaches en filasse de chanvre aux deux pointes en croc, coiffé, pour casque, d'une marmite ornée de cornes de bélier, l'Illustre est adoubé d'une armure cliquetante, en écailles d'acier, bien trop grande pour lui et chaussé d'éperons longs d'une aune.

Il bouscule, à grand fracas, les tonneaux et leurs occupants, brandit sa latte et rosse tout le monde. Il se rengorge et se pavane. Son armure étincelle. Il fanfaronne, jure, menace. Mais à la longue ses victimes : Baron, dame, curé, moines, vilains et valets se retournent contre lui. Et, copieusement rossé à son tour, l'illustre *Matamoros,* embarrassé par ses éperons, s'écroule au milieu des barriques dans un épouvantable bruit de ferraille.

La salle exulte. Le Duc jubile. Et, ne se retenant plus de plaisir, il frappe à grands coups de poings sur la table d'honneur où les pots se renversent, avec la boisson. A flots rougeâtres elle se répand sur la blancheur des doubliers: ce qui ajoute à l'hilarité générale et à la satisfaction de ses hôtes, enchantés de l'avoir si bien diverti.

***

Cependant l'officier de bouche fit apporter par les panetiers, en longues chemises blanches, des galettes et des fouaces. On arrêta le spectacle pour enlever les décors et les remplacer par des barils pleins.

— Rien ne vaut, en effet, de telles bouffonneries pour dissiper la bile et l'humeur chagrine, dit le sire de Toars à Regnault de Mortagne.

— Régime fort salutaire, sans doute, à nos humeurs, répartit l'abbé, grâce à l'excitation qu'il met dans notre sang. Vous m'en voyez, moi-même, Messires, tout esbaudi. Mais ne vous semble-t-il que cet esprit de raillerie, propagé par les jongleurs et qui s'exerce si volontiers contre la religion et la noblesse, nuit à l'autorité qu'elles tiennent de droit divin ? — Ah ! certes, nous sommes loin de ces vaillants récits qui magnifiaient, dans les chants du passé, les gestes héroïques de nos beaux fils de France.

De son côté Aldéarde confessait à Guilhem :

— N'empêche, gentil Duc, que les douces chansons, que chantent nos bergères en filant la quenouille et les serves de ma maison en tissant de la toile, me vont plus droit au cœur que tant de moqueries.

— Aussi voudrais-je, belle amie, me montrant, en tous points, l'émule d'*Héraclès,* à tes pieds tourner le rouet pour le plaisir de les entendre.

Elle remarqua que ce soudard glouton n'était pas dépourvu d'à propos ni de lettres.

Ainsi, deux sons de cloche semblables parvenaient aux oreilles d'Arbert, placé entre le Duc et l'abbé.

C'est pourquoi, s'adressant au Trouvère :

— Ne saurais-tu, maître Raynold, pour l'agrément de Monseigneur et celui de notre abbé, accommoder quelques couplets de manière épique et galante ?

Le Trouvère, ramenant devant lui sa mandore, donna l'accord à la flûte de Flippo et aux vielleux de son orchestre. Puis, dans le silence qui s'établit, il entonna :

LA COMPLAINTE DE LA BELLE AUDE

En son altier château des marches de Thuringe,

La belle Comtese Aude, esseulée, se lamente.
Toute une année s'achève et jamais ne revient
Roland le Capitaine auprès de son amante.

Aussi, lasse d'attendre :

Jusqu'en son palais d'Aix elle s'en fut trouver
L'Empereur Charlemagne à la barbe fleurie.
Sire, lui demanda... Qu'est-il donc arrivé
A mon seigneur Roland qu'aime plus que la vie ?

Lors, le vieil empereur, aux deux cents ans passés,
Se sent le cœur étreint d'une douleur pesante.
Il se tire la barbe et les yeux angoissés
Regarde tristement la pitoyable infante.

Ma sœur... Très chère amie.. enfin dit le roi Charles,
C'est d'homme mort que tu me parles !...
Apprenant ainsi son malheur
L'infortunée perd ses couleurs.

— En échange, s'écrie le Roi, je te donnerai pour mari Louis que j'eus d'Hildegarde et le plus valeureux de mes cinquante fils.

Mais le choc reçu au cœur par la dolente fiancée est mortel, et...

Près du trône tombant pâmée,
Sans vouloir être consolée,
Aude à sa fin s'en est allée.

Alors, tandis que le Trouvère raconte comment quatre nobles comtesses, mandées par l'Empereur, transportèrent son corps dans un riche couvent de nonnains et là, devant l'autel, bellement l'enterrèrent, les dames toarsaises mouillent abondamment de pleurs les épais doubliers dont elles s'essuient les yeux.

Le Fièrabras, lui-même et ses rudes compagnons, si joyeux tout à l'heure, sont attendris. Chacun revoit en sa pensée l'absente qui l'attend au logis familial... Guilhem songe à son épouse Emma.

— Mélusine ! Chante-nous Mélusine ! s'empressa de dire Aldéarde à Raynold, pour chasser de l'esprit de son voisin de table ces sentiments mélancoliques.

— Oui, chantons Mélusine ! répétèrent les dames qui, séchant leurs larmes, firent chorus avec la châtelaine.

***

La chanson de Mélusine, avec chœurs au refrain, eut derechef un grand succès, car l'histoire était poitevine. Comme la première fois le récit des aventures de son aïeule mit en vedette le cadet de Lusignan. Et, dès que Raynold eut achevé la romance, on interpella le Bien-Aimé.

— Pardieu ! cadet, fit le vieil Arbert, qui se plaisait à taquiner son ancien page, ce sont les grincements nocturnes de la girouette de ton château que tu prends pour les cris de feu cette arrière-parente.

— Hé ! Ce sont plutôt grenouilles qui coassent... qui coassent... lança Flippo, au cours d'amusantes pirouettes qui le ramenèrent au banc des jongleurs.

— A n'en pas douter, affirma le conseiller de Mauprevoir dont les terres étaient proches de celles de Lusignan. — Et, je conseille fort, ajouta-t-il, à cet héritier d'un conte de fées, s'il veut dormir en paix, d'envoyer ses manants, comme je le fais moi-même, battre de verges les fossés aux alentours de son castel.

— Grenouilles qui coassent ! s'exclama l'héritier vexé... Tes verges, Compère Alain, auraient meilleur usage sur le dos de ce bateleur, qui ne sait pas encore que le chant de la Mélusine est, pour le moins, aussi charmeur que celui des sirènes dont elle a revêtu le corps harmonieux.

— Ces filles de l'Océan ont vieille renommée, dit le Vicomte de Toars. Et, puisque d'elles il est question, celà me remet en mémoire les grandes obligations que j'ai envers toi, très noble Comte et Duc, pour la restitution de mon fief maritime de Thallemont... Aussi bien, ne puis-je mieux faire, Monseigneur, pour fêter ce glorieux événement, que de te convier, avec vous tous Messires, cria-t-il à la ronde, à venir cet automne courre le cerf dans nos forêts d'Olonne et chasser au faucon la foulque et le héron, dans nos verts îlots des côtes de Vendée.

— Et, nous irons le soir écouter les sirènes, fit gaiement Aldéarde. J'ai ouï dire, gentil Duc, que la voix de ces mystérieuses créatures est si séduisante qu'elles attirent près d'elles, au fond des gouffres de la mer, les nautoniers ravis.

— Oui-dà, répartit le guerrier. Ne serait-ce plutôt, belle amie, sur un lit d'algues et de mousse, au creux de quelque grotte ignorée, du rivage ?...

Bataille !

La représentation d'entremets avait pris fin. Le régal continua sur de nouveaux frais de cuisine.

La vaste rotonde, construite en « bournais » (1) où s'élaboraient ces magnificences culinaires, formait avec les celliers et la boulangerie l'aile droite du manoir. Par l'une de ses portes, les serfs enfournaient sans arrêt les fagots et les bûches destinés à l'entretien des foyers, disposés circulairement à l'intérieur de l'édifice.

Dans cet antre infernal, trônait un imposant maître-queux, honoré de la confiance seigneuriale. Assis dans une chaire, au milieu de la rôtisserie, il en était, en quelque sorte, le foyer spirituel; non moins resplendissant, d'ailleurs, que les autres foyers à voir sa face rebondie et ses joues empourprées. Il était environné, comme Dieu le Père, de nuées. Elles s'évadaient heureusement, par le toit, mettant au sommet de la cheminée centrale un panache bleuâtre, qui flottait haut et loin dans les airs, pour la plus grande gloire de l'amphitryon toarsais, son maître.

Ce hasteur, fameux parmi ceux de son art, avait sur un dressoir, à portée de sa main, des aromates d'orient. Il en ordonnait judicieusement l'emploi pour ajouter de la saveur aux aliments. De nombreux serviteurs s'empressaient, sous ses ordres, autour des chaudrons, des râteaux à crochet où l'on pendait les viandes, des mortiers à pilon, des broches, des lèchefrites, des contrehastiers, des grils à trépied, des pétrins et des bassins d'eau.

Un bataillon de marmitons, joufflus comme des an-

(1) Mortier d'argile et de paille.

ges, évoluait à ses côtés, établissant la liaison entre l'office et le banquet.

Après les grosses pièces du premier service, le menu comportait des mets plus variés.

On servit des gelines et des faisans rôtis, des fricassées d'oiseaux, des cygnes, des hérons sur compotes de pommes ou de poires, des coulis d'écrevisses fortement épicés. On apporta, toutes rissolantes sur le gril, des couleuvres, des anguilles, des lamproies que l'on mangeait avec des crèpes de sarrasin.

Les blancs panetiers revinrent avec des tartes aux fruits, plus larges que des rondaches et que l'on découpa, par tranches, sur les tables, avec une épée.

Ces gourmandises étaient arrosées des vins d'*Empergoil* et de la fontaine de *Taziacus.* De tels crus, les meilleurs de la viguerie, le disputaient à ceux de l'Anjou et de Guyenne pour le velouté et le parfum de leurs produits.

Puis ce furent, en de vénérables amphores, des élixirs réputés. Fabriqués par les moines avec des simples de la vallée et des moûts de raisin, leur vente assurait l'entretien des moustiers.

A ce régime les têtes s'échauffèrent.

*
* *

Les Chevaliers du Duc et ceux de la vicomté s'étaient pris souvent de querelle durant leur commune campagne. Il subsistait entre eux des ferments de rancune et bien que séparés ils ne tardèrent pas à se défier de loin. Le pot en mains, d'abord. Question de beuverie. Et l'on comptait parmi eux des gosiers capables d'avaler, d'un seul trait, une double pinte de cervoise.

Puis, à un moment donné, l'on vit venir, en titubant, jusqu'au centre de l'hémicycle, deux barons poitevins. C'étaient Messires Jehan d'Avrigny et Raoul « la flamme », seigneur de Séneché.

Remplaçant les jongleurs et pleins d'irrespect à l'égard de leurs hôtes, ils se mirent à chanter ce couplet d'un noël ancien peu flatteur, vraiment, pour les guerriers toarsais :

Les pastoureaux de Toars
Nau, Nau
Qu'aviant la renoumie
D'être vaillants soudards
Nau, Nau
N'aviant rin qu'ine épie
Pre tretous,
Nau, Nau, Nau
Encor si fort rouillie,
Nau, Nau
Que fodgit ine armie
Pre la tirer du fourreau
Nau, Nau, Nau

— « Nau, Nau, Nau » répétaient les chevaliers poitevins en cognant en cadence les pots et les flacons sur les plateaux de bois qu'ils avaient devant eux, tout en se moquant des hommes du Vicomte.

La provocation était manifeste. Toars allait y répondre par une autre chanson.

***

Le plus ivre des deux provocateurs, partant le plus excité, était Raoul de Séneché. Ce capitaine, que son ardeur proverbiale au combat de même qu'en toutes choses avait fait surnommer « la flamme », possédait une jeune femme d'une merveilleuse beauté. Durant son absence la dame était demeurée à Poitiers. Or, il advint que la réputation de cocuage du noble sire dépassa vite celle que lui valaient ses hauts faits. Une chanson courait la ville sur les débordements d'Anne de Séneché. Et, suivant une loi commune à tous les temps, le mari était le seul à ignorer son infortune.

Mais, devant l'outrecuidance du personnage, Amaury de Maulévrier, capitaine des Toarsais, résolut de venger, sur le champ, son honneur et celui de ses amis.

Bondissant dans l'arène, il chanta d'une voix fausse mais puissante :

Pendant que son époux voyage
Et, loin d'elle, prend ses ébats
Annette, au lieu de rester sage,
Offre à tout Poitiers ses appâts.
Landerirette, Landerira
L'aimable femme que voilà !

Raoul « la flamme », interdit, l'air stupide, considérait Amaury, qui reprit :

A plus d'amants Anne est promise
Que n'en peut compter sur ses doigts
Et fait des nœuds à sa chemise
Afin de n'en oublier pas.
Landerirette, Landerira
L'aimable femme que voilà !

Le soudard hésitait à comprendre. Cependant le péché d'adultère, au cours des couplets suivants, continuait à festonner de nœuds nouveaux le pan de chemise de l'insatiable amoureuse. Cet autre, enfin, en le désignant par son nom, acheva d'ouvrir les yeux du mari :

Au gay logis de belle Annette,
Truands, ribauds sont invités.
Par eux, Raoul porte cornette,
Beaux fils d'amour, en vérité.
Landerirette, land...

Les banqueteurs, cette fois, n'en entendirent pas davantage. Le sire de Séneché, soudain dégrisé, mit un terme à la riposte en assénant un formidable coup de sa masse d'armes sur la tête d'Amaury dont, par chance, le casque tint bon.

Il n'en roula pas moins étourdi sur le sol. Ce ne fut, du reste, que l'affaire d'un instant, car l'homme était robuste. Il se remit debout, se secoua et se jeta sur le poitevin. Alors, au grand effroi des dames, les seigneurs des deux camps, franchissant les tréteaux, se rangèrent face à face, prêts à la bataille.

Le Vicomte Arbert, l'abbé, les conseillers, surpris par l'événement, se démenèrent tous quatre de la voix et du geste pour retenir les combattants. Ce fut peine perdue.

Dans un instinctif mouvement de défense, Aldéarde prit le bras de Guilhem, comme pour lui demander protection.

Celui-ci, amusé, regardait sans rien dire.

Amaury de Maulévrier et son adversaire, armés chacun d'une courte épée, se cherchaient au défaut du haubert.

S'étant constitués leurs seconds, Simon de Chausserave et Jehan d'Avrigny, après un échange litanique d'injures, en vinrent, eux aussi, aux coups.

On avait beaucoup bu. Les vociférations et les menaces sortaient des gorges avinées, de même que les armes jaillissaient des fourreaux. Dans les cris et le tumulte débutait, en somme, une mêlée d'ivrognes.

Sur le bras nu et musclé de Guilhem, la douce main accentua sa pression suppliante.

Le Duc, d'un sourire, rassura son hôtesse. Puis, se levant, il mit ses moufles en cuir de buffle. Et, déplaçant la table d'honneur, toujours sans mot dire et sans armes, il s'en fut dans la salle.

***

Il dépassait de la tête les plus grands de ses guerriers. Il dominait encore de plus haut les toarsais, dans l'ensemble courtauds et trapus. Il écarta tous ceux qui lui obstruaient le passage...

Aveugles et sourds à ce qui les entourait, Raoul « la flamme » et Amaury de Maulévrier se donnaient un assaut furieux.

Brusquement, sur le col en mailles d'acier des deux hommes s'abattit une poigne terrible, qui fit crisser le métal. Ils furent détachés l'un de l'autre, comme on ferait de crabes accrochés par les pattes.

Et, soulevés de terre, les deux antagonistes, tenus à bout de bras, s'agitèrent vainement pareils à deux pantins sous le rire épanoui, sonore et triomphant du colosse... Un rire inextinguible, contagieux, homérique, qui envahit la salle entière.

En lui se libéraient, ainsi qu'une outre énorme se dégonfle, la colère des hommes, l'excitation nerveuse des femmes apeurées et les vapeurs lourdes de l'ivresse. Il s'enflait en rafales, sous l'immense vélum, déferlant jusqu'aux portes. Et, transmis par les gardes à tout le menu peuple, garnissant l'esplanade, qui rit à grands éclats d'entendre rire ses maîtres, il gagna les remparts, la cité et les camps.

Cependant, Monseigneur le Duc d'Aquitaine déposait aux pieds de la Vicomtesse sa double prise. Etranglés à demi, le poitevin et le toarsais, effarés de l'aventure, disparurent au milieu de la foule.

Mais, le Sire de Séneché digéra mal l'affront que son chef lui avait infligé.

Dans le Bois Sacré

A l'issue du banquet, la foule s'écoula par la grande porte de la citadelle. Les chevaliers rejoignirent leur camp. Tout le reste du jour on vit traîner des soldats étrangers par les ruelles de la cité féodale, chez les taverniers et les filles. Mais le gros de l'armée d'Aquitaine acheva la soirée dans les prairies ensoleillées du bord de l'eau. Vêtus seulement de courtes braies, les guerriers du Poitou, de la Marche, de la Brenne et de Saintonge se délassaient de leurs fatigues dans le courant de la rivière ou livraient, étendus sur de grasses pelouses, leurs mâles nudités aux obliques rayons de l'astre déclinant. Les uns étaient de carnation très blonde, d'autres bruns et velus. Ces aquitains, dont le berceau se trouvait situé au terme des grandes invasions du continent, différaient de type, même entre frères. Dans leur race de sang mêlé, le Septentrion et le Midi avaient confondu leurs apports.

Afin de distraire leur hôte, les châtelains de Toars lui offrirent de visiter les curiosités de la viguerie.

Toute la cour vicomtale, y compris les douairières et les barbons, voulut être de la partie.

On fit venir des écuries les palefrois et les haquenées. Ces bêtes élégantes, dressées pour la promenade, étaient couvertes de housses traînantes, richement brodées. Elles portaient de confortables sambues garnies de velours à l'usage des dames et des selles rases en peau de mouton pour les seigneurs.

Hugues de Lusignan brigua l'honneur de conduire la caravane. Le bellâtre était cousin d'Aldéarde. Non content de ses bonnes fortunes et des ravages qu'il causait dans le cœur des suivantes de la Vicomtesse, il nourrissait, en outre, l'ardente ambition de lui plaire. Il ne perdait, dès lors, aucune occasion de briller à ses yeux.

Après une demi-lieue de chevauchée en plaine, on atteignit les escarpements boisés de la vallée.

— « Le chemin de l'Enfer » annonça le guide. Et, derrière le Bien-Aimé, la compagnie s'engagea dans un ravin, bordé de roches suspendues à l'aspect chaotique, qui descendait, presqu'à pic, vers des profondeurs tortueuses.

En bas coulait le Toué, paisible et noirâtre comme le *Styx*, entre deux rangées sombres de forêts.

Alain de Mauprevoir et le Baron des Mauges, séduits eux aussi par la proposition du Vicomte, avaient consenti à se hisser sur deux ambleurs aux flancs arrondis et au pied sûr. Laissant le Duc aux soins de son épouse et du fidèle Lusignan, Arbert ne manqua point de se rendre auprès d'eux. Et, les trois amis, à l'arrière-garde du cortège, reprirent leurs sujets favoris d'entretien.

***

On suivait une voie de halage que la fréquence des haleurs et de leurs équipages avait débarrassée de toute végétation encombrante.

— Les rivières sont des routes créées par la nature, dit le sire de Mauprevoir.

— Des routes qui marchent (1) et portent les fardeaux, ajouta Regnault de Mortagne.

— C'est pourquoi l'on retrouve sur leurs rives, fit Arbert, la trace des premiers conquérants.

Montrant à la cime des coteaux des constructions cylindriques dont le toit dépassait la masse touffue des ormes séculaires.

— Voyez ces « tonnières », reprit-il, placées de distance en distance. Elles furent bâties par les romains... Des feux, chaque nuit, s'allumaient à leur faîte, reliant ainsi par des signaux les soldats postés dans ces gar-

(1) Pascal.

deries. Et des récits dignes de foi, Messires, rapportent qu'elles ont protégé la vallée contre les entreprises des Vénètes qui, sur mer et sur terre, mirent en échec, dans cette partie de la Gaule, la fortune de César.

— Il est peu vraisemblable, rétorqua Regnault, que le divin Julius, vainqueur, en quelques mois, des Vénètes et des autres bretons, leurs alliés, grâce à l'aide des Pictaves et des Santons, ait pris le temps d'édifier ces tours en pierres. Je le croirais d'autant moins que le bois lui fournissait ici d'abondants matériaux plus propres aux constructions hâtives de la guerre. Tout au plus, pourrions-nous admettre que ces tonnières furent élevées par les romains pour se défendre contre les incursions de Conan Mériadec, ce roi fameux de l'Armorique qui commença, plusieurs siècles plus tard, à ruiner leur domination.

— A moins que ces vaillants châteliers ne soient tout bonnement d'anciens moulins à vent, fit ironiquement Alain de Mauprevoir. Et, je gagerais volontiers que leur utilisation, toute pacifique, date de l'époque où la civilisation gallo-romaine fertilisa ces collines que la forêt, depuis, a reconquises après l'invasion des barbares roux venus des régions du levant.

Pour mieux se rendre compte, les trois interlocuteurs poussèrent leurs montures dans une sente qui menait à l'une des tours en ruines.

— Elles étaient solides, dit Regnault, et capables de résister aux machines de guerre. Regardez ces débris. On y reconnaît le mélange d'argile, de chaux, de galets, broyés après cuisson, qui constituait le ciment des latins et que les siècles n'ont pu dissocier.

— Voici, dit Arbert, des tuiles à rebord. Elles drainaient l'eau et assuraient, par leur encastrement, la solidité des toits. Tout ceci révèle une science architecturale oubliée de nos jours.

— Par contre, fit Regnault, ces énormes « chirons » sont de grossiers *tumuli,* dignes tout au plus de l'époque gauloise.

Voire aussi de la franque, répliqua le Prévôt. Les ignares germains, qui envahirent les belles cités gallo-romaines, ne surent que détruire. Et nous fûmes ramenés par eux aux monuments primitifs des tribus celtiques.

Reprenant leur marche, ils se trouvèrent bientôt à l'entrée d'une caverne largement ouverte et qui se creusait profondément dans la colline. L'excavation naturelle avait été agrandie à en juger par la hauteur et l'arrondi des voûtes ainsi que par la forme des piliers taillés dans la roche granitique.

— C'est une ancienne forge, indiqua Arbert. Les traînées de poussière rougeâtre et les parcelles de métal qui sillonnent le sol, en fournissent la preuve. Ces ateliers du fer s'appelaient : *ferrariae*. Non loin de Toars il existait d'autres ferrières plus importantes : *magnae ferrariae*. Dans celle où nous sommes nos ancêtres les pictaves forgeaient des épées renommées que l'on trempait, chauffées au rouge, dans les eaux de la rivière.

— Cependant, fit remarquer Regnault, les Gaulois de cette contrée n'utilisèrent longtemps que des armes en silex. Pour ma part, j'ai recueilli dans les plaines, qui avoisinent la Dive, un grand nombre de haches en pierre polie.

— Dis plutôt, mon compère, qu'on en retrouve les taillants, répartit Arbert. J'en possède également une abondante collection. Ces jolies pierres, de forme oblongue, pesantes et douces à la main sont d'un silex noir ou blond, finement poli. On choisissait, pour les faire, les éclats des roches les plus dures.

— J'en ai vu qui sont d'agate et diversement teintées, fit Alain de Mauprevoir.

Il en existe aussi de jade olivâtre et de cristal de roche, dit Arbert. Les clercs les appellent des « celts », suivant une expression empruntée à Saint Jérôme et qui signifie : ciseau.

— Le celt était fixé au bois de la hache par des lanières que le temps a rongées, expliqua Regnault. Mais, ces taillants sont souvent accompagnés d'une emmanchure en os ou en bois de renne, terminée par un œil où pénétrait le manche. Chez d'autres, l'œil est creusé dans la pierre elle-même.

— Je crois que nous avons perdu nos gens, crut devoir signaler Alain de Mauprevoir.

— Il serait temps, en effet, de les rejoindre dit Arbert, en entraînant à sa suite les deux conseillers.

*
* *

Ils ne tardèrent pas à apercevoir le Duc Guilhem et les seigneurs de la cour toarsaise, arrêtés devant une herse de 12 pieds de haut et large d'autant.

Elle fermait l'accès d'un cheminement semé de gros cailloux, lit d'un ancien torrent, lequel se dirigeait à travers la forêt.

— Nous arrivons au bois de la herse, dit le Vicomte. Il nous faut, maintenant, quitter le bord de l'eau afin d'éviter les « maupas ».

— Quels maupas ? demanda Regnault.

— Plus loin, répondit Arbert, le Toué, resserré entre les rochers, est peuplé de gouffres sans fond. Et la voie de halage se réduit à un sentier pratiqué dans le roc. Il serait imprudent pour nos amis d'essayer de franchir à cheval ce dangereux détroit.

— Mais, alors, qu'attend-t-on pour lever cette grille, fit le Séneschal, et entrer dans le bois, qui me semble, à vrai dire, d'allure préhistorique, tellement il est enchevêtré de lierres et de ronces.

— On prétend, déclara le Vicomte en riant, que seules les fées ont le pouvoir de manœuvrer la herse. Elle fut, du reste, à l'origine, un moyen de protection militaire, car, en dehors d'elle, la forêt est impénétrable.

— Les fées ! s'exclama de Mauprevoir. Serions-nous près de leur domaine ?

— A n'en pas douter, mon cher Alain, fit Arbert, puisque nous sommes ici dans mon fief de Prigilia où se trouvent le Luc (1) et la fontaine merveilleuse des druides.

Hugues de Lusignan, descendu de cheval, tirait de toutes ses forces, assisté d'un valet, sur les chaînes de la sarrasine. Il appela à l'aide un deuxième valet, puis

(1) Bois sacré.

trois, puis quatre, puis cinq, puis six. Vains efforts. La herse, rivée à ses montants, ne se haussa pas d'une ligne.

— Nous sommes victimes d'un charme, dit-il, à bout de souffle.

Il regrettait sa présomption, n'ignorant pas le sortilège qui pesait sur cette clôture.

— Invoque l'assistance de ta Grand'Mère Lusigne, lui cria Sabran Chabot, moqueur.

C'est celà, dit Arbert. Invoque-la, mon Fils ! Ce sera l'occasion de montrer qu'elle est fée.

— Ah ! Au diable les fées ! répliqua le jeune homme, furieux d'avoir conduit son monde dans cette impasse dont il ne savait comment sortir.

— Prends garde, Lusignan ! fit craintive, Aldéarde. Car si la dame blanche séjourne par ici, elle pourrait bien t'entendre.

Mais il s'inquiétait surtout d'être mis, de la sorte, en ridicule posture devant Guilhem, son rival. Car l'assiduité du Duc auprès de la Vicomtesse ne lui laissait plus aucune illusion.

Toute la compagnie, cependant, avait hâte d'aller plus loin.

Or, le guide perplexe, apercevant le chevalier Simon de Chausseraye, se remémora la prouesse attribuée jadis à son aïeule dans une circonstance semblable...

Il y vit un sujet de diversion et, peut-être après tout, le moyen de se tirer d'affaire.

***

— Crois-tu, ami Simon, puisqu'on parle de la Mélusine, qu'un aussi mince obstacle eut pu la retenir ?

— Je le crois d'autant moins, répondit l'interpellé, que l'on m'a conté bien souvent le tour de force miraculeux qu'elle accomplit un jour, grâce à son pouvoir magique, en ma terre d'Ayreval.

— Quel tour de force ? demanda le Fièrabras qui avait prêté, jusque là, plus d'attention aux agréments de son hôtesse qu'aux curiosités de la promenade.

— Oh ! Il y a de celà bien longtemps, Monseigneur,

répondit évasivement le Bien-Aimé. La chose, à cette heure, offre peu d'intérêt.

— Mais... tout de même, insista Guilhem auprès de Chausseraye. Raconte-nous l'histoire, Chevalier. Je suis curieux de la connaître.

— Or donc, fit Simon de Chausseraye, la princesse se rendait, ce jour-là, de Lusignan à Toars.

— En sais-tu la raison ? demanda Aldéarde.

— Elle allait chez Niniane, précisa le Bien-Aimé.

— La fée de ce lac breton que, parfois, nous chante Raynold ?...

— Elle-même, chère Aldéarde, répondit Lusignan. Mais Niniane habitait alors un autre lac, aujourd'hui disparu. Il était formé par le Toué dans ce val profond, bordé d'un cirque de coteaux, où vont paître les troupeaux de ta villa Missiaca...

— Continue, chevalier ! interrompit Guilhem impatient de savoir.

— Mélusine, reprit Simon de Chausseraye, suivait comme nous, Monseigneur, cette voie de halage, mais sur l'autre bord. Son carrosse, en bois doré, incrusté de bronze et d'ivoire, était attelé de six mules blanches, hautement empanachées : quatre de front et deux en flèche. C'était, vous le voyez, Mesdames et Seigneurs, un équipage rare et superbe. Tout s'écartait à son approche. Les rayons du soleil de midi, qui piquaient de diamants les flots de la rivière, faisaient miroiter les panneaux étincelants de la carruque. Et, devant tant de splendeurs, les trembles et les aulnes du rivage soulevaient leurs branches feuillues afin de lui livrer passage.

Elle avait aux trois-quarts effectué le parcours, lorsqu'elle vit, devant elle, un pont. Un très vieux pont grossièrement façonné. Il débordait par un côté jusqu'au point de rejoindre à mi-flanc la colline et de ses arches basses, inégales et massives encombrait tout le val : les prés et la chaussée.

Justement indignée contre cet insolent, qui lui barrait la route et ne remuait pas d'une pierre, elle arrêta son attelage... Puis descendant de son carosse...

— D'un coup de sa baguette, interrompit Sabran Chabot.

— Non, de sa pantoufle, rectifia le Bien-Aimé. De sa jolie pantoufle de vair, grise et blanche, ainsi qu'on les portait alors...

— Elle le retourna bout pour bout, put achever enfin le sire de Chausseraye. Et, depuis ce temps, Monseigneur, il est de fait qu'en Ayreval on l'appelle le pont « déviré ».

***

Le Fièrabras, désireux de donner une réplique à l'exploit de la Mélusine, enjamba, pour sauter a terre, l'encolure de sa bête. Silencieux, comme toujours lorsqu'il se préparait à réaliser de grandes choses et balançant ses larges épaules, il se dirigea vers la herse immobile.

C'était ce qu'attendait Lusignan. Les valets précédemment requis par ce dernier se précipitèrent pour seconder le jeune Duc.

Mais, d'un regard impérieux, le maître de l'Aquitaine cloua sur place ces importuns.

Le Bien-Aimé, présageant son insuccès là où sept hommes avaient échoué, se réjouissait dans son for intérieur de le voir, à son tour, bientôt dans l'embarras.

Cependant, arrivé au pied de la barrière, Guilhem regarda Aldéarde, comme pour lui faire hommage de l'entreprise qu'il tentait. Elle l'encouragea d'un sourire. Lusignan se sentit devenir atrocement jaloux.

Saisissant dans l'étau de ses mains formidables les barres de la traverse, le Duc aux bras de fer, dans un terrible effort, fit ployer le bâti. Il s'était défait de sa tunique d'apparat et sur son torse dévêtu les veines se gonflaient serpentant comme des lianes au tronc puissant d'un chêne. La Sarrasine, enfin, grinça dans ses rainures et lentement se déplaça d'un pouce. Le colosse reprit haleine...

Aldéarde le couvrit d'un regard passionné. La peur qu'il réussit commençait à étreindre au cœur le Bien-Aimé.

Alors, le Suzerain, l'arrachant presque de ses bases, tous ses muscles crispés et la bouche tordue par un ahan suprême, mit d'un seul coup la herse en haut de ses montants, ouvrant à ses vassaux l'entrée de la forêt.

***

Après avoir gravi des hauteurs entre deux murs d'arbres et sous un plafond de feuillage que la lumière du jour pénétrait à regret, la petite troupe, abordant un plateau, y découvrit le village de Prigilia.

Le soir montait de la vallée. Du côté des Gâtines de gros nuages mauves encombraient l'horizon, tandis qu'à l'orient, sans voiles, la lune s'élevait comme une blanche hostie, pleine de majesté.

Des groupes d'enfants, vêtus d'étoffes grossières, contemplaient, admiratifs, le cortège.

Au sortir du hameau, le chemin, de nouveau, s'enfonçait dans le bocage.

Le Duc Guilhem et les gentilshommes de sa suite, qui entouraient Aldéarde, devancèrent la compagnie. Ils avaient hâte de percer le mystère du bois des fées et de connaître la fontaine embellie par la légende que renommait, en outre, la vertu curative de ses eaux.

Lusignan, qui n'abandonnait point son rôle de guide, avait souvent, pour sa part, parcouru la forêt. Mais, dans l'ombre crépusculaire du sous-bois, il craignit de se fourvoyer.

Avisant un bûcheron qui rentrait de sa besogne quotidienne, le Bien-Aimé l'appela :

— Ohé ! manant, par où donc est le Luc ?

— Tu t'y trouves, répondit l'homme.

— Alors, conduis-nous jusqu'à la fontaine.

— Jusqu'à la « Blanche » ! s'exclama le forestier. Pas à cette heure, Messire, car il fait clair de lune et... la dame se promène.

— Oh ! Je voudrais la voir, s'écria Aldéarde, qui n'avait pu satisfaire encore sa curiosité sur ce point.

— Allons ! va devant ! ordonna Guilhem au villageois.

Et, comme celui-ci hésitait :

— Marche ! hurla-t-il, en levant sa cravache.

— Mais, Seigneur ! s'empressa de dire le pauvre hère, placé entre deux terribles menaces, le sentier que voilà t'y conduira tout droit. Tous les chemins du bois mènent à la fontaine.

Aldéarde, sans plus attendre, partit au galop dans l'étroit passage. Ses amis l'imitèrent, abandonnant le bûcheron qui, trop heureux d'en être quitte, s'en fut, par les courtils, se réfugier dans sa demeure.

***

A mesure que les cavaliers avançaient, la voie devenait plus large. Le bocage, embroussaillé, s'éclaircissait en futaie. A travers les grands arbres, témoins impassibles et muets des choses de ce lieu, ils distinguèrent un espace vide de plantations et rempli de lueurs fugitives. Bientôt, ils aperçurent, claire au milieu de l'herbe, ainsi qu'une tonsure, la nappe d'eau de la fontaine.

Dans le ciel, dégarni de vapeurs, la lune resplendissait sur l'immense forêt.

Quand la chevauchée déboucha dans la clairière, une flamme, bleuâtre et pourtant lumineuse, jaillit si haut de l'onde qu'elle atteignit la cime des feuillages. Puis... glissant parmi les frondaisons, l'apparition s'évanouit en laissant derrière elle une lueur blafarde.

— La dame blanche ! murmura Aldéarde, qui s'arrêta saisie.

Mais, reprenant aussitôt ses esprits, elle éperonna sa haquenée jusqu'au sang, franchit en trombe le découvert et disparut à la suite du fantôme.

La châtelaine, habituée de la chasse en forêt, filait à une allure telle qu'un cavalier moins exercé eut infailliblement brisé sa bête contre les obstacles.

Hugues de Lusignan à vouloir la suivre s'égara loin du but. Le Fièrabras, après quelques minutes d'une course non moins sinueuse que vaine, quitta son palefroi et mû par un sûr instinct fonça droit devant lui.

Cassant tout, pour s'ouvrir une route, à la manière des grands primates, le fracas qu'il faisait révéla son approche à Aldéarde.

N'ayant point rattrapé le feu mystérieux, elle attendit, pensive, sous la clarté lunaire, près d'un orme tortu.

Il surgit d'entre les branches et, hardi comme un faune, il la prit dans ses bras. Elle ne s'en défendit point.

Contemplant sa proie magnifique, il la tenait légère et serrée contre lui. Puis, sous l'orme complice, s'unissant au creux de la mousse et des herbes, pour la première fois, ils échangèrent leurs baisers.

*
**

— Le Luc où nous sommes et qui s'appelle aussi le bois des fées fut consacré jadis au dieu cornu.

Ainsi s'exprimait le Vicomte Arbert dans le groupe de vieux seigneurs et de douairières, qui fermait avec lui et les deux conseillers la marche des promeneurs de la forêt.

— Il existe, dit Alain de Mauprevoir, de nombreuses représentations de ce *Cernunnos,* qui porte au front, comme attribut, les cornes de la lune. Il était considéré par les druides comme le principe de la Mort et de la Nuit. Fréquemment, j'ai trouvé son image gravée dans la pierre sur les côtes rocheuses de nos rivières de la Marche. On lui voit un visage camard et ses cornes ressemblent à celles d'un bélier.

— On le rencontre aussi sculpté dans le bronze, dit Regnault de Mortagne, sous les traits d'un beau jeune homme barbu et d'aspect ombrageux avec des cornes de taureau.

— C'était une divinité redoutable, reprit le Prévost. On immolait chaque année, en son honneur, sur les tables des dolmens, ruisselantes de sang, douze vierges nubiles, nombre correspondant aux douze mois de la lune.

— Aussi pour l'apaiser, dit Arbert, les filles de Prigilia ont conservé la coutume de suspendre aux arbres, quand la lune est nouvelle, des guirlandes de fleurs ou des colliers de coquillages.

— Comment se nomme la fontaine qu'illumine si

brillamment la lune dans le centre de ce rond point ? demanda Regnault de Mortagne. .

— Mes serfs l'appellent la « blanche » répondit Arbert, du nom de la dame qui en est la fée...

Les paisibles haquenées et les doux palefrois se hâtèrent aussitôt de former le cercle autour de l'onde enchantée pour écouter ce que le Vicomte allait dire.

— Cette source, continua-t-il, possède deux vertus : elle guérit les humeurs malignes et confond les épouses adultères.

— Oh ! fit Regnault, goguenard, ne sais-tu donc pas, mon compère, que, suivant un proverbe gaulois, il est deux choses au monde qu'on ne peut déceler : la trace d'une alouette dans l'air et celle de son amant dans le corps d'une femme.

— Eh bien ! Seigneur Arbert, s'écrièrent en chœur les douairières, il faut nous dire, dans ce cas, comment cette fontaine peut montrer son pouvoir.

— Mes amis, déclara le Vicomte, étant donné justement cette absence de preuves, force est donc de recourir aux *ordalies*. Certes, notre pieux abbé condamne vivement ces pratiques, car ce n'est pas ici le jugement de Dieu, mais celui d'une fée. Il n'en reste pas moins que cette *ordalie* magique est conforme, en tous points, au jugement par l'eau tel que l'admet l'église...

Toute femme, par suite, présumée infidèle, est jetée pieds et mains liés dans l'aigue vive de la « blanche ». Et remarquez que ce trou d'eau, où l'on voit poindre, en plein jour, l'œil rond de la source, est un gouffre sans fond. Si l'accusée surnage et remonte à la surface c'est, évidemment, que la fée la rejette avec mépris comme indigne de lui appartenir. La coupable est alors remise à son mari qui en fait, comme on pense, bonne et prompte justice. Par contre, si disparaissant dans l'abîme, on ne la revoit plus, sa parfaite innocence éclate à tous les yeux. C'est que la dame blanche, qui chérit la vertu, ne veut s'en séparer et la garde jalousement dans son palais de cristal.

Ce récit laissa les douairières rêveuses. Le Séneschal, sceptique, ne se retint pas de dire qu'à tout prendre il valait mieux pour la femme adultère être rendue à son mari, qu'elle avait chance d'apitoyer, plutôt que d'être noyée.

—Tout celà est bel et bon, dit soudain le Vicomte Arbert, mais voici l'heure de rentrer et je me demande ce que sont devenus notre Duc et ma femme ?...

De son côté, Hugues de Lusignan, perdu dans la nuit au milieu des bois, sifflait éperdument dans l'espoir que son appel trouverait un écho.

A force de s'époumonner et après de longues minutes, il perçut la réponse de deux cris joyeux.

Bientôt la noble compagnie fut toute entière réunie dans la clairière du bois sacré. Mais, la rage au cœur, le Bien-Aimé comprit à la mine satisfaite de son rival et à l'insolent éclat de son rire que la partie était jouée et que, dans cette course à la « Dame », Guilhem avait gagné la Belle.

La Dame Blanche, le Chevalier à l'armure d'argent puis Audebert, le moine

Raynold s'entretenait avec Aldéarde. Elle était assise sur la terrasse du donjon, près de la bannière. Il était accoudé aux créneaux.

C'était le matin. La journée s'annonçait magnifique. A peine quelques vapeurs traînaient languissamment dans un ciel laiteux.

La Vicomtesse, vêtue d'une légère tunique de soie qui laissait à découvert ses jambes enlacées de rubans et les traits marqués d'une tendre fatigue, écoutait complaisamment le trouvère.

— Maîtresse, disait-il, dans le roman de Lancelot, lorsque Viviane eut recueilli l'enfant abandonné au fond du lac secret dont elle était la dame, elle l'instruisit d'amour et le doua de ce charme qui séduisit Guenièvre. Sans doute, cette fée qui surgit, l'autre nuit, de la fontaine du Luc, retient, aussi, pour son plaisir, quelque beau damoiseau, caché dans les bosquets où s'écoule la source.

— Qui te fait supposer cet étrange mystère ? demanda Aldéarde.

— Le lendemain de l'arrivée de notre Duc, reprit Raynold, j'avais suivi la chasse tout le jour, sous un soleil de feu. Assis au pied d'un chêne, je goûtais, au retour, dans la forêt de Prigilia, la douceur de la vesprée. Or, à ce moment, j'aperçus une femme toute voilée de blanc qu'emportait dans ses bras un chevalier vêtu d'une armure d'argent.

— Tu rêvais à la lune, gentil poète. Et l'un de ses rayons, rempli de fantaisie, devant tes yeux, alanguis de sommeil, en folâtrant, produisit ce mirage.

— J'étais bien éveillé, maîtresse, je le jure. Et même, j'ai deviné, sous son haubert étincelant, la haute taille de notre Duc. Quant à la Belle, sous ses voiles, je n'ai pu la connaître, mais, certes, elle était fée. Car elle semblait flotter, fluide comme un sylphe, à travers les aulnes.

A ce moment, parut sur le donjon Guilhem d'Aquitaine, équipé pour la chasse. Apercevant Raynold, il ne s'inquiéta guère de la présence du baladin, le sachant étranger et l'obligé de la Vicomtesse qu'il baisa sur la bouche.

— Ainsi, mon beau Seigneur, fit-elle sur un ton de doux reproche, la chasse, maishui encore, te tiendra loin de moi !

— Mais après la chasse, ma mie, ne te verrai-je point dans notre châtelier ? demanda le veneur.

—J'y serai, cher Guilhem, dit la noble amoureuse, puisque ce barbare plaisir veut bien ensuite te laisser libre de songer à notre déduit.

Alors, la couvrant d'un regard pénétré de tendresse :

— Ne sais-tu pas, ma mie, que lorsque vient la brune, le lièvre retourne dans la plaine et le chasseur à ses amours ?

Ils se quittèrent sur cette promesse de rendez-vous.

⁂

Arbert, vieilli, ne chassait guère. Il préférait passer le temps, enfermé dans son castel en compagnie de Jean Lalouette, son chapelain. Ils y reconstituaient ensemble le plan de l'ancien oppidum détruit par Pépin le Bref lors de sa lutte contre le Duc Waïffer. De plus, comme il existait, à cette époque, des peines rigoureuses contre tout vilain présumé coupable d'avoir prélevé, ne fut-ce qu'un perdreau, sur le domaine seigneurial, les terres de la Vicomté abondaient en gibier.

Aussi l'ardeur cynégétique du Fièrabras et de ses compagnons d'armes pouvait se dépenser largement. Dans les fourrés surpeuplés de daims, de loups, d'aurochs, de sangliers, les Aquitains faisaient d'effroyables hécatombes. Mais cette guerre ouverte entre l'homme et le fauve troublait la viguerie. Car, chassées de leur gîte, des bêtes malfaisantes allaient jeter partout l'effroi dans les villages.

Chaque soir, Aldéarde, laissant son confiant époux fouiller le sous-sol et les archives de sa maison, rejoignait la chasse.

Au retour de ces équipées, quand le Duc et ses féaux se sentaient las d'avoir battu la lande et les chênaies, les amants se retrouvaient dans le Luc.

Un vieil esclave, attaché à la fille de Chalon d'Aunay depuis son enfance et qui l'avait suivie à Toars, était dans le secret. Il avait eu mission d'aménager, à proximité du bois sacré, un ancien poste fortifié de barbares auxiliaires qu'on appelait le « châtelier ». Aldéarde y recevait son ami.

Elle y avait fait porter des voiles blancs pour elle et une chemise de mailles en acier brillant pour Guilhem. Ainsi s'expliquait la vision de Raynold. Et grâce au renom de terreur qui s'attachait à la dame blanche, le déguisement, sous lequel ils apparaissaient tous les deux, suffisait à éloigner de leur asile les pastoureaux et les bûcherons, de même que les veneurs attardés.

La crainte superstitieuse n'agissait pas moins, en effet, sur les seigneurs que sur les villageois, étant donné leur commune ignorance.

***

Lorsque Guilhem se fut éloigné, Aldéarde reprit avec le trouvère la conversation interrompue.

— Te voilà, mon Raynold, un nouveau sujet de chanson, fit-elle avec malice... Tu raconteras les amours, dans la forêt toarsaise, de la dame de Prigilia avec un blond seigneur, maître de l'Aquitaine.

— J'en composerai, maîtresse, une romance dont l'air, tendrement, fera vibrer les cœurs, dit le trouvère. Elle acompagnera les caroles des filles de nos villages. Et, je la veux plus renommée que celle du Léonais Tristan et d'Iseut la blonde, qui s'en allèrent aussi cacher leurs amours en forêt, au pays de Morois, dans le royaume de Cornouailles.

— Raynold !... dit Aldéarde, d'une voix devenue grave, puis-je croire à ta fidélité ?

— En douterais-tu, maîtresse ? — Comment, pourrais-je te trahir, toi qui m'as accueilli si bellement dans ce château ?

— C'est que, pour me servir, tu devras affronter un ennemi puissant.

— Qu'importe ! fit le jeune homme. Dans l'ardeur de te plaire, je sens grandir en moi une telle vaillance que j'égalerai, s'il le faut, le plus brave des paladins.

— Alors, écoute, reprit-elle... Depuis que le Duc Guilhem a, secrètement, recherché mes faveurs, je sens partout des traîtres embusqués sur mes pas. Parmi les messagers envoyés chaque jour par la duchesse Emma, sous couleur de tenir le Duc au courant de ses affaires, se dissimulent des clercs et des lais chargés de nous surprendre. Je voudrais que tu veilles, toi dont nul ne s'inquiète, sur le lieu de nos rendez-vous...

— J'y serai dès ce soir, dit Raynold, avec mes amis les plus sûrs. Ils seront dispersés dans le bois et si quelque félon s'y montre, le son de nos instruments t'en avertira.

— Un air de vielle, dit Aldéarde, pour un faux moine ou quelque procureuse, un air de flûte pour un homme d'armes.

Puis, elle tendit au jongleur ses doigts ornés de bagues aux belles pierreries. Il y posa avidemment ses lèvres. Et dans le ravissement que lui causait cette marque de faveur de la châtelaine, il lui déclara, extasié.

— Je t'appartiens comme un esclave, o fée divine de la nuit ! Toi qui peux emprunter la lumière des astres pour déguiser sous leur reflet trompeur le flot sombre de tes cheveux et le noir éclat de tes yeux.

***

Le Fièrabras avait mené la chasse très loin dans les saulaies et les herbages de la Dive, vers Antoniacus. On avait couru le loup jusqu'à la tombée du jour et les chasseurs s'étaient égaillés dans la plaine.

Il revenait seul avec sa meute et un valet. Il rapportait les dépouilles de deux superbes bêtes grises et cheminait allègrement, heureux à la pensée d'aller retrouver sa maîtresse. Il était vêtu d'une courte tunique. Ce vêtement donnait de l'aisance à son corps robuste. Sa chevelure était retenue au sommet de la tête par un large ruban à la mode mérovingienne. Un long couteau pendait à sa ceinture, dans une gaine de cuir rouge, agrémentée de clous de cuivre. Mais son arme la plus redoutable était l'épieu placé en travers de sa selle.

Après avoir harassé son cheval à poursuivre, durant des lieues, le plus vigoureux des deux solitaires, il l'avait acculé, avec ses chiens, contre un rempart de rochers. Là, bondissant au sol, le Fièrabras avait éventré le loup.

Aux approches de Toars, il se sépara de son serviteur auquel il confia son épieu et la venaison. Puis il siffla Neptune, son chien de Germanie et partit en direction de Prigilia. Quittant bientôt la prairie, il disparut dans la forêt.

Le piqueur rejoignit les autres valets de limiers qui jouaient du cor pour rassembler leurs meutes. Et, pendant que Guilhem se hâtait vers le lieu de son rendez-vous, les appels en fanfare de ce retour de chasse se répondaient gaiement, répercutés par les échos.

Il s'arrêta au pied d'un monticule. Sur cette butte isolée s'élevait une construction en forme de tonne retournée. C'est pourquoi ces sortes de châteliers, dont nous avons parlé plus haut, se nommaient aussi des « tonnières ». Celle-ci, faite de blocs entassés, était recouverte d'arbustes et de ronces. On n'eut guère supposé qu'il y avait sous cet amoncellement un gîte susceptible d'être habité.

Le chien se glissa sous les lianes et, peu après, fit entendre un aboiement joyeux. Guilhem conduisit alors son cheval dans un ravin abrité par les arbres et le remit à un vieil écuyer qui gardait déjà, avec sa propre monture, une haquenée noire. Il parvint ensuite à l'entrée de la retraite forestière.

Devant la porte, sur un banc de pierre, une jeune femme était assise. C'était Aldéarde.

De l'endroit où elle se trouvait, on dominait, sans être vu, le Luc et sa fontaine.

— Neptune, dit le Seigneur, prends ta garde ! Docile, le grand chien s'allongea dans les herbes, les oreilles dressées, tandis que son maître et Madame de Toars pénétraient dans la ronde bâtisse pour s'y livrer, sous les voûtes moussues, à de libres amours.

***

Vers le même moment, une troupe de musiciens, avec leurs instruments en bandoulière, arrivait à la clairière où la source étalait sa nappe transparente sous la clarté languide d'un ciel semé d'étoiles.

De son côté, un religieux, qui était sorti du château par une poterne dérobée, la tête enfouie sous sa cuculle et paraissant plongé dans la méditation, atteignait l'orée de la forêt.

Non loin de là, un cavalier de fière allure et qui, revenant seul de la chasse, semblait avoir perdu son équipage, interrogeait les serfs du village d'Etambé.

— Depuis que les seigneurs pictons, disaient ceux-ci, sont les hôtes de notre Vicomte, il se passe la nuit des choses étonnantes.

— Et lesquelles, bonnes gens ?

— Moi, dit l'un d'eux, ayant fauché mon pré près des bords de l'*Argent,* je rentrais sur le tard par la ravinée du Grand Saut, quand j'ai rencontré la *bête bigourne...* (1).

— Oh ! alors, qu'as-tu fait ?

— Un grand signe de croix, Monseigneur, et la bête, en hurlant, s'est sauvée dans le bois.

— Elle est venue, dit un autre, rôder près de ma

(1) Loup-garou.

bergerie. Un soir, je l'ai aspergée d'eau benoîte et j'ai vu s'élever une grande vapeur.

— Lorsque la lune est claire, dit un troisième, on voit apparaître la dame blanche sur la tonnière de Prigilia.

— J'en ai vu sortir avec elle un beau chevalier, dit un serf de labour.

— Ils s'embrassent sous la feuillée, déclara une rougissante pastourelle.

Hugues de Lusignan, car c'était lui, écoutait, intrigué. Par atavisme, il avait l'âme éprise de merveilleux et la dame blanche hantait ses pensées. De plus, amant malheureux d'Aldéarde, il la soupçonnait fort d'être mêlée à ces événements. Comme il était brave autant qu'insouciant, partant féru d'aventures, il décida d'aller se poster aux abords de la fontaine. Il laissa donc les villageois d'Etambé poursuivre entre eux une conversation animée où les fables du passé s'ajoutaient aux contes fantastiques du présent. Sur sa route, le long d'un buisson, il frôla une forme sombre. Sa monture fit un écart.

— Qui va là ? demanda le Bien-Aimé.

— Un pauvre religieux, Messire, qui regagne son prieuré.

— Arme-toi de bénédictions, bon moine, car le diable est dans ces parages. Il s'y déguise en loup-garou quand ce n'est pas en dame blanche.

Le frocard souleva sa cuculle et montra un large crucifix au-dessus de la corde qui lui barrait l'abdomen.

— Avec ce signe sur moi, je ne crains pas le diable, Messire.

— N'empêche, dit Lusignan, en frappant sur son baudrier qui rendit un son métallique, je préfère la croix lorsqu'elle sert de manche à une épée solide.

Pour toute réponse, le moine exhiba entièrement l'emblème sacré, que prolongeait la lame acérée et brillante d'un poignard.

— Tudieu ! l'ami, tes bénédictions sont parfois assez rudes !

Ils se séparèrent. Le Chevalier prit les devants. Dès qu'il eut disparu, l'homme à la cuculle, abandonnant le sentier qu'il suivait, se jeta dans les fourrés.

Quelques minutes plus tard, Lusignan traversa la clairière. Un air de flûte retentit. Il s'arrêta surpris. Les peupliers, qui avoisinaient la source, dressaient au-dessus de sa tête, leurs panaches touffus. Aucun souffle n'agitait les rameaux. La nature apaisée pansait à la fraîcheur de l'onde proche les brûlantes morsures du jour. Il crut avoir entendu le pipeau d'un pastour.

*
**

Cependant, Aldéarde, encore toute agitée des frissons du plaisir, se serrait contre son amant.

Elle perçut le son prolongé de la flûte.

— N'entends-tu pas, mon cœur ? dit-elle au duc Guilhem.

Mais, dans l'orgueil de son triomphe amoureux, le Fièrabras ne se souciait pas plus de ce chant musical que du cri des chouettes dans le fond de la sylve.

— J'ai peur, ajouta-t-elle.

Il éclata de rire.

— Et de qui, près de moi, ma belle aurais-tu peur ?

— J'ai peur, reprit Aldéarde, qu'un garde-chasse du Vicomte ou, plutôt, qu'un rôdeur, à la solde de quelque ennemi, ne vienne à découvrir ce refuge et n'aille, ensuite, nous trahir.

— S'il se montre, affirma le colosse, il ne sortira pas vivant de la forêt.

Comme il parlait, un air de vielle résonna, insolite, à vrai dire, au sein de cette nature sauvage.

Cet autre, pensa la craintive amoureuse, porte un habit d'église.

— Partons, fit-elle.

Mais dans la détente heureuse de son être apaisé, le chasseur appréciait la douceur du repos. Il la retint encore sur leur couche champêtre, qui sentait bon la menthe dont le sol était riche.

— Partons, insista-t-elle — S'il s'agit de pélerins ou de mendiants, notre travesti les éloignera.

Elle délaça doucement l'étreinte de son ami. Puis elle ajusta autour d'elle d'amples toiles de lin d'une blancheur fantomale.

Guilhem se décida, enfin, à revêtir, par dessus son bliaut de chasse, le haubert luisant, façonné à sa taille, qu'elle lui avait offert. Il défit le bandeau qui retenait sa chevelure et mit un casque d'argent. Empruntant pour masquer son visage une barbe rousse et fournie, il prit l'aspect du dieu Wotan ou du héros, non moins fabuleux, des Nibelungen.

***

C'est alors qu'embusqué, auprès de la fontaine, le Bien-Aimé vit apparaître sur le devant de la « tonnière » le couple baigné de lune.

Vision supra-terrestre... hallucinante s'il en fut... mystérieuse et troublante à vous donner la malepeur. La vie de la forêt en resta suspendue et le moine, lui-même, à califourchon pour mieux voir sur la branche d'un hêtre, en fut tout éberlué.

Puis l'apparition s'évanouit.

Au pied du tertre, Lusignan la revit... Les amants, poursuivant leur artifice, se montrèrent un moment à l'entrée de la clairiere.

L'attente du descendant de Mélusine n'aura pas été vaine. Il ne reconnaît pas Aldéarde ni Guilhem et n'est pas éloigné d'admettre l'événement comme surnaturel mais, à l'exemple de Raymondin, dans cette conjoncture, il se sent de taille à braver l'inconnu.

Pourtant lui-même est surveillé. Le son de la flûte une fois encore a percé le silence. Le danger se précise. Aldéarde tressaille.

Portée par Guilhem qu'elle recouvre à moitié de ses voiles, elle effleure le sol plutôt qu'elle ne s'y pose.

A pas lents, sur les jonchées de feuilles mortes, la dame blanche et le chevalier créent autour d'eux, dans ce décor de lune, un tel enchantement qu'on croirait voir la forêt s'animer et les arbres marcher pour leur faire cortège.

Mais la feinte a assez duré. C'est vers le ravin où

le Santonais les attend que le couple maintenant se dirige.

Or, brusquement, devant eux et l'épée à la main, Lusignan, vaillamment, a poussé sa monture. Il leur barre la route...

— Dieu du ciel !... Ce n'est que lui ! Aldéarde respire. Quant à Guilhem, tel que le dieu puissant dont il a l'apparence, il saisit aux naseaux le roussin du fâcheux et l'assomme d'un coup de sa droite terrible.

Le cheval est par terre mais le cavalier se relève.

Entre le dieu et lui la bataille s'engage. Aldéarde en profite pour s'enfuir sachant bien que le Fièrabras aura vite raison d'un si piètre adversaire.

***

La Vicomtesse de Toars suit maintenant avec son écuyer le chemin qui mène au village de Prigilia. Elle a décidé d'y attendre son ami. Elle a quitté ses voiles et considère désormais que tout danger a disparu. Voici, d'ailleurs, les premières cabanes de bûcherons...

Mais que devient Raynold ? Elle s'étonne de ne pas avoir vu le trouvère.

Comme répondant à sa pensée, il sort d'un taillis.

— Fuis, maîtresse, au plus vite, jette-t-il à voix basse, car celui qu'il faut craindre se trouve sur tes traces.

— Fuir ! En est-il temps encore ?

Poursuivi par les chiens du village un moine accourt à sa rencontre. D'un gourdin vigoureux, il écarte la troupe hurlante, attachée à son froc et d'une voix humble se lamente.

— Par Saint-Hilaire, âmes charitables, tirez d'embarras, je vous prie, un malheureux égaré, qui ne sait par où se rendre à l'ermitage d'Antoniacus.

Aldéarde a visité souvent les ermites de cette pieuse colline, mais elle ne reconnaît pas celui-ci.

— Qui es-tu et d'où viens-tu ? demande-t-elle.

— Je ne suis qu'un modeste frère servant, noble dame, que le révérend abbé de Sainte Hermine envoie au prieuré d'Antoniacus. La nuit m'a surpris dans ce bois et je cherche en vain à retrouver ma route.

Le religieux mentait. Il était Audebert l'âme damnée de la duchesse Emma. Envoyé, avec d'autres messagers, auprès du Duc, elle lui avait donné pour mission d'épier le Fièrabras dont elle était horriblement jalouse.

Après son bref colloque avec le sire de Lusignan, le moine avait assisté de son arbre à la scène de la clairière. Il ne doutait pas que le blond géant, qui accompagnait la dame blanche, ne fut le comte de Poitiers. Par contre il lui restait à découvrir l'identité de cette dernière.

Les jongleurs l'avaient pourchassé jusque dans Prigilia. Mais la chance le favorisait, car il tenait enfin le mot de l'énigme. La mystérieuse compagne du Duc Guilhem était là, devant lui. C'était Madame de Toars.

***

Les baladins, l'un après l'autre, arrivaient essoufflés par la course.

Aldéarde n'avait ajouté que peu de créance aux allégations du pseudo-frère de Sainte Hermine. Elle se voyait entourée, à présent, de gaillards résolus. Elle prit le parti de s'assurer de sa personne. Elle saurait bien ensuite contrôler la véracité de ses dires et, le cas échéant, le rendre muet pour toujours. Ainsi en usaient les nobles à l'égard des gêneurs.

Audebert, devinant son dessein, s'empressa d'y couper court et de prendre congé.

— Je dois m'éloigner, mes bons amis, sans perdre une minute, dit-il, car il me faut atteindre le but de mon voyage avant le lever du soleil.

— Nenni, saint homme, fit la châtelaine avec une feinte sollicitude, tu risquerais à nouveau de te perdre et de faire de mauvaises rencontres. Viens plutôt avec nous. Nous te donnerons l'hospitalité pour la nuit et dès l'aube tu repartiras.

— Je ne crains nulle rencontre, répartit le religieux en redressant sa taille robuste.

Il y a dans la forêt des hommes plus forts que toi, dit Aldéarde, qui songeait à Guilhem dont l'absence se prolongeait. Et, à cette heure nocturne, tu n'échapperais pas aux fauves que notre chasse a déchaînés.

— Mon bâton de pélerin y suffira, répondit Audebert, en montrant sa trique noueuse.

Sur un signe d'Aldéarde le groupe des baladins se resserra autour de lui.

— J'ai là aussi, cria-t-il, en tirant son crucifix, dont la pointe brilla sinistrement, de quoi me délivrer de tes diableries, Vicomtesse impudique !

C'en était trop.

— Emparez-vous de cet homme, ordonna-t-elle.

Tandis que Raynold restait à ses côtés pour la protéger, les jongleurs avec Flippo, à leur tête, se jetèrent sur le moine.

Mais le clerc poitevin possédait une telle vigueur que seul le Fièrabras aurait pu le réduire. Hélas ! Il n'était pas encore là...

De même qu'un sanglier, coiffé par des mâtins, se défait de leur emprise, il secoua la grappe humaine. Ses assaillants roulèrent sur le chemin. Seul Flippo, aux jambes du moine, tenait bon.

Audebert n'hésita pas.

Avant que Raynold ait pu intervenir, la terrible croix de fer se leva au-dessus du joueur de flûte, qui s'affaissa avec un cri déchirant.

Lui abandonnant, tel qu'un sanglant viatique, son crucifix dans la poitrine.

— Qu'il t'ouvre le paradis ! railla le clerc avec un rire sardonique.

Et, ramassant son bâton, tombé dans la lutte, il profita du désarroi causé par ce meurtre pour déguerpir.

***

Lusignan ferraillait comme un forcené. En revanche, le duc d'Aquitaine hésitait à blesser son vassal. Auprès du roussin abattu, le chien Neptune attendait, spectateur immobile. Il eut suffi d'un geste de son maître et le combat eut aussitôt changé d'aspect. Mais le Fièrabras, pour l'instant, négligeait ce fidèle auxiliaire.

Il n'avait pourtant que son couteau de chasse à opposer à la formidable épée que le Bien-Aimé maniait à deux mains. Et n'eut été sa force prodigieuse la partie était inégale.

Au cours d'une violente parade, le choc des lames fut si brutal que le descendant de Mélusine en eut les poignets retournés. Mais la moindre faute de Guilhem aurait permis à Lusignan, l'attaquant d'estoc et de taille, de percer sa mince cuirasse, plus magnifique que résistante.

Par suite, impatient d'en finir et fourbe comme un vrai dieu, le Fièrabras, sans tant de façons, saisit au corps et bouscula dans la fontaine son imprudent adversaire, qui s'étala parmi les roseaux.

Tandis que le Bien-Aimé, qui n'avait pas prévu cette issue de son duel, barbotait dans la source à l'instar d'une femme adultère, le Duc avec Neptune courait de toutes ses forces vers le hameau de Prigilia, afin d'y rejoindre Aldéarde.

Or le drame était consommé. Flippo venait de rendre l'âme et Raynold se lamentait sur le corps de son compagnon, qui gisait dans une mare de sang.

A la description qu'on lui fit du meurtrier, Guilhem reconnut Audebert. Il fut, dès lors, convaincu que le moine avait pris la route de Poitiers et qu'Emma, dès le lendemain, serait mise au courant de ses infidélités.

En proie à une rage folle, il ordonna, incontinent, une battue dans les bois. Elle eut lieu avec l'aide des bûcherons et de leurs chiens. Mais la nuit rendit les recherches vaines. De plus, en s'attardant, on s'exposait au danger de voir revenir Lusignan. Autre embarras.

On se résigna donc à rentrer à Toars. Guilhem partit avec les jongleurs qui emportaient le corps du pauvre Flippo. Pour ne pas donner prise davantage aux soupçons, Aldéarde et le Santonais adoptèrent une voie différente.

***

Au donjon de la citadelle dont les sombres créneaux

dentelaient le ciel clair, seule une haute fenêtre brillait. Dans une chambre de retrait, consacrée à l'étude, auprès d'un flambeau de résine, fixé sur une torchère à trépied et aux trois-quarts consumé, deux personnages consultaient des parchemins. Ces documents, jaunis par le temps, étaient couverts de lignes et de dessins.

Après avoir admiré aux feuillets d'un sacramentaire mérovingien les lettres anthropomorphes d'un scribe astucieux, comme les sculpteurs de portails, dans le choix de ses accouplements, ils en revinrent aux graphiques qui présentaient pour eux le plus d'intérêt.

— Les mosaïques dont nous voyons ici la figuration, disait Jean Lalouette, ont décoré le sol et les murailles de l'ancien palais du duc Waïffer. Ce genre d'ornementation était tout ce qui subsistait alors de l'art gallo-romain.

— On dirait que ces assemblages forment des portraits, remarqua le Vicomte, en examinant de plus près.

— Ce sont ceux des châtelains et de leurs épouses, répondit son interlocuteur. On retrouve le même décor dans les débris de la coupole de la première chapelle seigneuriale.

— Waïffer dut rapporter d'Orient le plan de cette chapelle, fit observer Arbert.

— C'était un monument de forme octogonale, Monseigneur, d'une construction assez commune au VIIe siècle.

Puis, reprenant son sujet, le chapelain ajouta :

— Les dés qui composaient cette mosaïque étaient en marbre.

— Il me faudra donc, dit Arbert, pour reproduire de tels ornements en faire venir du royaume d'Italie. Le transport sera long et coûteux.

— Je connais, déclara Jean Lalouette, un frère lai, bâtisseur renommé de cloîtres et d'églises, qui taille admirablement le granit et en obtient des effets remarquables. Sans doute, pourrions-nous employer cette pierre ?

— A merveille, s'écria le Vicomte, enchanté de l'idée. J'en possède, justement, dans mes gâtines de fort belles variétés, qui vont du noir jusqu'au rose et se distinguent par une richesse sans exemple dans le vert et le bleu. Ainsi l'on dallera d'une mosaïque en granit la grande salle du donjon et j'y veux voir dessiner mon portrait ainsi que celui de ma chère Aldéarde.

— Certes, notre Vicomtesse, dit le chapelain, ne manquera pas d'en être flattée. Ses traits, marqués de grâce et vêtus d'harmonie, passeront de la sorte à la postérité.

— A moins que de nouveaux barbares, soupira le Vicomte, ne viennent détruire encore cette demeure.

Jean Lalouette protesta contre cette hypothèse.

L'ère des barbares est close, Monseigneur, dit-il. Notre Aquitaine toute imprégnée jadis de culture latine ne reverra plus, en ses plaisants vallons, ces hordes teutoniques à l'âme béotienne.

— Puisse ta prophétie s'accomplir, Chapelain !

— N'en doutez pas, Monseigneur, car elle s'est accomplie le jour où Charlemagne eut arraché nos pères pour toujours à la rudesse des temps mérovingiens.

— Si l'heure n'était aussi avancée, nous irions, fit Arbert, montrer à mon épouse ces figures de mosaïques et la mettre, sans plus tarder, au courant de mes projets.

— N'en faites rien, Monseigneur, ou, plutôt, attendez à demain, conseilla le chapelain que son rôle de confesseur instruisait de bien des choses en cette cour toarsaise. Je m'en voudrais, pour ma part, de troubler le repos de notre châtelaine. D'ailleurs, après une longue journée de chasse, qui s'est traduite par l'arrivée dans les dépenses du château d'une abondante provision de gibier, vos hôtes sont endormis. Nos allées et venues risqueraient fort de les incommoder. Je vais, moi-même, me retirer sur la pointe des pieds, car je dois célébrer demain une messe matineuse pour les manants de nos villages et m'en aller bénir ensuite les prémices de la récolte.

Le Vicomte consentit à remettre l'affaire et le chapelain prit congé.

***

En descendant l'escalier du donjon, à peine éclairé par une maigre veilleuse, logée dans une niche au bas de la muraille, Jean Lalouette frôla une ombre rapide. A sa démarche vive et légère, il devina Madame de Toars.

Ayant rabattu sa capuche pour se garder de la brise nocturne, il traversa la cour du manoir. Comme il était sur le point d'atteindre sa cellule, située près de la Basilique, il faillit se heurter à un quidam, qui regagnait à grandes enjambées le donjon. Il s'excusa humblement. L'autre n'y prit point garde. Mais cet hôte du château, sans cesse dénoncé par sa taille géante, ne pouvait être, évidemment, que Monseigneur le Comte de Poitiers.

— *Gaudeamus* ! se dit le prêtre et il se félicita, après ces deux rencontres significatives, d'avoir retenu le Vicomte Arbert dans la visite qu'il se proposait de faire.

Or, en ce même moment, un lamentable cortège franchissait le pont-levis.

Sur une claie de branchages un mort était étendu, livide sous la lune blafarde. Quatre hommes le portaient, précédés par un cinquième qui retenait difficilement ses sanglots.

Des gens suivaient, en groupe, mornes et silencieux. Cependant ils avaient à la main ou suspendus à l'épaule des violes, des vielles, des fifres, des tambourins, tous instruments de liesse et non de pleurerie. N'eut été leur attitude recueillie, on aurait cru d'abord à leur accoutrement et à tout ce joyeux attirail qu'ils étaient venus là pour donner une aubade à quelque grand seigneur ou pour mener le branle dans une noce villageoise plutôt que pour rendre à ce mort les ultimes devoirs.

La Duchesse Emma

On venait de fiancer noble damoiselle Adélaïde d'Aquitaine au puissant duc de France, Monseigneur Hugues. Les parisiens le surnommaient « Capet », à cause de la cape somptueuse qu'il portait d'ordinaire comme marque de sa dignité.

Ce jour-là, l'épouse du Fièrabras, Madame d'Aquitaine et de Poitiers, instruisait sa jeune sœur par alliance de ses futurs devoirs matrimoniaux.

Elles se promenaient de compagnie dans les vastes jardins du palais ducal. Disposés à la romaine, ils s'étageaient en terrasses au-dessus des prairies du Clain.

Adélaïde avait seize ans. La duchesse Emma, fille du Comte de Blois, était son aînée de trois ans. Elle possédait une imposante beauté, de type germanique, qu'elle devait aux origines franques de sa famille. Toute différente était Adélaïde, fruit tardif du mariage de Guilhem « tête d'étoupe », avec Adèle de Normandie, fille de Rollon et de Poppa.

La frêle créature, promise d'abord à la vie monastique, s'effrayait des honneurs auxquels elle était destinée.

— Combien aurais-je préféré, disait-elle, l'existence paisible du cloître et l'humble rôle de servante de Dieu à l'éclat d'un tel rang.

— C'eut été, pourtant, grand dommage, fit Emma, en caressant les boucles blondes de la jeune fille, de voir tomber, sous le ciseau des chanoinesses, cette ample moisson d'or.

— Vaine parure, Madame, dont le sacrifice m'aurait peu coûté en échange de l'amour divin.

— La naissance, reprit Emma, nous crée des obligations auxquelles on ne peut se soustraire.

Elle lui montra la ville populeuse et les campagnes poitevines qui s'étendaient, à perte de vue, devant elles.

— Ainsi Dieu vous aura choisie, Chère Sœur, pour être le trait d'union entre cette belle Aquitaine et le Royaume de France. Votre hymen rattachera tant de liens, jadis brisés, et mettra le scel d'une étroite alliance entre nos deux pays.

— On rapporte, dit Adélaïde, qu'à la cour royale, les femmes vivent en recluses pendant que leurs maris vont guerroyer loin d'elles.

— Hélas ! dut reconnaître Emma, le lot des femmes, en ce monde, est bien souvent la solitude. Moi-même, depuis que votre Frère m'a quittée, à l'automne dernier, je me meurs d'inquiétude et d'ennui.

— Tandis qu'à l'autel, reprit la jeune fille, obsédée sans cesse par ses goûts religieux, le céleste époux est toujours présent.

— Sans doute, petite mystique, répondit Emma, l'amour terrestre ne nous apporte le bonheur qu'à de courts intervalles. Et, cependant, soupira-t-elle, il nous possède de si tyrannique façon que pour ces minutes de joie fugitive on est prêt à tout lui sacrifier.

— Oh ! vraiment ! Madame, dit Adélaïde. Dois-je donc trouver dans le mariage un tel dérèglement de l'âme ?

— Calmez vos craintes, ma chère sœur, fit Emma. L'amour profane est rendu légitime par ce sacrement. Mais le mal qu'il nous cause est parfois bien cruel. Oui, ajouta la duchesse, comme se parlant à elle-même, les transports des sens et l'ardeur de la chair, tout est permis dans le mariage, mais la jalousie la plus atroce devient souvent la rançon que Dieu met aux plaisirs impurs qu'il nous dispense en cet état.

Adélaïde regarda sa belle-sœur. Celle-ci avait la figure empourprée. Sa gorge opulente se soulevait sous l'empire des sentiments tumultueux qui l'agitaient. Elle lui parut être une de ces vierges folles, en proie aux passions, dont au dire des Mères du couvent l'enfer était peuplé. Elle trembla à la pensée que sa future condition put la rendre, un jour, semblable à Emma.

Le soir annonçait sa venue par de légers brouillards sur les eaux bleuâtres du Clain. L'ombre envahissait peu à peu les terrasses. Les promeneuses songèrent à rentrer et s'en revinrent vers la tour Maubergeon. Cette dernière, construite en bois, comme le donjon de Toars, n'avait conservé de la tour romaine primitive que les assises en ciment. Cependant, tout un quadrilatère de bâtiments neufs, en pierre blanche, commençait à s'élever au nord du vieux palais appelé bientôt à disparaître.

Un religieux, son bâton à la main, et qui, à en juger par la poussière de ses brodequins, devait avoir parcouru une longue route, se tenait à l'angle d'un parterre de roses. Il attendait le passage des deux dames.

Son attente fut de courte durée, car, dès qu'elle l'aperçut, la duchesse Emma prit congé d'Adélaïde. Et, laissant à ses suivantes le soin d'accompagner sa belle-sœur, elle s'empressa de le rejoindre.

Madame de Poitiers et le moine Audebert se trouvaient maintenant seuls dans l'oratoire où elle le recevait d'habitude.

Ce clerc remplissait auprès d'elle un double rôle : celui d'être à la fois son confesseur et le ministre de ses volontés. De sorte qu'il la guidait dans les voies de la vie éternelle, tout en l'aidant à satisfaire, ici bas, ses rancunes et son désir immodéré de la domination.

Les ducs nationaux d'Aquitaine jusqu'au vaillant Waïffer, dont Toars était la principale forteresse, puis, après eux, la dynastie des Guilhem, s'étaient épuisés en luttes séculaires contre les rois francs et carolingiens.

Guilhem III, « tête d'étoupe », notamment, le plus insoumis des vassaux du roi Lothaire, s'était insurgé, durant toute sa vie, contre les entreprises d'Hugues le Grand, qui régnait au nom de ce monarque décadent. Les guerres l'avaient ruiné. Et son fils, Guilhem IV, avait hérité de coffres vides.

C'est pourquoi le mariage du jeune chef féodal avait eu, surtout, pour objet de mettre la *phynance* de part dans ses affaires.

Reconnaissons qu'il y réussit pleinement en épousant la fille de Thibaut « le vieil » qu'on disait aussi « le tricheur ». Ce qui est confirmé, dans le roman de Rou, par le vers suivant du chanoine et poète Wace :

Thibaut fu plein d'engien et plein fu de feintié.

Ce Comte de Blois, de Chartres, de Tours, alors âgé de près de cent ans, jouissait d'une verte vieillesse et, grâce à son génie de l'intrigue, il était devenu, selon une expression de l'époque, un seigneur « plus fieffeux » que ne l'était le roi de France.

Après avoir réparé les brèches de la fortune de son gendre, fait entreprendre pour lui la construction d'un nouveau palais et, en un mot, relustré ses armes, il s'employait, de concert avec sa fille, à rétablir la paix entre le Fièrabras et Hugues Capet, en mariant ce dernier avec Adélaïde d'Aquitaine.

Pour toutes ces raisons, Emma s'imposait à son époux dont elle était très éprise et qu'elle considérait comme son bien propre, l'ayant acquis à prix d'or.

Au reste, le Fièrabras, géant superbe et redoutable dans ses colères, mais de caractère faible, lui était fort soumis. Ses fantaisies extra-conjugales n'en étaient pas moins fréquentes et la jalousie d'Emma se trouvait mise à une rude épreuve. Elle avait, par suite, recours, en maintes occasions, aux services d'Audebert.

Ce dernier, fils de serfs, poussé par le hasard dans la cléricature, avait gardé sous un faux air de religion, une âme basse et cupide. Il ne reculait devant aucune besogne, s'il en était largement rétribué et n'hésitait même pas, ainsi que nous l'avons vu, à répandre le sang.

***

Impatiente de savoir, l'épouse du Fièrabras l'avait pris par le col de son habit et le secouait comme pour hâter la sortie de ses paroles :

— Pourquoi es-tu revenu si vite ? — Qu'as-tu donc à m'apprendre ? — Allons, parle !

— Notre Duc se perd, Madame, répondit calmement

le moine. — Il corrompt son âme et sacrifie toute dignité avec une magicienne qui s'est, elle-même, entichée de jongleurs forains, ribauds et jeteurs de sorts, dont elle a rempli son château.

— Et comment est cette femme ?

— Une brune et maigre créature, au teint d'olive et aux yeux de charbon, qui semble appartenir à cette race de bouâmes qu'on dit avoir conclu un pacte avec le diable.

— Où les as-tu surpris ?

— Au cœur d'une forêt. Elle y accueille votre époux dans une tour abandonnée et s'y livre avec lui à d'infâmes pratiques.

— Dieu du ciel ! Tout donne ainsi raison à mes justes soupçons, fit Emma accablée.

— Ayant consommé leur double adultère, poursuivit Audebert, je les ai vus aussi, sous un affreux déguisement, s'unir aux puissances des ténèbres. Il avait revêtu l'apparence d'un dieu païen, à la barbe de bouc. Elle, couverte d'un suaire, ainsi qu'un trépassé, flottait dans l'air, à ses côtés, comme portée par Satan.

— Abominable diablerie ! Moine, il faut la confondre !

— Eh ! Le puis-je Madame ?

— N'est-il pas en notre Comté un abbé chef d'ordre, qui est chargé d'instruire les crimes de magie ?.. Va le trouver... Que, déférant à ma requête, elle soit par lui traduite en assemblée capitulaire, jugée et condamnée. Ah ! Je me vengerai, moine, effroyablement et la ferai brûler, vive, devant mes yeux, cette sorcière impudique !

— Vous oubliez, Madame, que son époux, Vicomte et pair d'Aquitaine, règne sur mille vassaux et que dame Aldéarde est d'illustre maison...

— Mais, quand il saura le Vicomte...

— Détrompez-vous, Madame, le vieux seigneur Arbert est bien trop occupé d'extraire du fond de ses armoires les parchemins poudreux qui y sont endormis depuis trois siècles au moins, pour s'aviser de prendre ombrage des goûts démoniaques de sa femme. D'ailleurs, elle l'ensorcèle autant que notre Duc.

Dans le sentiment de son impuissance, Emma se tordait les bras de désespoir. Elle était effrayante à voir.

— Il faudra bien, pourtant, que je me venge, s'écria-t-elle. Et, de rage, elle frappait du pied les dalles de l'oratoire.

Puis tournant sa rancœur contre Guilhem :

— Quant à lui, cette fois, il me le paiera cher !

— Remettez-vous, Madame, dit Audebert, en simulant la compassion. Offrez plutôt à Dieu, en expiation de vos fautes, cette croix nouvelle à porter. Monseigneur le Comte de Poitiers ne tardera plus guère à regagner sa ville. L'éloignement vous délivrera d'une rivale. Et bien que la religion commande le pardon des injures, vous aurez tout le temps de songer aux moyens propres à la confondre ou, ce qui serait mieux encore, d'oublier...

— Ma haine, pour cette femme, oncques ne saurait faiblir... Tiens, prends, ajouta-t-elle, en tirant d'un coffre, dissimulé dans la muraille, une bourse de cuir, et và-t-en prier Dieu qu'il m'aide à la punir.

— Merci pour mes œuvres, dit le moine en s'inclinant.

La duchesse Emma sortit de l'oratoire, le cœur ulcéré.

Resté seul, Audebert soupesa le sac. Il était lourd et plein de sous d'argent. La riche Emma payait bien. Sa face matoise s'épanouit. Il se dit que dans une rue étroite de la vieille cité vivait un pauvre ménage de futainiers dont la fille était belle. Il fit carillonner dans le fond de sa poche les deniers et les sols. Sûr, désormais, de son pouvoir, il alla chez ces gens pour s'y délasser de ses peines.

Dans la Villa Missiaca

En dépit des messages pressants qu'il recevait de son épouse, le Fièrabras reculait toujours le moment de quitter Aldéarde.

Bien loin de soupçonner son hôte, le Vicomte Arbert, chercheur infatigable, continuait à fouiller le sol de son manoir, afin d'y trouver des reliques. Il employait quotidiennement à cette besogne, sous la direction éclairée de Jean Lalouette, des serfs habiles à manier la pioche. Et la châtelaine, sans contrainte, pouvait vaquer à ses amours.

Après la tragique aventure de Prigilia, les amants renoncèrent à ce refuge forestier.

La Villa Missiaca était située au milieu d'un cirque formé par le Toué. Dans les prairies environnantes vivaient des troupeaux à l'état demi-sauvage. Aldéarde et Guilhem s'y rendaient fréquemment sous couleur de visiter les divers produits des haras du Vicomte.

Ils descendaient un raidillon jusqu'à la rivière, franchissaient le gué et, dans la fougue de leur jeunesse, se livraient le long du val à des galopades effrénées.

Pour mieux suivre le bidet d'Aldéarde, Guilhem avait repris son destrier alezan. La Vicomtesse affectionnait vivement la nouvelle monture que lui avait procuré son ami. Docile à la main, d'un jarret sans défaillance, le corlaisien réalisait, sous son poids léger, de remarquables performances.

Bien qu'ayant consenti aux fiançailles de sa sœur Adélaïde avec Hugues Capet, le Comte de Poitiers n'entrait que médiocrement dans les vues de son beau-père et de sa femme. Il s'en ouvrait sans détour à Aldéarde, au cours de leurs promenades.

D'antique souche gauloise, cet arverne aux yeux verts et à la chevelure rousse se moquait des avances que lui faisaient les seigneurs francs. Et sa manière de voir, au surplus, s'accordait avec celle de ses vassaux aquitains, car les hommes venus du Rhin s'étaient toujours heurtés à l'instinctive défense des pays riverains de la mer Océane.

— Rebutés par le manque de charmes de leurs épouses, disait Aldéarde, ils viennent chercher sous notre ciel la douceur de vivre et de plus aimables compagnes.

Elle songeait à Emma dont Guilhem lui avait dépeint l'épaisse tournure.

Tout à ses idées de bataille, celui-ci déclara :

— Avec l'aide de mon féal, Arnaud Guillaume de Gascogne, je leur interdirai l'entrée de l'Aquitaine et mieux, certes, que Rome ne sut leur fermer son empire qu'ils ont vidé de toute grandeur comme de toute culture.

— Raynold le lorrain m'a raconté, dit Aldéarde, qu'ils préfèrent, aux baisers de leurs femmes, entretenir entre hommes un commerce charnel ainsi que les bergers de Virgile.

— Oh ! sans doute, concéda Guilhem, car ce sont d'affreuses géantes.

Et son regard se fixa sur la brune et svelte Vicomtesse dont les yeux, frangés de longs cils, se baissèrent alors pudiquement.

Rapprochant l'alezan du corlaisien, il reprit :

— Ne te semble-t-il pas, ma mie, que ce bouquet de hêtres, suspendu entre le flot paisible et la cime jaunissante des coteaux, offrirait à nos entretiens l'asile qu'il leur faut, aujourd'hui ?...

Ils mirent dans le petit bois leurs chevaux à l'attache. Le chien Neptune prit sa place accoutumée. Et, dans le recueillement, qui s'établit alors, ils n'entendirent d'autre bruit que le clapotis de la rivière contre les rochers de la berge. Murmure éternel de l'onde, instable et fugitive comme la vie, qui s'écoulait indifférente au jeu divin qu'ils menaient si ardemment au-dessus d'elle.

A force de fouir la motte de son donjon, le vieil Arbert avait mis à jour des débris humains, des haches de pierre, des aiguilles en os et en bois de renne. Il acquit, de ce fait, la preuve que l'orgueilleuse citadelle, qui dominait la colline du Toué, plongeait par ses assises profondément dans le passé.

Dans les bosquets de la villa Missiaca, son suzerain, non moins heureux, se convainquait, pendant ce temps, d'avoir découvert la plus ensorcelante des maîtresses.

Fête de la Saint Jean

LA LOUÉE

A l'époque du solstice d'été se célébrait la Saint-Jean. C'était la date choisie pour la « louée ». L'intendant du Vicomte rassemblait à cet effet la population serve. Il engageait des moissonneurs et des valets de culture pour la récolte et les labours dans la réserve du châtelain, des vignerons, des bouviers, des pastours ainsi que des gens de service pour les besoins du château.

Cette foire aux hommes se nommait l'« accueillage ». Il s'agissait, effectivement, d'être accueilli par le maître. Les commensaux du Vicomte, curieux d'assister à ce choix, l'avaient accompagné sur la terrasse du donjon où pour mieux voir les plus hardis chevauchaient les créneaux et le parapet.

Pour la circonstance, on avait dégagé la cour charretière des araires et des fumiers qui, généralement, l'encombraient. L'aire avait été balayée avec soin et arrosée de purin, en prévision des battages qui allaient commencer pour les seigles et les avoines d'hiver.

Les manants étaient rangés le long des écuries et des granges par sexes, par capacités et par âges. Il en était venu de tous les hameaux de la châtellenie et des domaines voisins. Chacun d'eux portait une fleur à la poitrine. Ce signe de servitude, discret pour les plus âgés, s'épanouissait en bouquets de coquelicots ou de fleurs jaunes de genêt chez les jeunes hommes, de bleuets et de marguerites chez les filles.

Dans leurs blaudes neuves, les garçons farauds

bombaient le torse. Accortes et ayant bon bec, les servantes ne manquaient point de réplique, si l'on mettait en discussion leurs avantages naturels ou leur savoir faire.

Des paysannes, portant sur le dos leur nourrisson, ficelé dans ses langes par des cordons de laine, accompagnaient leur mari pour servir avec lui.

Les moissonneurs s'appuyaient sur leurs outils. Leurs bras nus où les veines saillaient comme des cordes étaient leur meilleure référence. Des vieux, à la peau boucanée, aux mains noueuses, la face ravinée et le regard fixe, étaient assis sur un banc de pierre. Ils tenaient devant eux leur faux dont la lame, en bec de corbeau, usée mais tranchante, avait, au cours des ans, couché par champs entiers les javelées sur la glèbe. Il y avait aussi des vieilles femmes avec une faucille sous le bras pour les menues récoltes. D'autres, ceintes de vastes tabliers, ravaudés mais parés de blancheur, étaient les glaneuses.

Après les faucheurs venaient les porteurs de fléaux dont le battoir se reliait au manche par une lanière en nerf de bœuf. On fauchait alors et l'on battait durant des mois entiers.

Il faisait chaud. Ces travailleurs avaient peu de vêtements. Seuls, les bergers, qui couchaient dehors avec les troupeaux, se distinguaient par un long manteau, surmonté d'un capuchon contre la pluie. Des tresses de paille enroulées autour de la cheville et du mollet les bottaient jusqu'au genou. Les laboureurs avaient des ceintures de laine rouge. Leurs braies amples, descendant à mi-jambe, étaient attachées à l'épaule par une bretelle en toile rude de chanvre comme leur chemise au col largement ouvert. Un sayon de laine, serré à la taille et tombant par-dessus les chausses, habillait le reste de ces gens dont la plupart marchaient nu-pieds.

Quant aux femmes, leurs cottes de bure ne différaient guère entre elles. Seul le bandeau, qu'elles avaient autour de la tête et noué sous le menton, était pour les jeunes filles de couleur plus voyante.

Tout ce menu peuple devint silencieux quand les commis de l'intendant passèrent dans les rangs pour la « louée ».

Ceux qui étaient engagés reçurent une pièce et, dès le marché terminé, les promus s'en furent dans les tavernes de la bourgade se mêler aux soldats de l'armée d'Aquitaine auxquels les amours de leur chef procuraient des loisirs.

Vers le soir, quand les deniers de l'intendant eurent passé, en grande partie, dans la poche des taverniers, chacun regagna son village où d'autres réjouissances allaient commencer avec les feux de la Saint-Jean.

LES FEUX

Dans un pré, fauché récemment, de la villa Missiaca s'élevait le bûcher seigneurial.

— Mon cher hôte, annonça Guilhem IV au Vicomte qui trottait, entre Aldéarde et lui, à la tête de la brillante cavalcade qui venait du château, le temps de mon séjour sur tes terres touche à sa fin. La journée qui va suivre en sera la dernière.

— Ton bon plaisir est notre loi, fit aimablement le vieillard; nous eussions aimé, cependant, te garder encore parmi nous.

— Grisegonnelle d'Anjou m'attaque en Loudunais, dit Guilhem, pour expliquer cette décision. J'en ai reçu tantôt la nouvelle et s'il en est besoin, mon féal, je compte sur tes hommes.

— Tout ce qui est à moi t'appartient, Monseigneur, affirma hautement le Vicomte.

Il ne croyait pas si bien dire.

— Pour te fêter dignement, poursuivit-il, j'ai voulu cette année que la flamme de ce bûcher montât plus haut que de coutume.

On commençait à entrevoir, en effet, un prodigieux entassement de bûches et de fagots.

— Savez-vous, Madame, dit Regnault de Mortagne, en poussant son palefroi aux côtés d'Aldéarde, que l'on fait hommage, sans aucune raison, à Jehan le Baptiste de ces feux de joie qu'on allume à cette heure dans toute la chrétienté ? Tant d'allégresse, en vérité, semble peu convenir à la mémoire austère de cet illustre décollé.

— Ah ! Messire, fit la jeune femme, soudainement attristée par l'annonce imprévue du départ de Guilhem, les joies comme les peines ont des causes secrètes. Il est vain de vouloir en percer le mystère.

— Permettez, toutefois, reprit l'incorrigible discuteur, que je demande à votre époux s'il n'a pas rencontré au cours de ses fouilles les vestiges lointains de ces antiques réjouissances.

— Ma foi non ! répondit l'interpellé. Et quand le feu, du reste, avec notre vent de galerne, prend le bois à partie, il n'en laisse aucun témoignage.

— Erreur ! mon cher hôte, répartit le Séneschal. On trouve encore parfois, au sommet des collines, les restes calcinés des victimes humaines jadis offertes en holocauste au grand dieu Taranis, le Jupiter celtique. Source de la chaleur bienfaisante, qui dore les moissons, le culte de ce dieu se célébrait dans le mois de Junius où nous sommes, alors que le soleil est à son apogée. Les feux de la Saint-Jean ne sont donc, tout au plus, qu'une pâle réminiscence des honneurs accordés à une divinité païenne.

— Et s'il en est ainsi, fit remarquer Arbert, ce ne serait point l'unique fois que l'église latine usurperait un rit barbare au bénéfice de l'un des siens.

— Pardon ! dit Alain de Mauprevoir, avançant, à son tour, au premier rang des discoureurs. Si Taranis, le dieu du feu, qui porte la roue du soleil, est le principe souverain, générateur de la vie, Jehan le Baptiste, en revanche, par la vertu de l'eau régénère les âmes. Ce sont deux puissances égales. Ne faut-il point, dès lors, les glorifier ensemble ?

⁂

A mesure qu'ils approchaient les invités du châtelain de Toars se rendaient compte que pour édifier un pareil bûcher on avait dépeuplé plusieurs arpents de forêt.

Au centre de l'amas végétal, un arbre centenaire

érigeait sa tête feuillue jusqu'au niveau des cimes environnantes.

— Ce peuplier, dit Arbert à Guilhem, était le plus grand du rivage.

Il ajouta pour complaire à son hôte :

— Ce fut l'arbre consacré à Hercule qui était, comme toi, Monseigneur, l'homme le plus fort de son temps.

Une foule immense emplissait la vallée et s'étageait sur le flanc des coteaux. Impatiente, elle attendait que le monstre crachât des flammes.

Le prieur du bourg de Missiacus vint, avec ses clergeons, bénir le bûcher, puis se retira.

Guilhem d'Aquitaine et le Sire de Toars s'avancèrent alors avec la gravité des sacrificateurs païens pour y mettre le feu.

Arbert prit des mains d'un valet une torche enflammée et la tendit au Suzerain.

Celui-ci approcha l'engin de la paille et des sarments qui garnissaient le tas de bois. Les flammes en jaillirent aussitôt et, dans un envol effarant, crépitant d'aise, s'élancèrent jusqu'en haut de la pyramide, menaçant l'étendue sidérale. La chaleur bientôt fut si vive que l'entourage recula à cent toises de la fournaise.

Dans le même temps, des cris poussés sur les hauteurs signalèrent un merveilleux spectacle. D'autres feux, par centaines, surgissaient dans la plaine. Les seigneurs et les dames, talonnant leurs montures, gravirent les pentes au galop, suivis par tous les gens d'en bas. Le décor du jour achevait de tomber, découvrant la nudité du ciel. Mais, flambant de partout et jetant dans la nuit des milliers d'étincelles, le sol de l'Aquitaine illuminait l'espace. Le Feu ce soir là était Dieu. Et, devant cette ardente vision, les fils des Celtes, courbant le front, comme leurs pères, mille ans plus tôt, adoraient Taranis.

LE TISON

Quand le bûcher en partie se fut effondré, la populace, hurlant de joie, forma la ronde autour du brasier. Les jeux et les danses commencèrent. De jeunes villageois, en s'aidant d'une perche, le franchirent en tous sens. Il en chut dedans un bon nombre qui s'enfuirent à moitié roussis. Puis chacun, s'emparant d'un brandon, courut l'éteindre à la rivière.

Ces morceaux de bois carbonisés, comme autant de porte-bonheur, protégeaient contre l'incendie et conjuraient les maléfices. Ils s'ajoutaient dans les demeures aux herbes de la Saint-Jean que l'on avait cueillies à l'aurore, avant le lever du soleil, et dont on composait des breuvages pour aider aux accouchements, voire pour restreindre la fécondité des épouses.

Le Duc Guilhem assistait en curieux au pillage du bûcher. Seul, au milieu des flammes, le « pouple » majestueux, incendié des pieds à la cime et lumineux comme une torche, fut promptement mis en détresse. Il pencha dangereusement sur sa base.

Alors, il apparut à tous que ce magnifique tison serait le lot du Fièrabras.

Répondant à cette muette invite, le Comte de Poitou, hautement botté et les mains protégées par ses mouffles de cuir, s'élança sur les braises.

Il saisit l'arbre chancelant et, devant ses vassaux extasiés, s'en fut, en quelques bonds, le lancer dans le Toué où le géant, dans l'onde noire, exhala son âme de feu, avec un sifflement d'enfer.

Puis il retira son trophée fumant encore et, galamment, s'en alla le planter devant sa maîtresse, en mettant un genou au sol.

Le porte-bonheur, toutefois, dépassait la mesure. Aussi, complétant sa prouesse, il brisa le fût charbonneux en autant de fragments qu'il fallut pour contenter ses admiratrices.

Le nombre en était grand. Mais celle qui, insatiable de volupté autant qu'inconsolable à l'idée de le perdre, lui marqua comme jamais sa ferveur fut la Vicomtesse Aldéarde. Méprisant, cette nuit là, toute retenue et la malignité des langues de sa cour, elle gagna, sans détours, la chambre de son hôte et jusqu'à l'aube se livra à la virilité puissante du héros.

Avant le Boute-Selle ou la Ballade des Ondins

Le camp des Aquitains retrouva le lendemain une animation disparue au cours des journées fainéantes passées à Toars.

Trois mille destriers, frais et parés, s'ébrouaient dans la brume matinale, qui flottait au-dessus des prairies, où ils étaient rangés par bannières. L'armée s'apprêtait au départ.

Comme à l'arrivée, des écuyers, sergents, valets d'armes, vivandiers et goujats s'empressaient autour des tentes que cette fois l'on repliait. Les soldats se croisaient dans les ruelles du camp à la recherche de leurs armes et des équipements. Chaque homme en courant ajustait son armure. Dans la bousculade on renversait les foyers improvisés et les constructions de fortune. On empilait sur les chariots le butin, les bagages, et ce qui restait des approvisionnements. Maigre réserve, en vérité ! que ce laissé pour compte de soudards, nuit et jour en ripaille. Cette étape était heureusement la dernière.

Dans le donjon, le Vicomte Arbert et son épouse, en une agape intime et familière, traitaient le Duc Guilhem et ses principaux officiers.

Le repas était morose. Aldéarde, toute proche de son amant et rendue plus belle encore par la mélancolie empreinte sur ses traits, retenait difficilement ses larmes. Le vieil Arbert, lui-même, ne voyait pas sans émotion s'éloigner le jeune duc, vaillant et fort, sur qui reposaient les destinées de cette Aquitaine à laquelle le liaient toutes les fibres de sa race. Il regrettait aussi ses doctes compagnons Alain de Mauprevoir et Regnault de Mortagne avec lesquels il avait échangé tant d'agréables propos.

Comme la conversation languissait, on fit venir Raynold.

Depuis la mort tragique de Flippo, celui-ci n'avait pas reparu à la cour seigneuriale. Pourtant sa verve poétique ne l'avait point abandonné. Il avait composé une ballade sur un sujet tiré du merveilleux roman de Lancelot du Lac. Cette geste jouissait alors d'une grande vogue et Raynold y puisait volontiers. Il sut, en l'occurence, adapter sa fiction à l'équipée de Guilhem IV et d'Aldéarde près des sources de Prigilia. L'histoire n'était plus un secret pour personne parmi les invités d'Arbert, sauf pour lui.

Lors, refoulant sa tristesse, le trouvère chanta :

Gente dame et nobles barons !
Oyez la galante aventure
De Lancelot, cet enfançon,
Qui plut par sa belle figure
A la fée Viviane et, dit-on,
Grandit au sein de la nature
Cristalline d'un lac breton
Dont elle était dame. Et, sachez
Comment, plus tard, ce fils de l'onde,
Devenu fameux chevalier,
Après maints exploits dans le monde,
Vint au rendez-vous de la blonde
Reine Guenièvre et fit si bien
Qu'Artur son mari n'en vit rien,
Qu'Artur son mari n'en vit rien.

La fin de ce premier couplet eut le don de faire naître un sourire complice sur les lèvres des deux amants. Elle ramena la bonne humeur chez les convives. Instinctivement les regards se portèrent sur le maître de maison, qui, charmé par l'air et les paroles, placidement écoutait la romance.

⁂

Puis Raynold reprit :

En chemise de blanc linon
Sans gorgerette ni ceinture,
Guenièvre, seule à son balcon,
Rêve en écoutant le murmure
Des flots qui baignent le donjon.
Le Roi, dans une alcôve obscure,
Dort... Adonc voici qu'un triton
Sort d'une vague et qu'au reflet
Sur les eaux de la lune ronde
Elle aperçoit son bien-aimé.

« J'ai traversé la mer profonde,
Dit Lancelot, pour que réponde,
Cette nuit, mon amour au tien
Et qu'Artur ainsi n'en voit rien,
Et qu'Artur ainsi n'en voit rien ».

Les chevaliers reprirent en chœur la finale, tandis qu'Arbert marquait à tous la mesure en frappant sur la table du manche de son couteau en corne de chèvre.

⁂

Sont trois couplets dans ma chanson,

poursuivit le poète d'un air inspiré.

Le troisième avant de conclure
Sera pour dire la vision
Que j'ai d'une éclatante armure
Dont s'adoube certain baron
Plus bel et plus grand que nature,
Lorsque quittant à la façon
De Lancelot son lac secret
La dame blanche vagabonde
Avec lui dans le bois sacré.

Et bien qu'un moine se morfonde
A découvrir sur quoi se fonde
Le mystère d'un si doux lien,
Le clerc maudit n'en saura rien,
Le clerc maudit n'en saura rien.

Le vieil Arbert, grisé par la musique, continuait sur la table à marquer la cadence.

Envoi

Prince, dame, noble ou vilain,
Qui veut t'affranchir de l'hymen,
Prend pour complice en ce parjure
Une aquatique créature.
Ondines et génies marins
Seront discrets. Je te le jure,
Et nul jaloux n'en saura rien,
Et nul jaloux n'en saura rien.

⁂

— Ah ! çà, maître Raynold, s'écria Sabran Chabot, qui était de la compagnie, faut-il croire à t'entendre que d'habiles lutins, avides de séduire nos confiantes épouses, habitent les fontaines et les lacs dormants ?

— Il n'est pire eau que l'eau qui dort, Messire, répondit le trouvère.

— Alors, prenons garde, dit un autre invité, que des douves tranquilles, qui ceignent nos châteaux, ces amoureux démons, s'évadant un beau jour, n'arrivent à troubler la paix de nos foyers.

— Ceintures d'eau ne sont point ceintures de chasteté, remarqua le Prévost.

— Tenons celà pour dit, fit Regnault de Mortagne. Mais, bénissons le ciel, malgré le voisinage de ces ondins fâcheux, d'avoir peuplé de nymphes notre « pays des eaux » (1) dont, foi de gentilhomme, céans est la plus belle. Ce disant, il salua Madame de Toars.

— Vertudieu ! s'écria le Vicomte, si l'onde, qui m'entoure, est à ce point traîtresse, je m'en vais édifier, auprès de mon donjon, une église à trois nefs et je la dédierai à Saint-Médard évêque et patron des rosières (2).

Ce projet redoubla la gaieté de ses hôtes.

— Aphrodite eut des temples, dit Regnault de Mortagne, mais non point la Vertu. Et son visage austère serait mal accueilli dans nos vallées riantes.

— Eh bien ! dit le barbon, s'adressant à sa femme, pour vous garder, Madame, des diables aquatiques, nous irons habiter, avec les autours, sur l'aride sommet de quelque haute roche.

— Si haut que tu te perches, n'oublie pas, cependant, répartit le Prévost, que Messire Cupidon est un génie ailé.

On se leva de table sur cette boutade. Et le Duc Guilhem fit sonner le boute-selle.

---

(1) Aquitania ou pays des eaux.
(2) Eglise toarsaise fondée vers le XIe siècle.

DEUXIÈME PARTIE

Rentrée Triomphale de Guilhem IV à Poitiers

L'armée s'éloigna par la plaine. Le Fièrabras chevauchait au milieu de ses troupes, gardant au cœur une joie magnifique de son amour pour Aldéarde.

Paresseusement à l'arrière, le Séneschal et le Prévost se balançaient côte à côte dans leurs molles litières.

Au delà d'Orion, une députation de chanoines, montés sur des mules, vint saluer Guilhem IV. Elle était conduite par un abbé nommé Arnoul, qui dirigeait un monastère fondé par Jovinus, de la famille patricienne des Silly, au temps de la Gaule romaine. On le voyait de loin, juché sur une butte calcaire, avec ses clochetons, ses tours à créneaux et ses machicoulis.

Puis l'on traversa les marais de la Dive, près du hameau de Moncontour. Là, sur un éperon dominant le pays à trois lieues à la ronde, Tanneguy, petit seigneur des boqueteaux du rivage, avait fait son repaire d'un ancien « châtelier ».

On fit halte chez Bertrand de Myrebeau, qui fut le premier des guerriers poitevins à revoir son épouse après dix mois d'absence. Mais le vaillant baron ne lui prit qu'un baiser et rejoignit l'armée, qui pénétra ensuite sur les terres voisines du Sire de Séneché. Or, celui-ci, boudeur, ne fit point à son Maître les honneurs du lieu.

Enfin, ayant franchi de profondes vallées et gravi des hauteurs, les chevaliers de tête aperçurent les clochers de l'« Urbs » des pictaves. Ils poussèrent des clameurs d'allégresse.

Pour permettre aux chars à bœufs et à la piétaille

de rejoindre, Guilhem arrêta sa cavalerie dans un village nommé Viardus. Devant lui était sa Ville.

⁂

Elle couvrait un oblong promontoire enserré, sauf au midi, par deux étangs et la rivière du Clain. On eut dit la tête énorme d'un reptile, endormi au confluent de deux cours d'eau.

C'était un formidable camp retranché. Au couchant, les étangs, alimentés par la Boivre, qu'on appelait aussi *rivière des castors,* étaient larges et profonds. Leurs eaux rejoignaient le Clain qui gardait la Cité au septentrion et au levant. Au sud, sur un court espace, le promontoire se reliait à la terre ferme. Mais un immense fossé et une triple rangée de remparts en fermait l'accès. Cette défense s'appelait la « trenquée ». En deçà, sur le plateau, se trouvaient les arènes, restes de la grandeur de l'antique Limonum.

On était au milieu du jour. Le soleil inondait de lumière les hautes bâtisses en pierre blanche, qui se détachaient de la masse brune des chaumes et des édifices en bois. Cette ville, après Paris, occupait plus d'espace qu'aucune autre de France.

Le palais ducal tenait le dessus du mont. La tour Maubergeon le flanquait à droite. Sur le même plan, vers la gauche, une église, dédiée à la Vierge, flamboyait en ses vitraux de pourpre et d'or.

Les quartiers populeux, avec leurs maisons en torchis, aux toits plats, qui s'adossaient les unes aux autres en groupes inégaux, s'étendaient sur les pentes. Çà et là, faisant tache claire, une demeure seigneuriale, entourée de vignes et de vergers, s'isolait, hautaine et distante, entre ses murs à meurtrières. Dans les prairies, au bord des lacs, sur les rives et dans les îles du Clain, paissaient des troupeaux abondants. Ce riche cheptel appartenait aux abbayes, qui mettaient une couronne d'églises, de cloîtres et de chapelles à l'entour de cette Cité campagnarde, monastique et guerrière.

Le Fièrabras, qui venait de parcourir les bourgades

de l'Armorique et de l'Herbauge, s'enorgueillissait de la beauté de sa capitale. Elle était la place maîtresse d'un duché qui, des bords de l'Océan aux confins de la Bourgogne, rayonnait largement au cœur du pays franc et l'égalait au Roi. Il songea à se faire couronner, quelque jour, dans l'une de ses cathédrales.

Dans l'enivrement de sa gloire et de son jeune amour, Guilhem connut, en cet instant, la plénitude du bonheur.

Mais l'armée était rassemblée. Elle était impatiente de faire son entrée. Les joueurs de trompes, de cors et de cymbales n'attendaient plus que son ordre pour entamer la marche triomphale du retour. Déjà de grands mouvements de foule se manifestaient aux portes de la Ville.

La pensée d'Emma vint alors assombrir son visage. Ce ne fut qu'un nuage. Et, chassant ce souci, il donna le signal. Au son des fanfares éclatantes, l'armée s'engagea dans l'« aculia » roide et raboteuse qui descendait vers la porte Saint-Ladre.

⁂

La nouvelle du retour du Comte de Poitiers s'était vite répandue. La Duchesse Emma, Mademoiselle Adélaïde, une foule de dames, de pages, d'écuyers, de vieux seigneurs chevronnés et tout le clergé s'avancèrent, hors des murs, à sa rencontre.

Leur cortège progressait lentement, en deux files distinctes, sur la chaussée des étangs. D'un côté la Duchesse avec sa suite nombreuse et chamarrée ; de l'autre les gens d'église avec les croix et les bannières. C'était comme deux courants qui se côtoyaient sans mélanger leurs ondes.

Le spectacle était imposant. L'évêque Ebroïn, accompagné de vingt abbés et de plusieurs centaines de clercs et de religieux, représentait le pouvoir spirituel. Il venait rendre hommage à la puissance guerrière qui s'annonçait à grand fracas dans les coteaux de la vallée.

Toute la cour ducale était présente. Le peuple, installé aux remparts, désignait chaque noble maison d'après les armes brodées sur les housses des montures ou peintes aux panneaux des litières.

Cette société moyenâgeuse, si diverse par l'attitude et la qualité des personnages, montrait chez tous un égal souci d'apparat.

L'évêque, prince de l'église d'un grand âge, à la barbe vénérable, s'appuyait majestueusement sur une crosse dorée. Il portait la mitre à deux cornes, l'*auriphrygiate*, garnie de longs fanons et semée, comme un diadème, de pierres d'un grand prix. Vêtus comme lui d'une dalmatique blanche, mais moins richement brodée, douze diacres lui faisaient escorte.

Venaient ensuite, en une interminable procession, les abbés crossés et mitrés comme l'évêque, les chanoines et les moines de chaque monastère. Puis, étaient groupés, par paroisses, les prieurs-curés, les simples desservants et les prêtres forains. Les séculiers faisaient piètre figure parmi cette théorie conventuelle, alignée au bord des étangs, dont les multiples oriflammes claquaient au vent, où tous les ordres, depuis les noirs pénitents à cagoule jusqu'aux rouges flagellants, confondaient leurs habits; où tous les saints mêlaient leurs étendards, toutes les confréries leurs bannières. Il n'était pas un couvent de béguines qui n'eut envoyé ses nonnains, enjuponnées de laine grise ou rousse et dont, sous le voile noir, perçaient les regards curieux.

Chez les nobles poitevins, ce n'était que dorures et rutilances. Les robes en tissu d'Orient des femmes de haut rang étalaient, au flanc des haquenées, leurs soies chatoyantes. Les manteaux opulents des barons flottaient, en larges plis, sur la croupe arrondie des ambleurs. Et bien qu'elle eut le cœur oppressé d'une peine mortelle, Emma, au premier rang, près du vieux Comte Achard, avait mis une couronne ornée de pierreries pour accueillir son bel époux.

***

La voix des trompes se rapprocha. Puis, l'air fut soudain déchiré par les cuivres et vingt sonneurs de cor, montés sur des roussins d'une même couleur, se présentèrent sur deux rangs, au débouché de l'« aculia ». A leur suite arriva Guilhem IV.

Tandis que l'armée se massait derrière lui, enseignes déployées, ses fidèles sujets, du haut de leurs murailles, exprimèrent leur joie par des acclamations frénétiques.

Il mit pied à terre et embrassa son épouse. Nobles et dignitaires vinrent lui rendre hommage. Parmi les religieux humblement inclinés, l'œil vif du Fièrabras découvrit Audebert. Or, durant qu'il traversait, entre deux haies de courtisans, le pont de la porte Saint-Ladre, le maintien de la Duchesse, qui se tenait à ses côtés, lui parut réservé. Il ne douta plus de la félonie du moine.

Cependant Ebroïn avec son clergé, précédé des croix et des bannières, avait pris la tête du défilé pour pénétrer dans Poitiers.

Au passage du jeune Duc, l'enthousiasme atteignit à son comble. Le mont, qu'il gravissait, semblait devoir crouler sous un tonnerre assourdissant de cris et d'ovations. Entre les pattes des chevaux, des enfants demi-nus s'en allaient ramasser les sols et les mailles que lançaient les seigneurs. Des femmes échevelées dansaient parmi la troupe. Elles y retrouvaient leurs maris, leurs amants. On vit trois jolis gouges, troussées jusqu'à mi-cuisse, se tenir à califourchon sur les chevaux des timbaliers. Les soldats, enivrés par la joie du retour, poussaient des cris de guerre et brandissaient leurs armes. La voie, serpentant par la ville, qui menait au palais ducal, était noire de gens. C'était une fourmilière agitée et vociférante. Elle couvrait la chaussée, débordait sur les toits, s'accrochait par grappes aux arbres du chemin. La populace en liesse se pressait sur les pas de Guilhem. Les infirmes, eux-mêmes, se convoyaient l'un l'autre pour mieux suivre. Tandis qu'à l'extrémité du convoi, les attelages à bœuf, pris d'assaut, charriaient les retardataires.

L'allure solennelle des prêtres, à l'avant du cortège, jurait étrangement avec cette frénésie. A vrai dire, on eut cru que les ermites au manteau délavé par les pluies, à la robe effrangée par l'usure et qui marchaient, pieds nus, le bâton à la main; que les farouches flagellants qui déchiraient leur froc pour mieux frapper du fouet leur torse à découvert; que les frères du sac et les frères pontifes; que les chaussés et les deschaux, que les moines blancs et les filles-dieu; que cette foule, enfin, bénédictine et régulière, marmottant des prières, la tête enfouie sous le capuce et la taille ceinturée de chanvre, expiait par une sévère pénitence la bacchanale folle qu'elle avait à ses trousses.

Rarement Guilhem IV avait reçu de sa capitale un accueil aussi chaleureux. Il était alors adoré de son peuple. Pour sa naissance d'abord. Il était le quatrième d'une lignée qui, depuis l'arverne Renoul, pourfendeur de Normands, avait assuré l'indépendance de l'Aquitaine. Son père, « tête d'étoupe », s'était illustré, avec ses féaux, par sa résistance envers Hugues le Grand. Lui-même, par les alliances récemment contractées, achevait de réaliser la triple union de l'Aquitaine, de l'Armorique et de la Gascogne. Superbe de virile jeunesse, il se montrait habile autant que fort. Sa popularité était immense.

Mais, tandis qu'il poursuivait sa marche triomphale, la pensée de Guilhem allait vers Aldéarde. Il portait sous le grand manteau franc, en travers de sa broigne, une écharpe qu'elle avait brodée. Il eut voulu que son amante lui fut associée dans cette apothéose.

L'Echarpe

Au pied de la tour Maubergeon, les acclamations continuaient de monter vers le Duc bien-aimé.

Celui-ci est resté seul. La Duchesse Emma et Mademoiselle Adélaïde ont regagné leurs appartements.

Sur le lit de parade de la chambre où il se trouve Guilhem se débarrasse de son manteau. Il défait lentement l'écharpe qui barre sa poitrine, du côté du cœur, ainsi qu'Aldéarde elle-même l'a placée. Il la plie avec amour et la dépose sous le manteau. Ayant besoin d'un aide pour ôter sa cuirasse, il appelle un page.

Emma vient, à ce moment, retrouver son époux, l'heure de l'explication a sonné.

— Mon beau Sire, dit-elle, quand le serviteur fut parti, ne m'avez-vous point oubliée pendant ce long voyage, qui mit sur votre route tant de femmes et de filles avides de vous plaire ?

— Ma pensée, chère Emma, durant tout ce parcours, vous est restée fidèle.

— Jusqu'au jour où, comme Ulysse revenant de la guerre, vous rencontrâtes une magicienne.

— Comme Ulysse, dites-vous ? — Vous aurait-on conté quelque fable païenne dont je suis le héros ?

— On dit que cette enchanteresse, fit-elle en éclatant de rire, habite les bocages du pays de Gâtine et... qu'elle serait la dame blanche !... Vous avouerez, mon cher, que nos stupides paysans s'effarent bien à tort de cette étrange créature, puisqu'elle se montre si affable et si prodigue de ses charmes aux coureurs d'aventures.

— Vous m'offensez, ma mie ! Dieu m'est témoin pourtant qu'on ne m'a vu courir dans les bois de Gâtine que les cerfs et les loups.

— Mais le soir, au retour de la chasse, vos rendez-vous sylvestres étaient des plus suivis.

— Vous plaisantez, vraiment ! Et cette raillerie...

— A défaut de chasseurs, tous rentrés au logis, poursuivit la Duchesse, on y voyait, dit-on, en votre compagnie, cette dame voilée ainsi qu'un ménestrel avec des joueurs de flûte et quelqu'autre amoureux, navré, sans doute, d'être éconduit, puis...

— Puis, votre damné moine dont je me vengerai, s'écria-t-il furieux. Il vous a fait sur moi, pour gagner son salaire, de ténébreux récits. Or, je n'aurais pas cru qu'étant femme de sens et de droite raison vous seriez à ce point jalouse d'un fantôme.

Négligemment, sur le lit de parade, elle souleva l'étoffe du manteau et découvrit l'écharpe.

— Parions, dit-elle, que votre fantôme a, de ses doigts de fée, brodé son chiffre sur cette écharpe.

Elle déploya le voile. Il portait l'écusson des seigneurs de Toars, avec au centre un A révélateur.

— Vous auriez tort, ma chère, protesta-t-il, de voir, dans ce don de l'une de nos vassales, autre chose que l'hommage rendu par elle au Suzerain et l'on pourrait trouver, défaisant mes bagages, plus d'un présent de même sorte...

— Oui mais ce beau présent, répartit la Duchesse éclatant en sanglots, n'était pas, je l'ai vu, rangé dans vos bagages. Vous le portiez sur votre cœur en souvenir de celle qui vous l'avait donné.

— Ne me reprochez pas, chère amie, répondit Guilhem, de plus en plus enferré, de m'être fait le chevalier servant d'une châtelaine esseulée et que néglige son mari pour se complaire dans l'étude de poussiéreux grimoires.

— Ne cherchez pas d'autres détours, dit-elle, au milieu de ses larmes. Vous m'avez odieusement trompée. Et, si vous aviez eu la conscience en repos et poursuivi ensemble de chastes randonnées, vous n'auriez pas tenté, voulant donner le change, de revêtir, vous et votre maîtresse, une apparence démoniaque.

Le Fièrabras nia véhémentement. Il jura et sacra. Rien n'y fit. La blonde Emma était déchaînée. Sa poitrine abondante se soulevait comme une mer agitée par l'orage. Elle exprimait en soupirs tumultueux et par de rapides paroles l'affliction de son âme.

— Ne t'ai-je pas consacré ma personne et mes biens, cet immense apanage dont m'a doté mon père ? — N'ai-je pas reconstruit tes villas délabrées, remis à neuf ton palais ? — Cette armée qui t'a rendu si fort et le premier seigneur du royaume, ne t'ai-je pas donné de l'or pour l'acquérir ?

Tel le flot d'un torrent, trop longtemps contenu et qui brise ses digues, les lamentations de sa femme l'assaillaient sans relâche, le noyaient de reproches.

— Tant de marques d'amour, tu ne les as payées que par des trahisons et, pour cette vassale sans pudeur et sans loi, me voilà devenue, moi la fille du Comte de Blois, un objet de mépris !

Guilhem comprit que le mieux était d'attendre la fin de ce déluge. Il se tut et demeura pensif, le front incliné.

Or il était si beau, avec cet air contrit, que le torrent, enfin asséché, se calma.

Reprenant la parole, il lui promit d'être fidèle et qu'il l'emmènerait dans ses expéditions.

A son tour, elle l'écoutait, les yeux rougis de pleurs mais déjà langoureux... Elle ne put refréner l'ardent appétit de caresses ni la passion d'amour qu'elle portait en elle pour cet homme et, le lit étant proche, il gagna son pardon.

Mais la blessure restait saignante. Une haine mortelle allait désormais mettre aux prises Madame de Poitiers et Madame de Toars.

L'Assemblée des Seigneurs

LE MONT DE LA RÉUNION

A quelque temps de là, date fut prise pour le mariage d'Adélaïde d'Aquitaine avec Hugues Capet. Une députation de Monseigneur de Paris vint à Poitiers. Elle était chargée de présents pour la future épouse et avait mission de la conduire dans la capitale du royaume où devaient avoir lieu les noces.

Guilhem IV reçut en grande pompe les envoyés de Capet. Il ordonna de magnifiques réjouissances. Des hérauts d'armes parcoururent le Duché proclamant partout la nouvelle. Et le puissant suzerain décida, à cette occasion, de convoquer le ban et l'arrière-ban de ses vassaux.

Au matin du jour fixé, il franchit un pont de bois sur le Clain, qui portait le nom de Messire Angoulbert, ancien abbé de Saint-Riquier en Ponthieu, lequel était mort en odeur de sainteté. Le Fièrabras était accompagné du Seigneur Achard, fidèle ami de sa famille, dont le titre comtal remontait à Charlemagne. Son escorte ne se composait que d'un porte-étendard et de dix écuyers. Toute la noblesse poitevine l'avait déjà précédé sur le lieu de la réunion.

La petite troupe s'engagea dans la montée des dunes, pentes escarpées et crayeuses qui surplombaient, au levant, la vallée.

Vers le sommet de ces falaises, sur un mamelon formé par l'érosion des roches calcaires, il existait un remarquable mégalithe.

C'était une pierre plate monumentale, posée sur quatre autres debout. Elle avait dû, au cours des âges, remplir, à tour de rôle, l'office de pierre tombale, d'autel et de table ronde. Cette dernière appellation, illustrée par les chevaliers du roi Artur, en tant qu'elle signifiait « table de la conférence », lui convenait le mieux. L'endroit, en effet, se nommait le « bernage » du mot celtique « ber », qui veut dire seigneur. On désignait ainsi dans la Gaule celtique les lieux où s'assemblait la noblesse. Héritiers des brenns pictons, les chefs-seigneurs du Poitou leur avaient emprunté la coutume de réunir en ce rond point, autour de l'antique dolmen, l'assemblée de leurs feudataires.

En cette journée, le mont Bernage était, avec son arrière plateau, couvert de tentes. Elles étaient apparues à l'aurore, comme de gros champignons poussés pendant la nuit. Multiformes et bariolées, elles devaient leurs aspects divers à la variété des régions d'où étaient accourus les vassaux.

La plupart de ces leudes de l'Aquitaine étaient arrivés la veille, après plusieurs jours de voyage.

On reconnaissait à leurs tentes sombres, brunes ou grises, dépourvues d'ornement, les gens des terres froides de l'Auvergne, du Limousin ou des coteaux de bruyère du Berry. Toutes blanches, par contre, avec leurs toiles ouvertes et palpitant au vent comme des ailes de mouettes, étaient celles des riverains de la mer. Ailleurs, elles étaient jaunes, vertes, rouges, bleues et, bien qu'on fut en été, leurs colorations éclatantes détonnaient dans la luminosité trop douce du ciel poitevin. C'était le coin méridional du camp. Il dénonçait, par son animation et la richesse des tentures, la vie ardente et les goûts fastueux des hommes de la Garonne et des marches d'Espagne.On entendait fuser les rires et les chants sous leurs fiers pavillons d'où jaillissait, au faîte, une pointe de lance avec le gonfalon.

Les féodaux plus proches des « pagi » de Brioux, de Toars, du Loudunais, ceux des lisières de la Marche, des Mauges et de la Brenne étaient partis durant la nuit. L'écume et la poussière, qui souillaient leurs montures, prouvaient la rapidité de leur marche.

Ils venaient, pour la plupart, de mettre pied à terre et se joignaient aux autres seigneurs qui, têtes-nues, formaient le cercle autour de la table de pierre que le Fièrabras escalada d'un bond.

Le spectacle était admirable de ces fronts découverts, virils ou chenus, que le soleil, au départ de sa course, enluminait de touches roses.

On remarquait, au premier plan, Boson dit le Vieux, Comte de la Marche, l'aîné des Lusignan, Arbert de Toars, Isambert de Châtelaillon, les Comtes d'Angoulême, de l'Herbauge et Achard, qui gouvernait le Bas-Poitou, Hélie, Comte de Périgord, le Vicomte de Limoges et, conduisant une ambassade du Duché de Gascogne, les sires d'Armagnac et d'Albret.

— « Nobles et féaux seigneurs, s'écria Guilhem IV, à vous tous, comtes, vicomtes, barons, bannerets, chevaliers et vidames, salut et bienvenue !

« Je vous ai rassemblés, en huy, pour vous entretenir d'une chose que j'ai fait partout hautement assavoir et qui moult doit honorer notre maison.

« Le très noble et puissant seigneur, Monseigneur Hugues, Comte de Paris, duc de France, m'a mandé par de notables émissaires, qui sont arrivés céans, son désir de prendre en mariage, sans plus de dilation, Madame et bien-aimée sœur, Adélaïde d'Aquitaine, Comtesse de Noyant.

« Ce étant, Messires, j'ai donné mon agrément et promis pour dot à icelle toutes nos terres angevines de Beaufort et Brissac, en sus de celles de Noyant, qui sont de son apanage.

« Item, Monseigneur Hugues Capet assigne en douaire à l'épousée, pour l'endemain des noces, les importantes châtellenies de Gisors sur Epte et de Meung sur Loire et, en divers autres lieux, castels, maisons-fortes, villas, forêts et moulins. Outre s'ajouteront, dans ce don du matin, maints bénéfices, droits, octrois, grâces, baillettes et privilèges.

« J'ai donc ordonné des fêtes et festins pour célébrer cet heureux événement. Et j'ai voulu, Messires, que vous tous, qui fûtes les compagnons fidèles de mon Père, illustre et vénéré, que l'on surnommait « tête d'étoupe », soyiez à mes côtés durant ces jours de liesse.

« Ainsi, par la grâce de Dieu, France et Aquitaine

désormais sont unies. Mais, sans jamais aller à l'encontre l'une de l'autre, elles resteront jalouses de leurs prérogatives. Et, pour nous aider, s'il le fallait, Messires, à soutenir nos justes droits, je compte sur vos serments de féauté, comme sur mes bons alliés de Guienne et d'Arvor. »

Un long cri s'éleva de l'assemblée unanime, scandant à plusieurs reprises ces deux mots : « France — Aquitaine... France — Aquitaine ».

Puis Achard l'ancien, prenant la parole, jura, au nom de tous, fidélité et devoir.

La réunion s'acheva dans l'enthousiasme. Le Fièrabras, satisfait, regagna le palais ducal avec ses principaux invités.

***

UNE VILLE MENDIGOTE

Le camp, aux tentes vides, fut laissé à la garde des officiers. Dans l'attente des fêtes, qui allaient commencer, les seigneurs, en quête d'hostelleries, se répandirent en foule dans Poitiers avec leurs familles et leurs gens. Un grand mouvement de population emplit les rues de la Cité, par quoi fut consacré son titre de capitale des pays transligériens du Royaume.

Elle avait retrouvé sous la dynastie des Guilhem la splendeur dont elle jouissait au temps de la Gaule romaine. Elle se nommait, à cette époque, Limonum Pictavorum. Et l'on pouvait entendre par ces mots la «ville» aussi bien que la « terre » des Pictaves. Les chevaliers s'y rendaient de fort loin pour assister aux jeux du cirque. Ils y faisaient de longs séjours. Dans la belle saison ils allaient à Sanxay, afin de s'y livrer, parmi la campagne fleurie, aux plaisirs d'un autre ordre, que leur offraient ses lupanars et son théâtre de verdure.

Au seuil des auberges dont on avait remis à neuf les bouchons, Arvernes, Limosins et Gascons, de leurs jurons sonores, réveillaient les échos des vieux murs assoupis. Et, dans cette Babel d'idiomes qu'était devenue la montagne du Clain, les patois maraîchins, comme ceux des Brennous, de la Gâtine et de Saintonge, n'avaient rien à envier, en manière de charabia, à celui de l'Auvergne.

Le sire d'Albret s'était fait suivre de sa troupe de gitanos. En l'absence de leur maître, retenu chez le Duc, ces romanis aux cheveux crépus, avec leurs gitanas, émerveillaient les citadins par leurs danses lascives, sur le parvis de Notre Dame. Au bruit des guitares espagnoles, les fenêtres des riches demeures se garnissaient de curieux. Cependant, des quartiers pauvres, vrais pâtés de taudis plaqués aux flancs du promontoire comme autant de verrues, arrivait, en courant et par flot de haillons, tout un peuple sordide.

Il en sortait de partout. On eut dit que les trois Aquitaines : Première, Seconde et Novempopulania avaient évacué, sur Poitiers, le trop plein de leurs mendiants.

Des gens d'armes, munis de bâtons, qui précédaient les nobles visiteurs, écartaient de leur route ces nuées solliciteuses. Ils abondaient surtout aux porches des églises, car la dévotion était grande chez les Aquitains. Or, ceux-ci ne pouvaient pénétrer dans les saints édifices qu'entre deux haies de misérables et de bancroches, sagement alignés jusque dans le narthex et quémandant l'aumône sous les auspices de la divine Charité.

L'énumération serait trop longue de ces plaies étalées et de tant de cagous ou de monstres difformes qui semblaient la réplique vivante des horribles péchés, sculptés avec amour par de pieux artisans dans la pierre tendre des Basiliques.

⁂

LA LÉGENDE DU BLÉ

Les tombeaux d'Hilaire le Grand et de la reine Radégonde, les deux saints les plus réputés entre Loire et Garonne, virent la plus nombreuse affluence.

Celui de Radégonde surtout. Bloc sombre, suintant d'humidité dans le fond d'une crypte à peine éclairée par de tremblotants luminaires, il avait le renom de guérir les « stropiats » et les paralytiques par le simple attouchement de sa pierre glaciale.

Ceci était attesté par les inscriptions dont il était rempli. Mais plus encore que les graffites, la forêt de bâtons, abandonnés par les miraculés et fixés aux parois de la crypte, en fournissait le témoignage.

Sur l'un des murs une fresque naïve représentait la sainte en prières dans la demeure d'un villageois. On voyait près de là une troupe à cheval devant un champ couvert d'une jaune moisson.

Le vieillard Patrice, qui servait de guide aux pèlerins, en expliquait ainsi la légende :

— Madame Radégonde, reine de France, que Saint-Médard de Noyon avait consacrée au bon Dieu, ne pouvait plus vivre, désormais, à la cour ribaude du roi Clotaire, son époux. Elle s'en évada, un beau jour, et s'en vint chercher refuge en Aquitaine. Elle fuyait de ville en ville, s'abritant dans les monastères pour éviter les hommes d'armes que Clotaire avait lancés à sa poursuite.

Or, en ce temps, Mesdames et Seigneurs, demeurait à Poitiers Venance Fortunat. C'était un grand poète illustre par ses œuvres et aussi un saint prêtre. Il connaissait la Reine de longue date et lui avait dédié maints poèmes.

Pressentant sa venue, par on ne sait trop quelle intuition mystérieuse, il partit à tout hasard au devant d'elle.

On était au début du printemps, alors que la moisson est encore jeunette et verdoyante sur les sillons.

Mais, en arrivant sur les lieux de la bataille de Vouillé, quelle ne fut sa surprise d'apercevoir un champ de blé, un magnifique champ de blé, avec de hautes tiges et des épis déjà formés.

Le digne homme n'en croyait pas sa vue. Tout droit sur sa monture, une brave mule, Messires, qu'il avait achetée à la foire de Myrebeau, il scrute la campagne et découvre bientôt, dans le creux d'un vallon, le toit fumant d'une chaumine.

Dans son impatience à connaître la cause de cette maturité prodigieuse, il talonne sa bête. Celle-ci stupéfaite, à son tour, d'une hâte aussi peu coutumière, l'emmène de toute la vitesse de ses jambes fines jusqu'au seuil de l'habitation.

Là, il met pied à terre, tire le loqueton et entre sous le chaume... Anges du Ciel ! Que voit-il ?... Madame Radégonde, assise devant l'âtre au milieu d'une famille de paysans.

— Est-ce vous, Majesté ? s'écria Fortunat... Qu'est-il donc advenu que céans je vous trouve en si piètre équipage ?

Puis se rappelant le champ de blé et remarquant ses vêtements tachés de boue, il reprit :

— Auriez-vous, par grâce divine, changé le cours des saisons et retenant aux plis de votre manteau les vilenies de l'hiver, nous apportez-vous, en échange, l'or et les roses de l'été ?... Qui pourrait en douter au spectacle incroyable de cette moisson proche aux épis mûrissants ?...

A ces questions posées par le volubile poète, la sainte, modestement, se taisait.

Son hôte qui, par respect pour le prêtre, s'était levé avec les siens et qui, timidement, tournait entre ses doigts son bonnet de laine tricotée, jugea bon de répondre à sa place :

— J'vas vous dire, vénérable Père. La bonne dame que vous appelez : Majesté, était poursuivie par des soldats. Elle courait, la pauvre, de toutes ses forces à travers les guérets, sans grand espoir « pre le fin sûr » de leur échapper, quand elle me rencontra.

« Cache-moi vite dans ta maison, fit-elle à bout d'haleine et, si l'on t'interroge, tu répondras, sans mentir, que lorsque tu m'as vue ce blé était encore en herbe ».

— Je fis comme elle voulut, mon bon Père. Et, elle se mit aussitôt en prières dans la « ruette » de notre lit avec une si rayonnante ferveur que ce triste logis en était comme illuminé.

Puis, dans l'instant d'après, j'entendis résonner une galopade de chevaux.

« Sors » me dit-elle.

— Il en était temps, bon ami ! A peine étais-je lehors qu'une troupe de cavaliers s'arrêta derrière ma palisse.

Ils me crièrent furieusement :

« Manant ! N'as-tu point vu par ici une femme que nous cherchons depuis Paris ?»

— Seigneurs chevaliers ! répondis-je en tremblant, j'ons ben vu une dame et belle, pour de vrai, comme une sainte vierge...

« Eh bien ! Dis-nous où elle se cache, crièrent-ils derechef. »

Alors, me sentant soutenu par une force intérieure, je repris placidement :

— Mais quand je l'ons vue, beaux Messires, mon blé était encore en herbe et « ma grond' foé damnaie ! » ben mis à mal par les corbeaux.

Puis, inquiet tout de même, vénérable Père, je regardais du côté de mon champ.

— Ah ! Miracle ! Il lui était poussé des gerbes de la taille d'un homme, et, sur toute la colline, c'était comme une mer dorée, qui balançait, au vent de galerne, de jolies vagues de froment.

Par extraordinaire, ajouta Patrice, les cavaliers du Roi n'en furent point étonnés. Ils changèrent de direction. Le vilain les entendit qui se confiaient entre eux que dans leurs contrées nordiques, les « métives » se faisaient tardivement. Ils avaient tellement galopé et depuis si longtemps qu'ils se croyaient parvenus aux terres aimées du soleil où, chaque année, la récolte est double, selon ce qu'ils avaient ouï dire par les voyageurs, qui en étaient revenus.

Ayant ainsi narré le miracle du blé et tenu sous le charme son auditoire, le vieux Patrice alla se placer en haut des marches du sépulcre. Prenant dans un sac, qu'il avait sous sa cotte, une large coquille, il attendit, à l'instar des guides de tous les temps, que chaque visiteur, en sortant, y laissa tomber son offrande.

Grâce au produit de cette prébende laïque, le bonhomme avait acheté des masures. Devenu marguillier, il tenait le registre des pauvres de sa paroisse et tirait d'eux, en les logeant, un honorable revenu.

L'Invitation

Après la réunion de la Pierre Levée, un festin fut donné, dans le palais ducal, en l'honneur des principaux feudataires et de leurs épouses. On présenta la Vicomtesse Aldéarde à Madame de Poitiers. Mais, la fille du Comte de Blois affecta de montrer bon visage à sa rivale.

La table était abondamment garnie et servie sur vaisselle d'or avec hanaperie de même métal. Seul un gobel d'argent figurait au haut bout. Il était destiné à l'officier de bouche chargé de servir les boissons et d'en faire l'essai.

Les convives, suivant l'usage, occupaient des sièges élevés. La femme et la maîtresse du Fièrabras, proches l'une de l'autre, firent échange, durant le repas, de politesses et de sourires.

On en vint à parler de la chasse. Farouchement gardée et réservée aux Seigneurs, elle leur était déduit et moyen de rapport. Elle sévissait, de droit féodal et, en toutes saisons, sur les glèbes serviles. Mais, d'ordinaire, elle battait son plein après la moisson.

Sur un tel sujet la conversation ne tarissait guère. Elle créa vite entre les interlocuteurs un certain abandon dont Aldéarde profita pour demander à sa voisine :

— Vous plairait-il, Madame, d'être des nôtres, cet automne, ainsi que le Duc Guilhem, pour les battues de sangliers dans nos forêts d'Olonne ?

— Parbleu ! fit le Vicomte Arbert, qui se trouvait placé entre elles deux, pour cette fête de vénerie, où nos vautraits, au grand complet, rassembleront dix mille chiens, le Duc et la Duchesse ne sauraient être absents de notre compagnie. Il faut vous dire, aussi, ajouta le bonhomme, que dans les coteaux de l'Herbauge et dans les ronciers du marais, laies et verrats sont gîtés par centaines. Or, quand on débauge les hardes et que, sur deux lieues de pays, on les chasse à cor et à cri, c'est un étourdissant spectacle.

— Etourdissant et périlleux, observa la Duchesse, qui n'était pas sans inquiétude à la perspective d'une telle ruée de bêtes noires.

— Nos bons chasseurs, reprit le Vicomte, postés sur les levées, attendent, à la croisée des charrières, qu'un animal surpris, y soit coiffé par les mâtins et là, royalement, le servent à l'épieu.

— C'est un duel barbare, fit Emma.

— Le Duc y montrera la force de son bras, dit Aldéarde.

— Qui parle de mon bras ? s'écria Guilhem IV, interrompant un entretien qu'il avait par ailleurs.

— Ma femme, mon cher Duc, lui répondit Arbert, à propos d'une chasse aux solitaires de Thallemont à laquelle je t'invite.

— Cornediable ! Après en avoir expulsé les pirates normands, vais-je donc y revenir pour aller me commettre avec des porcs sauvages ?

— Il n'est pas, cher ami, de meilleure sauvegarde contre le « péché oiseulx » que cette chasse à la grosse bête, affirma le Vicomte.

—Eh bien ! soit, j'y consens, si la Duchesse veut bien m'y suivre, déclara le Fièrabras, décidé, au surplus, par un regard d'Aldéarde.

— Peuh ! Férir d'aussi vils animaux est besogne de porcher, fit Emma avec dégoût. Ah ! Combien je préfère la chasse fauconnière où l'on suit, à cheval, le vol d'un héron.

— Mais cet oiseau, Madame, hante aussi nos lagunes et bien d'autres avec lui d'un vol très honorable. En somme, il n'est gibier de poil ni de plume qu'on ne puisse poursuivre en tout ce plat pays, couvert de sable et d'eau, qui, par delà le mont des alouettes, s'étale au flanc de l'Atlantique.

— J'aurais, dès lors, mauvaise grâce à refuser, Messire. J'accompagnerai donc mon mari, moins pour chasse, il est vrai, que pour le protéger de certaines sirènes qui ne logent pas toutes dans la mer océane.

— Ah ! Ah ! s'esclaffa bruyamment le barbon, d'une voix discordante, ébréchée comme sa denture. On vous a donc appris la perfidie de ces naïades que mon compère Raynold a mises en chansons ?

— Raynold ! fit Emma en se tournant vers Aldéarde. N'est-ce pas le nom de ce trouvère fameux qui fréquente votre manoir ? Je serais bien heureuse de l'avoir à mon tour. Mais ne veux point vous en priver.

— Nul sacrifice ne me serait trop coûteux pour complaire à ma suzeraine, répondit la Vicomtesse.

— Je vous en sais bon gré, ma chère vassale, mais n'attendez point de ma part un pareil traitement. Ce que j'ai, je le garde et saurai le défendre.

— Vos vassaux n'envisagent que dévouement, Madame.

— Je pourrais, cependant, avoir des exigences.... pénibles à satisfaire, dit Emma avec un rire inquiétant... Enfin, résuma-t-elle, nous irons à ces chasses, puisque cette nouvelle équipée semble ravir mon époux et que l'on m'y promet tant de choses agréables.

— Mon zèle à vous servir y sera sans limites, dit Aldéarde.

— Et, ce sera tant mieux, répartit la Duchesse, du même ton ironique.

Cet aimable entretien se passait, à vrai dire, par dessus la tête du Vicomte de Toars. Ce dernier, en effet, paresseusement enfoncé dans sa cathèdre, était nettement dominé par les deux interlocutrices. Et, leurs souffles embrasés, se croisant comme leurs paroles, agitaient le maigre duvet qui frisotait encore sur son crâne chenu.

Mais le vieux seigneur était sourd à d'aussi vains propos. Doctement il exposait pour l'instruction de ses voisines et, malgré qu'elles ne l'écoutassent point, une ingénieuse théorie, puisée aux parchemins de ses armoires, touchant l'origine et la nature des sirènes.

Il disait que ces femmes marines, aux formes alliciantes, bien qu'hétérogènes, étaient les survivantes, de même que leurs congénères masculins, des anciens habitants de terres immergées, lentement disparues. Cet engloutissement avait amené, au cours des siècles, leur transformation, pour des fonctions nouvelles, soit en oiseaux, soit en poissons, au fur et à mesure que l'habitacle humain leur avait fait défaut.

Il prétendait, en outre, démontrer que le chant des brunes sirènes des rives de Pœstum, dont les chevelures de nuit laissaient, derrière elles, sur les flots tyrrhéniens, une traînée bleuâtre, était loin d'égaler celui des sirènes atlantes.

Celles-ci, blondes créatures, étaient issues d'un monde qui se situait à l'occident des colonnes d'Hercule. Elles l'emportaient sur leurs sœurs méditerranéennes par l'opulence de leurs gorges dont la blanche carnation était avivée par l'écume des vagues de l'Océan. Et leurs voix surpassaient, du reste, toutes les autres en harmonie, étendue et sonorité.

La fatigue du voyage, l'excellence des vins, le feu des élixirs avaient porté la plupart des feudataires, en cette fin de repas, à une douce somnolence.

Elle était à peine troublée par les exclamations de quelque chasseur attardé à narrer ses exploits ou par l'interminable ronronnement du savant Vicomte.

Il n'arrivait pas à décider, vraiment, entre les brunes et les blondes, ni, par suite, à conclure, en ce débat fumeux où il était engagé avec lui-même, sur les charmes comparés des filles putatives du dieu Acheloüs.

Quant aux dames, elles s'étaient prudemment retirées au moment des libations, y compris Aldéarde et Emma, abandonnant le discoureur à son soliloque.

Les Jeux

Ils figuraient en tête des réjouissances ordonnées par Guilhem IV pour le mariage de sa sœur. Et, le populaire, au jour dit, affluait par toutes les portes dans le vieil amphithéâtre gallo-romain, restauré par les Guilhem pour l'agrément de leurs sujets.

En attendant l'ouverture des jeux, les amuseurs habituels de la Cité occupaient la piste. Dieu sait s'il y en avait : diseurs de bonne aventure, fous, montreurs de loups, de chiens et d'ânes savants, dresseurs de rats, mangeurs de feu, escamoteurs, colosses, acrobates, exhibiteurs d'animaux phénomènes, de monstres humains, de monstres doubles. On trouvait là, réunis, tous ceux qui, vivant en marge de la société féodale, cachaient le plus souvent, sous une industrie apparente, leur véritable profession qui était le brigandage.

L'inévitable confrérie des mendiants répandait, elle aussi, à tous les étages et la sébile en main, ses bélisaires, ses aveugles, ses bossus, ses culs-de-jatte et ses manchots.

Des ménétriers, des vielleux jouaient de larmoyantes complaintes ; tandis que les troubadours, les gitanes, venus de Gascogne, agrémentaient de danses et de chansons cet ensemble improvisé d'acteurs hors programme, habiles à profiter des lieux de spectacle et du vide de la scène pour combler celui de leur bourse.

En prévision de la durée des représentations on avait apporté des vivres. Des odeurs d'ail, d'oignons, de fruits trop mûrs, d'anguilles grillées, de fouaces chaudes, s'exhalaient des portiques circulaires et des galeries où se tenait la plèbe artisane ou servile. Ces relents, du reste, s'évadaient par le sommet, à ciel ouvert, de l'édifice. La douceur et la sérénité du temps avaient, en effet, permis de ne pas accrocher aux grands mâts de l'enceinte les toiles qui servaient, d'ordinaire, à abriter les spectateurs.

***

Des sonneries de trompettes signalèrent l'arrivée du Duc et de sa cour. Tout le monde se porta à l'entrée principale... Guilhem IV et la Duchesse Emma, s'avançant au milieu d'une foule en liesse, vinrent occuper, avec les ambassadeurs d'Hugues Capet, les seigneurs et les dames, les tribunes du premier rang. Elles étaient ornées, à la romaine, de riches draperies.

Au-dessus des stalles réservées aux grands féodaux s'élevaient des dais de velours. C'était déjà une apparition modeste du baldaquin pour marquer la préséance et la dignité. Cependant, malgré les tentures, les mâts chargés d'oriflammes et les décors de feuillage qu'on avait mis un peu partout, aux arcades de la façade de même qu'à l'intérieur, aux cintres des portiques comme à l'entrée des vomitoires, ce cirque de barbares était loin d'égaler en splendeur ceux de l'ancienne Rome.

De chaque côté des tribunes les gradins se garnirent de chevaliers, de damoiselles, d'écuyers, de pages et de soldats. L'amphithéâtre fut bientôt plein. Des aquitains de tous dialectes, de tous costumes se coudoyaient sur les degrés de pierre. Taciturnes ou verbeux, de mise simple ou voyante, ils accusaient, là encore, par la diversité de leurs types, la pluralité des races en cette partie médiane et méridionale du royaume de France.

Sur un signe du Prévôt de la Ville, les gardes évacuèrent de la piste et des escaliers leurs hôtes indésirables. Comme par miracle, le bâton des sergents redonna la vue aux aveugles et rendit les paralytiques ingambes. Et tellement ils y mirent de hâte, jongleurs, mendiants et truands s'envolèrent, si l'on peut dire, jusqu'aux cimes de l'amphithéâtre.

Quand, en un tournemain, montreurs et montrés, escamoteurs et compères se furent, de la sorte, eux-mêmes escamotés, les trompes retentirent de nouveau et l'on ouvrit à deux battants la lourde porte du bestiaire.

Successivement en sortirent de maigres loups, des renards à la queue honteuse, des blaireaux et un vieil urus.

Contre eux on fit se battre des chiens. Mais ce premier combat fut inégal et sans grandeur. C'était la troupe attachée à demeure à l'établissement. Une troupe morne et fatiguée !

On avait entouré l'arène de grilles en fer dont les pointes, recourbées en dedans, dépassaient le podium, afin d'empêcher les bêtes furieuses ou affolées de s'élancer sur les gradins. En face des travées donnant accès aux places, ces grilles comportaient des ouvertures que l'on fermait durant le spectacle.

La précaution s'avéra inutile devant la placidité des fauves et le manque de mordant des chiens. En dépit des excitations des piqueurs, ceux-ci se contentèrent d'aboyer effroyablement contre leurs antagonistes. On vit des poils se hérisser. A force de coups de fouet les valets purent obtenir des prises de gueule et des morsures. Le vieil auroch se défendit vaillamment avec ses cornes. Mais il n'y eut ni étranglement ni mise à mort d'aucune manière.

Seul un grand loup, encore plus efflanqué que les autres, sut tenir la vedette, en attirant à ses trousses une douzaine d'aboyeurs qu'il déroutait par ses gambades au travers de la piste et par des sauts désordonnés. Ce qui provoqua une gaieté folle dans l'assistance. Mais, la « vis comica » de ce loup décharné ne remporta qu'un succès passager. On voulait autre chose. Le public des galeries exigeait une vraie chasse. Et l'annonce en fut faite, suivant l'ordre du spectacle.

*
**

De nombreux chevaliers, qui s'étaient équipés pour ce jeu, se levèrent alors de leurs bancs et réclamèrent des montures à voix haute.

On rentra dans les caves, à coups de piques et de lanières, les pâles figurants du début et l'on amena sur le sable de l'arène des chevaux superbement harnachés ainsi que les meilleurs limiers du chenil ducal.

Ce n'était point là chiens d'oysels, de conils ou de conilleaux, mais des dogues de Guyenne, de forts mâtins du pays d'Artois, des ibériens aux longs poils et des griffons de l'Herbauge, la toison en broussaille. Ils formaient par leur nombre une redoutable meute. Avec eux, les chasseurs entrèrent en lice.

Lorsque tout fut prêt, les veneurs bien en selle et les chiens découplés, l'huis de fer à double vantaux qui clôturait le cunicule, venant des profondeurs de l'amphithéâtre, s'ouvrit derechef. Il livra passage à vingt loups au pelage ocré ainsi qu'à trois goupils capturés avec eux dans la forêt germaine. Apparurent ensuite quatre solitaires hargneux et un formidable ours brun des Pyrénées.

Cette fois c'était sérieux. Tout en redoublant ses abois, la meute esquissa d'abord un mouvement de recul. Des chiens s'échappèrent en clabaudant autour de la piste. On les ramena à la cravache. Les bêtes de la forêt, devant cette multitude d'hommes et le lieu insolite où elles étaient lâchées, s'arrêtèrent interdites. Les sangliers, après avoir promené sur l'entourage leurs petits yeux marrons, perçants comme des vrilles, se mirent à fouir le sol. L'ours bâilla en poussant un grognement énorme. Les grilles qu'on fermait grincèrent sur leurs gonds. Alors, parmi les aboiements, retentit, éperdu, le hurlement d'un loup. Ce cri déclencha la bataille.

Les molosses attaquèrent par bandes. Premièrement submergés, les animaux sauvages se dégagèrent. Puis les loups gagnèrent de vitesse leurs poursuivants.

Ainsi la chasse commença. Une chasse à courre en champ clos, au son des cors et des huchets.

Les goupils, pour fuir, essayèrent de franchir les grilles. Deux d'entre eux retombèrent lourdement sur les chiens. Ils furent étranglés. Le troisième, afin d'éviter le même sort, resta suspendu aux barreaux comme un chat. Mais il eut la queue arrachée par un dogue. Abandonnant à son vainqueur ce trophée magnifique, il parvint au bout de la piste où un mâtin l'acheva.

L'ours pyrénéen, adossé au podium, faisait tête aux chiens ibériens, qui l'avaient élu, sans doute, par communauté de patrie. Il n'en découssait pas moins de la griffe et des dents.

On avait affamé les loups. Au cours de la poursuite, ils s'arrêtaient soudain, choisissaient un chien gras. Puis, dans une horrible mêlée, étranglant leur victime, ils en arrachaient des lambeaux et repartaient la gueule pleine de cette chair saignante.

Les valets avaient de courtes fourches pour se défendre et harceler les chiens. Les veneurs à cheval étaient armés de lances et d'épieux. Ils se portaient aux endroits les plus animés de la chasse. Leurs évolutions n'allaient point sans danger car ne trouvant pas d'autre issue, les loups, pour échapper à l'emprise des dogues, sautaient sur la croupe des chevaux. Et plus d'un beau fils, de la sorte accouplé, ne dut son salut qu'à la cotte de mailles sur laquelle se brisaient les crocs de l'assaillant.

Les fauves, qu'une longue course en forêt n'avait point épuisés, se défendaient avec une vigueur remarquable. Cependant, malgré leur résistance féroce, les sangliers succombèrent après les goupils. Coiffés par les griffons de l'Herbauge, qui mouraient sous leurs dents plutôt que lâcher prise, ils offraient par leur masse, à l'épieu des chasseurs, une cible tentante et facile à atteindre.

Quant aux loups, véritables seigneurs de la guerre, ils continuaient vaillamment leurs exploits. Aucun n'acceptait de périr sans associer à son trépas le décuple de chiens. Deux valets, par eux affreusement déchirés, furent emportés à demi-morts.

Le public, debout sur les gradins pour mieux voir, trépignait d'enthousiasme. Il imitait les grognements de l'ours, les aboiements des chiens. Il vociférait dans tous les dialectes et patois d'Aquitaine. Les dames et les seigneurs, penchés sur le rebord des tribunes, accompagnaient d'acclamations et de paris cette ronde infernale d'hommes et d'animaux qui se déroulait à leurs pieds.

La bataille entre les limiers et les loups demeurait indécise. Quinze de ces derniers étaient encore en vie. Les autres gisaient sur le sable avec les goupils et les verrats. Mais les chiens étendus étaient en si grand nombre que, par endroits, l'arène en était recouverte. La puissante meute du début devenait clairsemée. Les cors et les huchets avaient beau résonner, les molosses d'Artois et les dogues de Guyenne, décimés et fourbus, se montraient sourds à leurs appels. Les hommes restaient seuls contre les loups.

Et comme il fallait en finir les gentilshommes s'unirent aux valets. Fourches, épieux et lances gaies alignèrent leurs losanges et leurs tridents d'acier contre les bêtes germaniques. Ce fut une lutte, d'abord, de vitesse où les lourds chevaliers et leurs seconds à pied, mis en défaut par la prestesse des loups, connurent les railleries de la foule. Puis, à la longue, vint le massacre. Les isengrins, cernés dans un cercle de piques, qui se fermait sur eux, furent crevés sans merci.

⁂

L'ours tenait toujours. Ultime bastion ! Devant lui, dans une mare de sang, étaient étalés les débris pantelants de ses victimes. Alors, un homme, petit, râblé, étant descendu de cheval, s'avança résolu et l'épée à la main. Ce brave était Raoul de Séneché. Il avait, on le sait, des griefs à venger.

Sans doute, voulait-il, par ce duel intrépide, effacer l'affront fait à son honneur d'homme lors du festin de Toars ! — Mais allait-il mieux réussir que pour laver l'injure faite à son honneur de mari ?

Il avait renfermé son épouse volage dans une chambre forte, au plus épais de son donjon, mis des gardes aux remparts, fait creuser les fossés. Puis, il était retourné dans Poitiers, la moustache relevée en deux crocs menaçants, l'œil mauvais et dévisageant tout le monde. Hélas ! victime de cette conspiration du silence qui environne tous les maris trompés, il n'avait pu rencontrer, jusqu'ici, un seul des galants qu'il rêvait de pourfendre. Ils étaient, d'ailleurs, trop ! Et le péché de cocuage, commis avec la belle Annette, se trouvait tellement réparti qu'il n'existait plus pour personne.

L'ours gigantesque, en voyant s'approcher ce nouvel agresseur, se mit debout, prêt à l'étreindre dans un mortel embrassement.

Sur un geste impératif du capitaine, veneurs, valets et chiens se retinrent de troubler ce combat singulier.

L'ours leva sa griffe, ouvrit sa gueule énorme... Mais, devançant l'étau des formidables pattes et vif comme « la flamme » dont il portait le nom, le poitevin plongea sa lame plate et roide dans la panse du monstre qu'il occit du même coup, avec autant de fougue que s'il eut découvert, sous sa toison hirsute, l'infâme suborneur si vainement cherché.

***

Tandis qu'il essuyait son épée sur la peau de la bête, les applaudissements éclatèrent du haut en bas de l'amphithéâtre. Le Duc Guilhem lui-même en avait donné le signal...

On vit alors réapparaître sur les lèvres du héros cette moue avantageuse et de contentement de soi qu'il avait perdue depuis Toars.

Quand il regagna sa place, le Fièrabras, habile manieur d'hommes, vint l'accueillir en haut des marches et, sous les bravos de l'assistance entière, lui donna l'accolade. En cette minute tout fut réparé. Pénétré de reconnaissance et gonflé d'orgueilleuse satisfaction pour cette marque publique d'estime, Raoul la Flamme, les deux mains dans celles de son Suzerain, oublia pour toujours qu'il avait été appréhendé et suspendu piteusement par le col, à l'instar d'un jeune chien qu'on corrige.

On en fit des gorges chaudes parmi les seigneurs assis aux tribunes :

— Tu as perdu, mon cher, dit Sabran Chabot à Hugues de Lusignan, qui avait misé sur la victoire de l'ours.

— J'aurais parié jusqu'à ma chemise contre ce soudard vaniteux, répondit le cadet. Et, si la bête l'eut dévoré, quel fameux débarras pour sa femme !

— Parle pour toi, joli coucou, qui voudrait bien

sans risque te poser dans son nid, répartit Sabran Chabot. Mais si la dame eut, quelquefois, des faiblesses à ton égard, tu aurais tort d'imaginer qu'elle te préfère à son mari.

— Ah ! Vraiment, fit le bellâtre. Alors, pourquoi le trompe-t-elle ?

— Parce que ce sont deux êtres épris pareillement d'aventures, affirma Sabran Chabot le plus sérieusement du monde. Lui confie sa fortune au hasard des combats, pendant qu'elle se plaît dans les jeux de l'amour. A mari fol, femme volage, dit un proverbe. Ils sont bien faits pour se comprendre.

A telle enseigne, approuva Simon de Chausseraye, que je gagerais fort qu'il ira dès ce soir lui conter sa prouesse.

— Et généreux dans son triomphe, ajouta Enguerrand de Loudun, le cocu radouci de notre belle, cette nuit, lèvera la consigne.

— N'en doutez point, Messires, reprit Sabran Chabot. Demain nous le verrons, fièrement, dans Poitiers promener à son bras la jolie recluse.

— Et ses amants, dit Adhémar de Parthenay, viendront en foule la saluer, en louangeant, comme il convient, l'incomparable bravoure du mari.

— Ce sera à mourir de rire, fit un porte-enseigne en manière de conclusion.

La première partie des jeux était terminée. Les spectateurs, désireux de changer d'air, se hâtèrent vers la sortie.

Les vomitoires déversèrent à l'extérieur une foule joviale et animée qui envahit les cabarets et les boutiques installés sur les pelouses environnantes.

***

Pendant l'entr'acte des pages passèrent dans les tribunes des invités avec des boissons fraîches et des corbeilles de pâtisseries. Les valets des jeux nettoyèrent l'arène. Ils jetèrent les chiens morts dans les oubliettes, situées au fond des caves où l'on précipitait, d'ordinaire, les condamnés vivants. Les fauves furent dépouillés de leurs fourrures et leurs restes portés aux chenils. Un officier du palais fit réserver les sangliers comme venaison de choix. Puis l'on promena sur la piste, labourée par la chasse, des herses traînées par des mulets afin d'égaliser le sable.

Bientôt la voix stridente des trompettes annonça la reprise.

Le peuple et les seigneurs rejoignirent leurs places. Celà prit un bon moment. Beaucoup de gens s'attardaient dans les dessous du vaste édifice à visiter les écuries et les cages des animaux sauvages. Ceux qui étaient attablés aux tavernes, où l'on vidait les pots de cervoise à la régalade, n'en finissaient pas d'étancher leur soif par ce temps de canicule. D'autres attendaient leur tour aux boutiques en plein air pour s'approvisionner de fruits et de crèpes de blé noir, dont chacun s'empiffrait en remontant vers les hauteurs d'où il était descendu.

On allait assister maintenant au principal combat. Comme dans tout spectacle du haut moyen-âge, digne de ce nom, il devait mettre aux prises un lion et un taureau, présentés en liberté par deux belluaires de l'ancienne Gaule Narbonnaise dont quelques arènes étaient encore célèbres.

Le Duc Guilhem les avait fait venir à grands frais. C'étaient deux beaux athlètes, costumés à la romaine. Bruns et bien découplés, ils avaient les jambes garnies de lanières en cuir rouge, depuis le brodequin jusqu'à la culotte étroite, qui dessinait leurs formes. Ils étaient coiffés d'un casque rond et leur poitrine était protégée par un haubergeon à peine visible sous la casaque. Celle-ci était de soie blanche pour l'un et verte pour l'autre. Ils avaient comme arme une courte épée avec un bouclier.

Ils allèrent s'incliner devant la tribune ducale; puis se rendirent à la porte de fer du cunicule qu'ils frappèrent avec la croix de leurs épées.

***

Un rugissement leur répondit et les vantaux brusquement s'écartèrent sous la poussée brutale d'un lion de forte taille, né dans les montagnes du Maghreb. Un taureau de Camargue, aiguillonné et rendu furieux par les fourches des valets, le rejoignit aussitôt dans l'arène.

Depuis plusieurs jours, on tenait les deux animaux enfermés isolément dans une cage obscure. La lumière les rendit à leurs instincts de liberté. Le lion parcourut l'arène prêt à franchir le podium. La vue des grilles le retint. Le bovidé, à demi-sauvage, appartenait à une manade en renom. En taureau éprouvé, il fonçait droit devant lui mais l'aspect inquiétant du carnassier brisa net son élan et, la tête basse, soufflant violemment des naseaux sur le sable, il attendit l'assaut qu'il pressentait.

Ce fut, en effet, cet adversaire que le fier animal, dédaignant les belluaires, attaqua le premier. Il s'enleva d'un tel bond que les dames ne purent retenir un cri d'effroi. Mais le Camarguais reçut son adversaire sur la pointe aiguisée de ses cornes et le rejeta en arrière de toute la puissance de ses vertèbres cervicales.

Captivés par la beauté du duel, les gradins étaient devenus silencieux. On n'entendait plus dans le cirque que les rugissements du grand fauve.

Il faisait des sauts prodigieux pour essayer de tomber par surprise sur les reins du taureau. Mais celui-ci opposait inlassablement ses cornes redoutables aux entreprises de son ennemi.

Il s'agissait, en somme, pour les belluaires de rester maîtres du champ de bataille par la mise à mort des deux animaux et quelque fut le résultat du combat engagé entre eux.

Il les laissèrent donc s'épuiser tout en évitant leurs atteintes. Et l'on pouvait admirer l'agilité surprenante de ces hommes, tantôt à un bout de la piste, tantôt à l'autre.

Cette tactique, toutefois, prolongeait le jeu et les spectateurs finirent par marquer de l'impatience. L'irritation succéda à l'enthousiasme du début. Des cris s'élevèrent.

— A quoi leur sert une épée ? — disait-on sur les gradins du populaire. Ce sont des champions de course.

Les Narbonnais s'ingénièrent alors à irriter le lion en le piquant de la pointe de leurs glaives. Ils voulaient l'attirer sur eux et s'en défaire, pensant avoir ensuite facilement raison du taureau.

Mais le roi du désert, avec mépris, se dérobait à leur poursuite et sans relâche assaillait l'animal cornu dont il rêvait de faire sa proie. Or, loin de consentir à ce sort comestible, celui-ci se révélait un remarquable jouteur.

⁂

D'un hémicycle à l'autre, les paris se croisaient comme des balles. Les taverniers et les forains, qui avaient suivi dans le cirque leurs derniers clients, risquaient sur des chances douteuses leurs recettes certaines de l'après-midi.

— Dix sols sur le lion.

— Cent carolus (1) sur le taureau.

— Pardié ! dit un manant. J'gageons deux p'tits tournois que la casaque verte n'attrapera point le lion.

Il y eut des rires et des sifflets.

— C'est un jeu confus ! crièrent les chevaliers — Un combat sans issue et qui défie tous les paris !

Le Duc Guilhem s'approcha des dames. Les douairières et quelques jeunes comtesses écoutaient avec intérêt le Vicomte Arbert leur parler des magnificences du Colisée Flavien où combattaient, à la fois, 5000 bêtes féroces.

— Je me sacrifie pour la plus belle, dit le Fièrabras, en faisant mine de vouloir entrer en lice. Toutes se récrièrent.

Emma, malgré les torts de son mari envers elle, nourrissait pour lui une vive affection et le goût pour les exploits périlleux qu'il tenait de sa force surhumaine l'inquiétait. Elle s'interposa :

— Laissez-donc, cher Guilhem, à ces gens de cirque le soin de nos plaisirs, puisque tel est leur destin. Pour

(1) Denier d'argent à l'effigie de Charlemagne.

l'amour de moi, n'exposez pas votre vie dans un combat aussi méprisable.

Les autres dames s'empressèrent d'approuver. Seule Aldéarde, placée un peu à l'arrière, fit le simulacre de battre des mains, comme applaudissant, par avance, à l'héroïsme de son amant.

Le vieil Arbert crut devoir apporter à la Duchesse l'appui de son érudition :

— Le lion et le taureau, dit-il, ont de tout temps respecté leur commune valeur. Aussi la lutte risque de se prolonger. Mais les belluaires sont faits pour ce jeu et non les chevaliers. Rome considérait ces professionnels comme plus infâmes que les gladiateurs. Jamais un patricien n'eut consenti à descendre dans l'arène pour se placer à leurs côtés...

— N'est-ce pas à Cordoue, Monseigneur, demanda Aldéarde, sur un ton ingénu, que vous fites preuve d'un merveilleux courage, en terrassant un taureau andalou ?

Emma se retourna comme sous la piqûre d'un aspic.

— Un taureau seul ! Peut-être, Madame, fit-elle sèchement. Mais non pas accompagné d'un lion. Ce serait une gageure insensée. Et votre langage est étrange.

Aldéarde se tut. Guilhem calma les alarmes de son épouse, en prétextant vouloir simplement surveiller la partie de plus près. Il s'approcha des grilles avec quelques seigneurs.

⁂

A ce moment, le lion, dépassant par un saut prodigieux les cornes du taureau, arriva sur sa croupe et se mit à le déchirer à belles dents.

Le bovidé, écumant de rage et de douleur, emporta son fardeau dans une course effarante tout autour de la piste.

Les bravos crépitèrent sur tous les gradins. Ceux qui avaient parié pour le lion poussaient des acclamations frénétiques.

Les deux bêtes, rivées l'une à l'autre, formaient un monstre à deux têtes, rugissant et bramant d'une affreuse manière.

Peu soucieux de risquer leur peau dans la bagarre, les belluaires continuaient leurs courses vaines sous les huées de l'assistance.

— Voici l'instant de Pépin le Court, cria quelqu'un dans l'amphithéâtre.

Ce rappel de l'acte courageux du roi des Francs, vainqueur illustre de Waïffer, fut comme un signal pour Guilhem.

Il tourna les yeux vers les dames. Mais c'était ceux d'Aldéarde qu'il cherchait. Quand il les rencontra, leurs regards se pénétrèrent comme deux flèches d'amour.

Puis, ostensiblement, il tira de son pourpoint une écharpe bleue. La sienne. Il l'enroula autour de son poignet gauche. Il prit de la dextre son épée; franchit le portillon des grilles et fut dans l'arène.

***

A nouveau le silence se fit. Emma, partagée entre l'effroi, le dépit et la haine, tenait ses deux mains crispées sur les appuis sculptés de sa stalle de chêne.

Les Narbonnais se rangèrent derrière le Duc pour lui prêter main forte. Il leur enjoignit de quitter la piste.

Haletant de sa course, épuisé de souffrance, le taureau s'était jeté contre les grilles. Il s'y frottait désespérément de l'épaule et du dos afin d'y écraser la bête dévorante attachée à sa chair.

Le Fièrabras marcha sur eux. A l'approche de cet homme, qu'ils devinaient puissant, les terribles lutteurs, par un concept obscur, se liguèrent brusquement de la gueule et des cornes contre l'ennemi commun. Le rugissement du lion fut tel, à ce moment, qu'il retentit jusque dans la Cité. La vision était terrifiante. Mais l'acte du Fièrabras fut décisif.

Comme dans le cirque andalou, il saisit de sa main, protégée par l'écharpe, la corne du taureau qu'il immobilisa. Et, dans la même seconde, assailli par le lion, il plongea son épée dans sa gorge béante jusqu'à l'écusson de la garde... Puis il la retira, victorieuse et sanglante, pour abattre la tête du bovin.

Indifférent aux clameurs et aux vivats qui, dans toute l'enceinte, se déchaînèrent ainsi qu'un ouragan, l'Hercule féodal retourna à son banc.

Là, avec sa philosophie coutumière, en pareil cas, il accepta l'accueil glacial de son épouse que la jalousie rendait livide.

— Tenez, Madame, dit-il à Aldéarde, je crois que cette écharpe vous appartient. Aussi je vous la rends. Je l'avais emportée par mégarde et la Duchesse l'a découverte dans mes bagages. Par bonheur, elle se trouvait sur moi et je m'en suis servi pour me protéger de ce bœuf dont la corne, sans elle, m'eut pénétré le bras.

Le voile était teinté de son sang. Il s'y mêlait celui des brutes qu'il avait terrassées.

Aldéarde feignit de croire à cette restitution. Elle déclara bien haut qu'elle conserverait l'objet en souvenir d'un fait mémorable et d'une radieuse journée.

Ce dialogue entre les amants dont Emma goûta moins que personne la duplicité exacerba son âpre désir de vengeance.

La représentation se termina sur une note plus gaie. Il y eut des courses de paysans montés sur des ânes. On lança des lévriers contre des lièvres. Celà fit la joie des parieurs et l'amusement de la plèbe. Des écuyers se livrèrent à des exercices équestres qui furent fort appréciés de la gentilhommerie présente. Enfin on adouba, devant toute la cour, deux fils nobles, admis chevaliers, qui avaient passé la nuit précédente en prières dans la basilique de la Vierge.

TROISIÈME PARTIE

Les Chasses de Thallemont

Elles étaient renommées dès l'époque druidique car elles attiraient déjà dans les parages de cette butte de la mer que l'on nommait alors le « mont des algues », les Samnètes, les Pictons et plusieurs tribus de Lemovices.

Empêchées tant que le fief resta soumis aux attaques des Bretons et de leurs alliés nordiques elles reprirent, une fois la trève conclue, avec plus d'éclat que jamais.

Quotidiennement, en cette fin d'été, les hautes terres de Gâtine, couvertes de brandes et de chênaies, étaient parcourues par les équipages qui se rendaient à Thallemont. Le long des pentes ravinées du mont *des alouettes,* les veneurs descendaient, en troupes nombreuses, vers les immenses étendues de peu de relief et de maigre végétation que continuait l'Océan sans limites.

Construit sur une motte, mi-sable, mi-rochers, le château dominait le port et la baie, où s'abritaient des barques de pêcheurs. Et si la plaine, le marais sauvage, les coteaux bocagers offraient à ses hôtes un gibier abondant et varié, la mer lui apportait également son tribut.

Tous ces plaisirs réunis faisaient que les invitations du Vicomte Arbert étaient fort recherchées par les Seigneurs poitevins. Il en venait aussi des Mauges, de la Brenne, de la Marche et du Limousin. De sorte que, à longueur de journée, les cors se répondaient d'une terrée à l'autre sur ces rivages déchirés de lagunes et d'étangs, que la mer avait abandonnés au pied des côtes granitiques de l'Herbauge et que sanctifiait, au surplus, la présence des abbayes de Saint-Michel-en-l'Herm, de

Luçon, de Lieu-Dieu en Jard; sans omettre un groupe de trois moustiers, à demi-ruinés et perdus dans les roselières, dont le nom, qu'ils ont conservé depuis, n'est pas sans analogie avec la suite de cette véridique histoire. Lorsque la nuit tombait, de grands feux, allumés sur la grève, éclairaient la curée.

***

Le manoir de Thallemont, avec ses multiples dépendances, présentait plutôt l'agencement d'un caravansérail que d'une maison-forte. Ses murailles étaient de « bourre », c'est-à-dire en « terre de bri », malaxée avec des brins de roseaux secs et de la paille hachée. Le donjon était coiffé de « rouches » ainsi que les autres logis. Et, dans la grisaille de la mer et des palus, ces toitures rondes et végétales, échevelées par l'air marin, ressemblaient de loin à des têtes rousses alignées au bord des flots. Toute une population de veneurs, de valets, avec chevaux et chiens, y trouvait asile et les arrivées se succédaient sans interruption.

Veux-t-on un aperçu de ce qu'était alors un équipage de chasse ? — Justement en voici un, d'une baronnie de Saintonge, dont on a signalé l'approche. Il chemine au milieu des sables, entre les pins séculaires, tordus par le vent du large et que la nature a plantés, comme autant d'armatures, dans les dunes mouvantes.

En tête, le Seigneur chevauche un solide palefroi, rêné et harnaché de cuir rouge de Cordoue, en larges bandes dentelées, garnies de franges au poitrail et sur la croupe. A ses côtés, noble Dame, son épouse, vêtue d'un long bliaud, bordé d'hermine, monte une haquenée qu'on a choisie, exprès pour elle, douce et blanche. Le maître d'équipage suit à pied. Il est en cotte jaune, chevronnée d'un galon noir sur le devant, avec col et manches rouges. Puis viennent les valets qui conduisent la meute ainsi qu'une compagnie de piqueurs portant épieux, vouges, fourches et arbalètes. Chaque maison a sa livrée. Mais, comme de nos jours, la couleur dominante en vénerie est le rouge. Ecarlates sont les chaperons qui revêtent la tête, les épaules et le cou des valets de limiers. Rouges aussi leurs ceintures où pend une corne de buffle qui rassemblera dans la plaine les grands chiens au poil ras. Pour l'heure ces « courants » saintongeois, à la robe blanche tachée de noir, sont étroitement tenus en laisse, par hardes de dix chiens, dont les queues frétillent comme un buisson d'aspics. Rutilantes, enfin, sont les chausses des louvetiers, armés de l'épée. Mais les fauconniers à cheval sont coiffés d'un galeron vert. Ils terminent le défilé, de pair avec les sommeliers, tirant leurs mulets de bât, sur lesquels sont arrimés les vêtements, les bagages et les meubles usuels du Baron en voyage.

⁂

La cour d'Aquitaine se préparait elle aussi au voyage de Thallemont. Le Duc et la Duchesse, toutefois, s'y rendaient, l'un et l'autre, pour des motifs différents.

Tandis que Gérore, le veneur du Fièrabras, s'employait à réunir une véritable armée de chasse, Emma, désirant mettre en œuvre le projet qu'elle méditait, envoya quérir Audebert en son couvent. Rarement il s'y tenait. Mais, comme on savait où le prendre, il ne tarda point à se montrer. En dépit de l'attitude austère qu'il affectait, à l'ordinaire, dans le palais ducal, sa figure, haute en couleur, dénonçait, ce jour-là, plutôt un habitué de tavernes qu'un vénérable cénobite, Emma ne s'y trompa guère et le toisa d'un regard méprisant.

— Moine, lui dit-elle, il me faut pour ces chasses, où nous convie le Vicomte Arbert, une compagnie de cent ribauds.

— Peste ! s'exclama le vieux drille enfroqué. — Oserais-je demander à votre Seigneurie dans quel but ?

— Celui de me venger !

Après un moment de réflexion, Audebert reprit :

— Auriez-vous, noble dame, pour punir Monseigneur des relations — qu'il ne manquera point, sans doute, de reprendre avec l'épouse du seigneur de Toars, — conçu l'intention de vous livrer à la débauche ?

— Et, quand même celà serait ?

Décemment, le confesseur de la Duchesse ne pouvait tolérer chez sa pénitente une aussi coupable pensée.

Et, sur un ton sévère, qui n'en était que plus comique, il déclara tout net :

— Ah ! Madame, pour une telle vengeance, qui causerait la perdition de votre âme, ne comptez pas sur mon appui.

— Il me faut cent ribauds, te dis-je !... Je les veux laids... et difformes à souhait, ladres, pustuleux et goîtreux, horribles à faire peur ! Tu les recruteras aisément dans les bouges que tu fréquentes.

— Dans les bouges, Sainte-Madone ! — Comment, peut-on calomnier de la sorte un pauvre religieux et mettre au rang des plus vils coquins un serviteur de Dieu, qui ne renonce hélas ! à la paix de son monastère que pour servir trop scrupuleusement vos désirs ?... Sans même, en vérité, toujours les comprendre.

— Ne cherche donc point à scruter mes desseins. Considère seulement qu'allant être exposée, en un lointain pays, aux embûches de cette femme, je ne saurais avoir une garde plus sûre que cette troupe de misérables que l'or me rendra aveuglément soumis.

— Mais vous avez, Madame, d'honnêtes serviteurs qui vous sont tout dévoués. Et, si vous redoutez les sombres manigances de cette Vicomtesse, il est de vaillants hommes chez le Comte Thibaut, votre Père, qui accourront à votre appel.

— Nenni ! Je n'ai que faire de tes beaux officiers, si naturellement pénétrés d'indulgence pour cette forfaiture qu'ils décorent, entre eux, du nom de galanterie.

— Emmenez donc, alors, quelques bons paysans, à la poigne robuste. Vos rustiques, alléchés par l'appât des deniers, ne feront point tant de manières.

— C'est cent truands dont j'ai besoin, te dis-je ! répéta-t-elle avec colère. Cent mauvais garçons, de repoussante mine, dont tu seras le chef.

— Ah ! Madame, vraiment, grand merci de l'honneur !

— Et si l'honneur à ce point te démange, habille-les en moines, afin qu'ils te ressemblent. Apprends-leur, de surcroît, pour parfaire le portrait, à se donner aussi l'air cagot et cafard. Ainsi tu ne paraîtras pas étrange parmi eux. Puis, assez de discours ! Si tu veux, après tout, être chanoine et prébendé, sur tes vieux jours, ce sera à ce prix.

— Ah ! Je vois bien, Madame, qu'il faut vous obéir. Vous aurez vos cent chapelains. Et je les choisirai, pardieu ! de si fâcheux aspect que lorsqu'ils prendront place au chœur, pour l'office, le diable, en les voyant, s'enfuira d'épouvante !

***

Quand Guilhem IV et ses féaux accomplirent, à leur tour, le trajet de Thallemont, jamais on n'avait vu dans ces territoires du couchant, qui marquaient alors le terme du monde habité, un appareil de chasse aussi somptueux. Certes, le train féodal, avec l'ampleur et la licence qu'il comportait, eut été désastreux pour les gens de la glèbe, si la moisson, fort heureusement, n'avait pas été faite. Les meilleures maisons du duché s'y trouvaient représentées par Messires Ingelbaut et Baranger des marches de l'Anjou, par le Comte Boson dit le vieux, les sires de Châtillon, de Parthenay, de Lusignan, le Comte Achard et sa jeune femme, Enguerrand de Loudun, Simon de Chausseraye, Raoul et la belle Anne de Séneché, ainsi que par bon nombre d'autres dames et de gentilshommes dont l'énumération ici serait trop longue.

Gérore, le beau veneur, réglait la marche des équipages. Si le Fièrabras, de l'avis général, était l'homme le plus fort de son temps, le chef veneur, pour sa part, en était le plus séduisant. Brun, de taille élancée et finement racé, en latin de vieille souche, Gérore, solidement cambré sur son cheval tarbais, ne formait qu'un avec lui si bien, que noirs de poil et de sang vif l'un comme l'autre, l'homme et le cheval, tels qu'un centaure impétueux, dominaient, à leur gré, toute la cavalerie du cortège.

Elle était cependant magnifique. Chaque écurie seigneuriale s'était mise en frais pour la former. Et, superbes d'allure sous les plus nobles charges, les palefrois et les haquenées rivalisaient de fougue et de vitesse avec les ronçins des écuyers et les courtauds des piqueurs, entraînant, à leur suite, un troupeau de mille chiens.

Nous ne décrirons pas la splendeur des costumes, des harnais, ni la joie tumultueuse de cette ardente chevauchée, qui se hâte vers les lieux de son plaisir favori. Ceux des bourgades et des hameaux, qui couraient à travers champs, pour la voir passer, n'en retinrent qu'un émerveillement dans leurs yeux éblouis et qu'un tintamarre de fête dans leurs oreilles assourdies de cris et de fanfares.

***

Or, derrière le cortège ducal, qui s'éloignait à toutes brides, cheminait un deuxième convoi, avec les serviteurs, les voitures à bagages et la troupe d'archers qui leur faisait escorte.

C'était celui de Messire Audebert et de ses clercs-ribauds, fraîchement tonsurés.

On les avait logés en quatre grands chariots, comparables en tous points à celui de Thespis, du fait des invectives, farces et mystifications dont les pseudo-moines, ainsi répartis par quarterons, gratifiaient les passants.

Brimbalant au long des chemins, de bosses en ornières, la pieuse théorie prenait le temps de s'arrêter dans les villages et d'y distribuer toutes sortes de bénédictions.

On battait la récolte. A l'arrivée des attelages, les fléaux suspendaient leur cadence, et, sur l'aire qu'on avait enduite de « bouzas » pour l'affermir, les hommes relâchaient leur dur effort servile. Ils étaient à demi-nus. Quelques-uns n'avaient pour vêtement qu'une bande d'étoffe grossière, leur ceinturant la taille et ramenée entre les jambes comme un lange d'enfant. Avides de voir et d'entendre, ils se pressaient contre les gerbes blondes, dressées comme un rempart autour des cours batteresses et demeuraient bouche bée devant ces « chartes à bœufs », pleines de moines hirsutes, à la trogne étonnante, dignes plutôt d'une mascarade que d'une mission de prédicants. Ils admiraient, du reste, en leurs âmes naïves, les voies de la divine Providence et que fut consacrée au Seigneur une telle confrérie de personnes, à ce point disgraciées de la nature humaine qu'elles semblaient promises à bon droit aux joies compensatrices d'un au-delà meilleur.

Mais l'admiration se changeait en colère, quand on constatait, après le départ du convoi, combien ces chapelains de vénerie possédaient d'aptitude à faire main basse sur la poulaille; inscrivant de cette façon à leur tableau de chasse beaucoup plus de gibier domestique que de viande sauvage.

Des poings furieux se tendaient... Vainement hélas ! Et de loin seulement... car la crainte des archers retenaient les plus audacieux de courir sus aux clercs larrons et de leur faire rendre gorge.

On avait dépouillé tout un couvent, de cuculles et de robes de bure, pour les vêtir. Mais la gibbosité des uns, la scoliose des autres, de même que leurs faciès, abîmés d'écrouelles, dégouttants de sanies, de plus enluminés par d'incessantes beuveries, faisaient penser, en les voyant sous cet habit d'église, à des anges mauvais, précurseurs de l'Antéchrist.

C'est ce que se confiaient entre elles les bonnes femmes, en se signant sur leur passage.

On approchait, en effet, de l'an mille et maintes prophéties circulaient parmi le peuple, prédisant la fin du monde pour cette échéance fatale.

Toujours est-il que la cargaison d'Audebert, à tort ou à raison estimée maléfique, lui assurait des privilèges analogues à ceux d'un promeneur de loups. Et, sans bourse délier, il obtenait par la peur, pour l'entretien de ses pensionnaires, ce que leurs chapardages ne lui procuraient pas en quantité suffisante.

Les Seigneurs poitevins avaient eu largement le loisir de s'installer au bord de l'Océan quand les chars à bœufs des truands firent leur apparition sur les chemins du marais.

Emma, qui, chaque jour, en guettait l'arrivée du haut de la tour de Thallemont, leur envoya dire aussitôt d'aller s'établir dans les cloîtres vacants du groupe des trois moustiers dont nous avons déjà parlé.

On rapporte que l'ermite-prieur de cette communauté s'exhumant, pour les recevoir, d'entre les pierres croulantes qui recouvraient la cave lui servant de cellule, s'écria à leur vue : Doux Jésus ! Les Maufés ! (1)

Nous livrons l'incident à ceux qui voudraient découvrir dans cette exclamation l'origine du nom que porte ce lieu dit. (2)

⁂

Deux jours durant le Fièrabras ne cessa d'émerveiller ses fidèles en crevant, à coups d'épieux, les porcs sauvages, comme des outres. Il voulait par cette fureur cynégétique donner le change à Emma.

Mais le troisième jour, et c'était avoir beaucoup attendu après leur longue séparation, les deux amants se rejoignirent dans un endroit connu d'eux seuls. Sur sa barque à fond plat, effilée comme une gondole, un maraîchin les avait conduits dans l'une de ces îles en bordure de la mer, qui devinrent plus tard, dans la lagune desséchée, des buttes couronnées de villages. Celle-ci n'était alors habitée que par les vanneaux et les mouettes.

De son côté, la Duchesse d'Aquitaine s'absentait souvent. Elle se rendait aux moustiers où elle avait de longs entretiens avec Audebert. Quant aux autres invités, ils passaient le temps à la chasse ou en fêtes. Tout concourait donc à laisser aux amants une entière liberté qu'ils consacraient à la volupté.

Le Vicomte Arbert avait l'âme sans inquiétude. Estimant, d'autre part, en présence de l'allégresse générale, son devoir d'hôte honnêtement rempli, il employait les journées à parcourir ses domaines côtiers dont il était très fier. Ils représentaient, en effet, à ses yeux une double conquête, obtenue, à la fois, sur l'Océan et sur les visées ambitieuses de ses rivaux bretons.

A l'exemple des abbés voisins, il avait assaini, par des fossés, le sol de ses métairies maraîchines. Il l'avait, ensuite, fertilisé au moyen d'abondantes fumures.

---

(1) Maufés ou Maufaits, en vieux français, pour mal faits.

(2) Les Moutiers-les-Maufaits, localité de la Vendée, proche de Talmont.

Lorsque la loi de la nature retint, pour un moment, Aldéarde éloignée de l'amour, Guilhem usa de ce loisir pour accompagner son puissant vassal.

Comme il arrive fréquemment, en pareil cas, le mari trompé sans le savoir et l'amant satisfait éprouvaient de l'attrait l'un pour l'autre. De plus, ils étaient alliés et l'importance du suzerain s'accroissait de celle du vassal.

Leurs courses les menaient de préférence jusqu'en ces paroisses situées à la limite du pays de Rais, qui étaient marches communes du Poitou et de la Bretagne. Tributaires, par le jeu des fiefs, des deux féodalités, elles adoptaient indifféremment les coutumes de l'une ou de l'autre. On les disait « marches avantagères. »

Cette situation n'allait pas sans conflit et c'est à la suite d'une affaire de ce genre que Guilhem IV, un an auparavant, avait entrepris son expédition en Bretagne.

***

Etant partis, une après-midi, de Thallemont, Arbert et le Fièrabras se dirigèrent ensemble vers le nord, en suivant le chemin des plages au trot léger de leurs ambleurs. Les vagues écumantes, déferlant jusqu'à eux, dessinaient sur le sable des courbes inégales.

Après avoir ainsi parcouru plusieurs lieues, ils franchirent les dunes et s'élancèrent dans la campagne en direction de la marche de Machecoul.

Chemin faisant Arbert montrait au Duc ses champs et ses pâturages :

— Ce sont là mes terres de sable, disait-il, avec orgueil. Je les ai drainées et protégées contre la mer par des levées et des plantations de pins. Elles me procurent, chaque année, d'abondantes ressources. Mon blé, mes fruits, mes troupeaux alimentent tout un peuple qui ne vivait auparavant que de la pêche.

— Tu es le plus avisé de mes vassaux, fit Guilhem, car tu as vaincu l'Océan et j'admire ta science agricole.

— Magon de Carthage et Caton l'ancien furent mes maîtres, répondit modestement le Vicomte. J'ai retenu aussi les enseignements de Marcus Varron sur l'assèchement des marécages.

— Mais ne crains-tu pas, dit Guilhem, que ces riches cultures que tu as su faire naître du sable et des graviers n'excitent des convoitises ?

— Pourquoi m'envier, dit Arbert, quand on peut, autour de moi, réaliser les mêmes profits ?

— Sans doute, vénérable ami, reprit Guilhem. Rappelle-toi, cependant, que mes cousins de Normandie qui débarquèrent, l'an dernier, dans la baie de Thallemont, semblaient fort désireux de s'attribuer une part de mon fief ducal, à commencer par tes domaines.

— C'étaient là des hordes nordiques, fit remarquer le Vicomte, à la solde de l'évêque de Nantes et capables, à coup sûr, des plus vils forfaits. Il n'en est plus de même des peuplades normandes — qu'un roi carolingien fut, d'ailleurs, assez « simple » de laisser s'établir aux rives de la Seine. — Celles-ci sont assagies depuis longtemps et leurs chefs n'oseraient lever l'étendard de la guerre contre un petit-fils de Rollon.

— Je descends aussi, mon cher Arbert, dit Guilhem, des Comtes de Poitou dont les Vikings, il y a cent ans, ont incendié la capitale et de ce Comte Renoul qui fut vainqueur d'Hasting et qui faillit le prendre dans l'église de Brissarthe.

— Ce passé de malheurs, de ruines et de sang fut aboli, mon Fils, répondit sentencieusement le vieillard, par le mariage de ton père Guilhem, à la tête d'étoupe, avec ta mère, Adèle de Normandie. Ah ! Ce furent des noces magnifiques, auxquelles j'assistais avec toute la noblesse poitevine. Ta mère était grande et belle. Elle avait reçu en dot, je m'en souviens, avec beaucoup d'autres présents, dix blanches cavales, de race constantine, (1) dont les harnais en cuir d'Espagne et les housses de soie étaient constellés de phalères en or. Ta grand-mère Gerloch, la danoise, se tenait à ses côtés avec ton oncle, Guillaume, longue épée, qui était Duc de Normandie depuis la mort de Rollon.

— N'empêche, fit Guilhem, que cette remuante parenté s'est fixée à demeure sur les côtes de mon duché.

---

(1) du Cotentin, appelé autrefois : Constantinus ager.

Et je n'ai point reçu, pas plus que mes prédécesseurs, que je sache, l'hommage des normands qui occupent en maîtres les îles d'Her et de Bouin, où ils ont massacré nos fidèles vassaux.

— Lesquels n'étaient eux-mêmes que d'infâmes pirates, déclara le Vicomte, si l'on en juge par les Mémoires des moines de Saint-Philbert, qui possèdent en l'île d'Her un couvent réputé.

— Et que disent maintenant les religieux de l'Hermoutier ? demanda le Fièrabras.

— Qu'ils y vivent en paix avec les nouveaux occupants et que leur abbaye est devenue florissante, répondit le Vicomte.

— Paix singulièrement fragile ! mon compère, répartit le Fièrabras. La promesse faite par Rollon à ce Charles troisième que tu qualifies de sot et que le Vermandois fit emprisonner à Péronne fut maintes fois violée par les hommes du Nord. Je n'en saurais douter quand tant d'autres monastères de la côte océane sont venus demander l'aide de mes chevaliers.

— Et tes preux font bonne garde, Monseigneur !

— Qui te l'a dit ?

— Mes pêcheurs de Thallemont qui, le soir en rentrant, lorsque la lune éclaire, voient briller sur les tours de ces abbayes menacées, l'armure blanche d'un Saint-Michel, qui veille face à la mer.

Tout en s'entretenant de la sorte d'agriculture et de politique, ils rencontrèrent Jehan Requien.

Cet homme, né dans la roture, s'était poussé dans la faveur du Vicomte de Toars qui en avait fait l'un de ses intendants et le châtelain de Thallemont. Il s'en retournait après avoir débattu, au château de Tiffauges, un droit de pâture avec Jacques de Rézé, seigneur du pays de Rais.

Arbert en profita pour l'interroger sur les gens de l'île d'Her et sur les tribus taïfales du baron de Rézé.

— J'achète aux insulaires normands des figues et du sel, répondit Requien et n'ai point raison de m'en plaindre. Leur chef Hermengard, fils des « rois de la mer », est un souverain pacifique, ajouta-t-il. Quant à Messire Jacques de Tiffauges, dont les ancêtres également furent rois, dit-on, chez les Taïfales, c'est un accomodant voisin.

— Je verrai tout de même, dit le Duc, avant de quitter ce *pagus,* les héritiers de ces prétendus rois, afin de régler, avec eux, les limites exactes de nos suzerainetés.

Or, des circonstances imprévues allaient prochainement mêler les Taïfales et les Normands aux affaires de ménage et d'amour du Fiérabras.

L'Ile des Goélands

Ils s'étaient rejoints dans les dunes assez loin de Thallemont. Poussant vers le sud, ils longeaient le rivage. Elle, sur le corlaisien, son cheval préféré. Lui, sur son destrier alezan. Ils filaient vite.

A leur suite, nous retrouvons Landry, l'écuyer santonais et Neptune, le molosse du Fièrabras. Seul, Raynold, repris par sa vie errante, n'était plus là pour protéger celle qu'il aimait.

Près d'un cap rocheux, enfoncé comme une proue dans la mer sauvage, la barque et son pilote les attendaient. L'endroit était désert et dissimulé par un rideau de tamaris. Ils abandonnèrent leurs montures à Landry. Neptune sauta dans la « platte » auprès d'eux.

Tandis qu'ils traversaient le bras de mer et de haut fond qui les séparait de l'île solitaire, Aldéarde, toujours préoccupée des manœuvres de sa rivale, confiait au Duc ses soupçons :

— N'as-tu pas remarqué dans les pins, cher Guilhem, parmi ces pêcheurs dont les filets séchaient aux branches, un gros homme, qui s'est détourné à notre approche ?

— Je n'attache point, gente amie, répondit le Fièrabras, une particulière attention aux manants que je rencontre. Comment m'attarderais-je à ces vils objets quand je goûte le charme de ta chère présence.

Elle le remercia d'un regard attendri.

— Il m'a rappelé, ajouta-t-elle, par sa mine chafouine, le moine félon que nous rencontrâmes un jour et ...

— Ah ! Celui-là, s'écria-t-il, sans la laisser achever, qu'il y revienne encore !... et je l'écraserai comme une bête puante.

Heureusement pour Audebert, les menaces du Fièrabras n'étaient pas toujours suivies d'effet.

La nacelle avançait mollement balancée sur les vagues légères du détroit. La Vicomtesse de Toars reprit son bavardage

— On raconte qu'en un moustier vétuste de la plaine, des pélerins sont hébergés, mais si affreux à regarder que l'on écarte de leur approche les femmes en état de grossesse.

Or donc, ne sait-on pas, ma mie, d'où sont venus ces gens si laids ? demanda Guilhem.

— Nenni, mon cœur ! Mais le bruit court que ce sont les péchés mortels que le bon Dieu, pour pénitence, a renfermés dans ce couvent.

Il éclata de rire à cette boutade et, mis en joie l'un et l'autre, ils se lutinèrent comme deux pages échappés d'un castel morose.

— Sans doute, affirma Guilhem, dans ce monastère des péchés, n'a-t-on mis que les plus vilains ?

Elle leva vers lui de grands yeux interrogateurs.

— Oui dà, ma mie, puisque le nôtre, notre joli péché d'amour, s'en vient loger ici dans un nid de verdure.

Ce disant, il montrait l'île aux teintes changeantes en ses bosquets profonds, dont ils n'étaient plus qu'à quelques coups de rame.

Mélancolique soudain, Aldéarde lui dit :

— Notre doux péché, mon ami, a déjà causé la mort d'un pauvre joueur de flûte.

Pardieu ! s'exclama-t-il, jovial, — voulant éloigner d'elle ce vilain souvenir — c'est dans la même nuit que Lusignan le bel, qui trop aimait la dame blanche de la forêt de Prigilia...

Elle lui ferma la bouche de sa main de patricienne, fine et richement baguée.

Goulument il la baisa et poursuivit :

— Vaincu par le démon à l'armure d'argent, s'en fut barboter tout son soûl dans l'aigue noire de la source.

Elle ne put s'empêcher de sourire, en se remémorant la mésaventure de son galant cousin.

L'esquif du passeur abordait maintenant dans une

anse ombragée par des saules marsaux. Il la prit dans ses bras et l'emporta dans l'île. Heureuse, elle oubliait dans l'étreinte passionnée de cet homme, toute appréhension, assurée qu'elle était d'avoir pour elle la puissance d'un haut seigneur et la force surhumaine d'un amant magnifique.

Sur le versant opposé de ce réduit marin, une hutte de branchages, ouvrant sur la mer d'émeraude, offrait à l'intimité des amants un lit de varech garni de fleurs champêtres que renouvelait, chaque matin, le nautonnier à leur service. Guilhem la déposa sur la couche fleurie .

Il était trois heures de relevée. Neptune, en habitué de ces haltes d'amour, s'allongea devant la porte et la tête appuyée sur ses pattes de devant, se tint couché et immobile. Les mouettes effarouchées décrivaient au-dessus d'eux, en un vol elliptique, des traits rapides dans l'azur.

Jeunes et issus de races neuves, Aldéarde et Guilhem participaient de la nature primitive de cet îlot touffu, aux contours arrondis, posé comme une calotte verte sur les flots. Ils apportaient, dans leurs embrassements, le même élan d'amour, le même flux vital que la flore innombrable et débordant de sève, qui par toutes ses fibres, ses lacs entremêlés, ses fûts par myriades, minuscules ou puissants, éclorait dans la joie d'un éternel hymen.

Un monde végétal ayant élu, comme eux, cette insule fertile pour temple de ses noces, y célébrait la fête de la Fécondité. Les lierres, les clématites à l'aigrette plumeuse, les viornes, le chévrefeuille, l'ipomée, les roses liserons avec la vigne vierge s'enlaçaient, se mariaient en de libres volutes, ou, s'enroulant au tronc des végétaux rigides, s'y fixaient pour la vie. Les familles de rosacées, toute la gamme des pivoines, les renoncules à bouton d'or, la noble épine, les alcées avaient des floraisons bisannuelles en cet éden perpétuellement battu des souffles attiédis, venus des courants chauds du large.

Ils s'aimèrent longuement. Sur le lit de varech, la crinière rude du guerrier mélangeait ses flots roux aux lourdes tresses brunes. Il renouvela, plusieurs fois, cette mâle prouesse où l'être, en procréant, se rend l'égal d'un Dieu. Dans l'ardeur du désir, ils ne s'apaisaient, l'un et l'autre, que pour renaître.

Leurs baisers, cependant, demeuraient inféconds.

Devant leur maison de branchages, le rivage de l'île, chauve en cette place, formait une plage étroite de galets. Leurs gestes amoureux, grâce à ce port d'accès, eurent bientôt les goélands, rassurés, pour témoins.

Les rapaces de la mer y abordaient par eau ou, surgissant de l'air, y venaient picorer dans le sable et les rocs.

Durant que la femme, comblée, reposait impudique et détendue entre les bras de son ami, la parure des grands oiseaux leur était un sujet d'entretien.

— Regarde, m'amour, le bleu chaperon... ce gris... ce brun... toutes ces capuches différentes. Vois cet autre aux pattes bleues. Leurs ailes ont la couleur de l'acier et leurs queues sont rayées de noir.

— S'aiment-ils comme nous ? demanda Guilhem.

— Leurs noces, mon amour, doivent être somptueuses, car leurs mantels sont dignes de la cour des rois.

Comme pour s'offrir à tant d'admiration, les mouettes par dizaines, par centaines, descendaient vers la plagette ensoleillée.

Les plus hardies s'en allaient se percher sur les branches du toit et se penchaient au bord pour mieux voir. D'autres, fermant leur bec, de même qu'un clapet, s'arrêtaient de chercher leur nourriture dans les cailloux pour contempler, de leur petit œil rond, aux prunelles luisantes, les hôtes étranges de leur domaine.

De peur d'effaroucher les oiseaux, les amants retardaient de nouvelles caresses. A cette heure, ils se sentaient pareils à eux dans la simplicité animale de la vie. Par instinct d'amour, ils violaient la loi des hommes : fille de leur *Imagination,* cette parcelle en eux du divin, qui peut être, à la fois, le génie et la folie de l'espèce.

On était à la fin de l'été. Le soir tombait vite. Le soleil déjà plongeait dans l'Océan. Son orbe, à demi submergé, avait des scintillations fluides et de cet arc étincelant partaient les dernières flèches du jour.

Elles nimbaient d'or les amants, assis au seuil de leur cabane, dans un cercle d'oiseaux. A l'Orient, les chênaies vendéennes se noyaient dans la nuit. Des canards migrateurs, qui volaient en triangle, de leurs voix criardes troublèrent le silence. Un vent frais les fit frissonner. Ils s'aperçurent qu'ils étaient nus. Ils se vêtirent et rejoignirent la barque où le pêcheur était endormi.

Quelques minutes plus tard, ils mettaient pied sur le littoral. Landry les attendait avec leurs chevaux. Le corlaisien hennit de joie en revoyant sa maîtresse.

Guilhem sauta en selle et, suivi de son chien, se perdit dans les sapinières. On percevait au loin les derniers échos de la chasse.

Aldéarde, avec son serviteur, rentra par les plages. Le ciel gardait encore, après la chute de l'astre, des reflets d'un rose déteint. A l'entrée des lagunes, des bancs de sable, sous la morsure de la marée, s'amenuisaient, dans le crépuscule, comme de longs doigts de damoiselle.

Le bidet de Corlay, heureux de sentir sur lui le poids accoutumé de sa maîtresse, se dégourdissait de l'attente, en mettant en action sa merveilleuse musculature. Il menait derrière lui le vieux Landry bon train.

A un moment donné, il franchit d'un bond une masse noire étendue sur la plage et détala vif comme la foudre.

— Qui était-ce ? demanda Madame de Toars au santonais quand celui-ci l'eut rattrapée.

— Quelque valet de chasse, pris de boisson, Madame, ou un gueux sans abri.

Elle flatta de la main l'encolure de la bête. La vitesse du bon cheval la garantissait contre toute poursuite. Sa fidélité était remarquable. Il n'acceptait nul autre cavalier. Quand un page ou un garçon d'écurie s'aventurait sur son échine, il en était aussitôt délogé par de terribles soubresauts. L'animal, pour servir sa maîtresse, eut donné jusqu'à son dernier souffle. Aussi était-il choyé ! On lui réservait toujours, par ordre d'Aldéarde, la meilleure provende et la stalle la plus vaste dans les écuries seigneuriales.

Il faisait nuit noire lorsqu'elle arriva dans Thallemont. Sur la lagune, la fête quotidienne se prolongeait par des chants et de la musique. De grands chalands enguirlandés promenaient, aux flambeaux, les dames et les seigneurs sur les chemins d'eau du marais.

Les Maufaits

La blonde Emma se rendait fréquemment aux Moustiers. On l'y transporta ce jour-là en litière. Elle se gavait de nourriture. Celà l'alourdissait. Aussi préférait-elle voyager de la sorte que de chevaucher, mal assise, sur le siège étroit d'une sambue.

Au milieu d'une lande rocheuse, entourée de marécages, subsistaient, sur près de dix acres, les restes délabrés d'anciennes retraites conventuelles.

On attribuait ces primitives fondations, avec bien d'autres, aux disciples de Saint-Colomban, qui demeura captif à Nantes, à la suite des intrigues de l'altière Bru-nehaut, reine-mère d'Austrasie.

L'église était construite de blocs mal équarris et couverte de chaume. Çà et là des abris grossiers, sans fermetures et d'aucuns souterrains, étaient occupés par des ermites. D'autres bayaient de leurs goules de pierre en attendant de nouveaux cénobites. Un cloître mieux aménagé et qu'on avait consolidé servait de maison de repos aux abbés et prêtres âgés de la règle du moine irlandais.

C'est dans ce champ ensemencé par la prière et où fleurissait la vertu que la vindicative poitevine avait jugé bon d'installer les « maufaits ». Car, depuis que l'ermite-prieur les avait ainsi baptisés, la communauté toute entière les désignait sous ce vocable.

Les frais d'installation furent, au surplus, réduits au minimum. On fourra les faux pélerins, tant bien que mal, dans les cases restées vides de religieux, mais qui ne l'étaient point pour autant de musaraignes, d'araignées, de cloportes et de reptiles. Les moins favorisés couchèrent sous l'auvent d'un « ballet » de bastards, hospitalier aux intempéries comme aux hommes et analogue à ceux qui les avaient reçus, pour la plupart, à leur arrivée dans le monde. Quant à Audebert, qui s'était annoncé à l'ermite-prieur comme le confesseur de Madame la Duchesse d'Aquitaine, il avait hérité dans cette « laure » de la plus confortable cellule.

⁂

C'est là qu'en de secrets entretiens, il rendait compte à sa pénitente de la louche besogne accomplie pour lui plaire. Or les maigres résultats obtenus jusqu'ici irritaient fort la quotidienne visiteuse. Par suite, est-ce sans aménité qu'elle lui demanda dès l'entrée :

— Eh bien ! Moine, où en sommes-nous ? As-tu découvert enfin leur refuge ?

— Pas encore, illustre dame, mais j'en ai reconnu les approches.

— Alors, parle, je t'écoute.

— Hier, à la vesprée, dit Audebert, me rendant chez un reclus de Lieu-dieu en Jard, dont le haut renom de sainteté est le vivant témoignage des sommets où peut atteindre une âme purifiée par le recueillement et la pénitence...

— Abrège ! fit Emma.

— Comme je m'entretenais dans les dunes avec des pêcheurs, je vis passer sur la grève Monseigneur le Duc Guilhem, en compagnie de Madame de Toars et d'un écuyer.

— Ah ! les traîtres ! Et puis ?

— Notre route étant la même, reprit Audebert, j'ai pu suivre, à distance, sur le sable, les empreintes des trois chevaux ainsi que les éraflures laissées par les pattes griffues d'un chien.

— Où se rendaient-ils ? — As-tu pu le savoir ?

— J'ai perdu leurs traces sur la côte sauvage. Les roches, qui pavent, en cet endroit, le littoral, sont recouvertes de goémons et sans cesse balayées par le ressac.

— Est-ce donc tout ?

— Non, Madame, après ma visite au saint homme du Jard, je suis revenu sur le rivage où je résolus d'attendre leur retour. M'étant dissimulé de mon mieux, je demeurais là, sans rien voir, jusqu'à la tombée de la nuit... Craignant ensuite, dans l'obscurité, qu'ils ne m'échappassent, je me suis étendu en travers de la plage... C'est alors que la Vicomtesse Aldéarde est passée de nouveau, mais seule cette fois avec l'écuyer.

— Es-tu bien sûr que ce fut elle ?

— Je l'ai vue d'assez près pour n'en point douter, noble dame, car, en me franchissant d'un bond, son cheval m'a heurté du fer de son sabot.

Il se frotta l'échine que le corlaisien avait durement marquée.

— Seule avec son écuyer dis-tu ? — Mais n'as-tu point vu retourner, par le même chemin, le Fièrabras et son chien ?

— La plage est ensuite demeurée déserte, et, bien que m'étant attardé, je n'ai rencontré âme qui vive. La Vicomtesse, d'ailleurs, loin d'attendre quelqu'un, m'a parue pressée de rentrer à Thallemont.

— Je la tiens, pensa Emma. Elle savait, d'autre part, qu'à l'issue de ses fugues amoureuses, Guilhem, de son côté, se hâtait de retrouver la chasse.

— N'as-tu point quelque soupçon, reprit-elle, du lieu où ils se sont rendus ?

— Il existe parmi les pêcheurs de la côte, dit Audebert, beaucoup de pauvres gens. Grâce à mon habit et à de modestes aumônes sagement réparties, j'ai gagné leur confiance. A l'exemple du bienheureux Martin de Tours, qui fut moine et évêque, mon unique et présente ambition est d'apporter à ces déshérités les remèdes de l'âme avec ceux du corps...

— Et puis ? fit Emma impatiente.

— Il m'a été donné d'apprendre, poursuivit Audebert, que l'un d'eux, qui habite sur la côte sauvage, avait accoutumé d'aller tendre ses filets près d'une île déserte, située à cinq cents toises environ du continent. Or, depuis plusieurs semaines, son tramail reste accroché aux perches de son toit et sa femme ne vend plus de poisson dans les villages. On raconte qu'il a trouvé un moyen plus lucratif de vivre. Mais on n'a su me préciser lequel, car il fuit maintenant la compagnie de ses pareils.

— Moine, dit Emma, je présume que nous allons bientôt percer à jour tout ce mystère... Maintenant, ajouta-t-elle, montre-moi tes recrues.

⁂

Ils sortirent ensemble dans la cour des moustiers. Le moine prit dans sa poche une claquette servant aux exercices religieux et l'actionna vivement.

Les « maufaits », à ce signal, s'évadèrent de leurs trous comme des limaces par temps de pluie. Ils s'étaient débarrassés de leurs frocs d'emprunt pour s'adonner plus librement à des travaux domestiques et dans la quasi-nudité des haillons, leurs difformités n'apparaissaient que plus hideuses. On ne voyait que bancroches, gibbeux, manchots, faces camuses, bouches lippues, yeux torves, jambes cagneuses, nains monstrueux aux fronts hirsutes, corps décharnés aux membres grêles et pourtant, dans le délabrement des uns, la bouffissure malsaine des autres, les regards de tous étaient brillants et leur teint animé. On les avait, en effet, copieusement nourris de chair saignante de pré salé en même temps qu'abreuvés d'un vin du terroir, dit le « rosé des sables » qui était l'une des gloires les plus réputées de ces antiques moustiers.

La boisson les rendant égrillards, les truands grouillaient autour de la grosse Emma. Ils roulaient sur elle des yeux pleins de concupiscence tandis que de leurs lèvres, salies d'écume, s'exhalaient les pires obscénités. De tels êtres étaient une offense manifeste à l'œuvre du créateur.

— Quelle horreur ! s'exclama la poitevine.

Elle contemplait, toutefois, avec un plaisir évident, cette malfaçon humaine, ce rebut gluant, pustuleux et lubrique dont les fauves relents lui soulevaient le cœur.

Audebert comprit qu'elle était satisfaite.

Quand elle en eut assez, en ayant fait le geste, les archers de son escorte fouaillèrent généreusement toute cette ribaudaille. Les « maufaits » se sauvèrent en hurlant.

Elle ordonna de leur faire distribuer, le soir même, une double ration.

Je vais avoir besoin d'eux, dit-elle à Audebert. Puis, elle ajouta sarcastique : « Ah ! Madame de Toars, vous êtes une rusée diablesse, mais de vos perfidies vous me ferez raison et d'une manière telle que vous n'y sauriez croire. »

L'Embuscade

De quatre jours, Aldéarde et Guilhem ne retournèrent à l'île des Goélands.

La Comtesse de Poitiers les fit épier vainement. Craignant de voir ses plans déjoués, elle en jaunissait de dépit. Elle en vint à penser que les amants, mis en éveil, se réunissaient dans quelque dépendance secrète du château. Mais ses recherches, de ce côté, ne produisirent rien.

Le cinquième jour, enfin, on vint la prévenir que Madame de Toars se dirigeait à cheval, escortée de Landry, vers la côte de Jard. De même, le Fièrabras avait quitté Thallemont pour la chasse plus tôt que de coutume. Emma connut l'âpre joie de la vengeance proche. Elle envoya, sur le champ, un messager à Audebert.

Aldéarde et le Fièrabras, contrairement à ce que redoutait la fille du Tricheur, n'étaient pas sur leurs gardes. Si la Vicomtesse avait remis cet autre rendez-vous, c'est qu'elle savait, en habile maîtresse, retarder l'heure du plaisir pour éveiller chez son partenaire une ardeur d'amour dont le frisson la parcourait d'avance.

Ils passèrent l'après-midi entière dans l'île. La saison des chasses allait se terminer. Dans une demi-lune, ils seraient séparés. Cette crainte attisant leur passion, ils épuisèrent, en quelques heures, toute la gamme des voluptés. Il fut superbe de puissance virile. Elle fut, entre les bras du féodal athlète, comme une harpe frémissante. Aussi, les mouettes aux ailes bleutées, effarées de tant de plaintes, de cris et de soupirs, s'envolèrent de la plagette rendue pour elles inhabitable par les débordements, hors de toute raison, de ces deux hôtes vespéraux.

De nouveau, le soleil descendit sur l'Atlantique.

Quand l'onde et le globe de feu se rejoignirent, ce fut comme une mer de sang. Mauvais présage ! Madame de Toars et le Duc d'Aquitaine n'y virent cependant qu'une invite à ne pas prolonger plus avant, ce soir-là, leur double adultère.

⁂

Au sortir des pavés de la côte sauvage et après avoir quitté son ami, Aldéarde, se sentant un peu lasse, longeait les flots près de Landry à une allure moins vive que de coutume. Le bidet de Corlay, à l'unisson des pensées paisibles de la cavalière, refrénait sa fougue. S'il manifestait parfois de l'inquiétude, elle le calmait d'une caresse et il reprenait son train ordinaire.

Elle se plaisait à voir surgir dans la nue les premières étoiles. La pleine lune, au-dessus des pins, voguait sur de blanches vapeurs. Une brise rafraîchissante soufflait de l'Océan. Et, dans cet apaisement des sens, qui procure aussi la paix de l'âme, elle goûtait la douceur du crépuscule.

Or le destin l'enveloppait d'une quiétude trompeuse dans le moment même que le danger allait fondre sur elle.

La plage était devenue plus étroite, resserrée entre la mer montante et les dunes boisées où l'ombre s'épaississait. Pour ne pas se laisser gagner par les vagues, Aldéarde activa sa monture... Quand, elle poussa soudain une exclamation de surprise :

— Hé là ! Qu'est-ce donc ?

L'animal s'était dérobé. Elle veut le ramener. Mais, n'en croit pas ses yeux... une haie de feuillage se dresse devant elle et lui barre la route. Le corlaisien se cabre et rebrousse chemin. Hélas ! l'obstacle les environne. Puis, voilà que sur eux une forêt de pins s'abat de toutes parts. Elle est désarçonnée.

Tandis que le cheval, brisant tout, se dégage, elle demeure étendue, noyée sous la ramure et, dans les interstices des branches, elle entrevoit des moines, aux rayons de la lune, qui s'agitent comme des possédés. A son appel épouvanté répond le cri d'agonie de Landry...

Le vieux santonais, assommé sous la masse d'un tronc d'arbre, a chu lourdement sur le sol. Il ne geint plus que faiblement...

Au-dessus d'elle une voix impérieuse éclate et commande. Alors, du milieu des ramilles d'abiès aux pointes irritantes et qui l'aveuglent Madame de Toars se relève. Elle a reconnu sa rivale. Sur la plage, des nains enfroqués et difformes sautent en rond, tels des gnomes issus des antres de la mer. Landry, frappé au ventre après sa chute, s'est tu. Ce n'est plus qu'un cadavre. Au loin, le corlaisien hennit de douleur et d'impuissance. D'un côté l'Océan, de l'autre la dune déserte. Aldéarde se sent perdue. Elle porte la main à sa ceinture. Elle en tire un poignard. Mais un moine, masqué et plus robuste que les autres, se jette sur elle et la désarme...

⁂

Au lieu d'une litière, Madame de Poitiers avait emprunté, pour la circonstance, le dos solide d'une jument maraîchine. Elle s'avança contre sa victime. Mais la fille des Maures, aux yeux de diamant noir, fulgurant dans la nuit, dévisagea la franque :

— Que me veux-tu, traîtresse, pour m'attaquer si lâchement ? lui cria-t-elle en pleine face. — Et dans quel couvent de monstres infernaux as-tu donc engagé tes moines assassins ?

La Duchesse s'esclaffa :

— Il t'appartient, vraiment, ma chère, après l'emploi de ta journée, de m'accuser de félonie ! Tu aurais, au surplus, grand tort de te plaindre, quand je t'amène de joyeux drilles capables d'assouvir tes plus folles passions.

Puis froidement :

— Attachez-la, dit-elle, et qu'elle s'en retourne à l'endroit d'où elle vient.

Un mulet fut approché. Madame de Toars, préalablement ligotée et bâillonnée, fut mise à califourchon sur la bête, face à la croupe, ainsi qu'on en usait pour les femmes adultères.

— Ah ! Ah ! s'exclamait la poitevine, dans cette

marche à rebours vers le lieu de ton péché, tu peux contempler à loisir tes nouveaux soupirants.

Les gnomes avaient rejeté leurs capuces. L'astre blafard éclairait des mines patibulaires.

— Regarde-les bien, reprit la tortionnaire, et vois s'ils te conviennent. Car tous, tu m'entends, tous seront, cette nuit, tes amants.

La Vicomtesse eut un sursaut terrible de révolte. Elle se débattit violemment, déchirant avec les dents son bâillon. Mais elle ne fit que resserrer ses liens. Ses beaux yeux, rendus plus grands encore par la haine, fixait la troupe abjecte qui processionnait à sa suite.

Audebert, peu rassuré sur les conséquences de l'aventure et ne se sentant pas suffisamment protégé par sa cagoule, se dissimulait derrière la monture d'Emma. Mais Aldéarde l'avait deviné. Elle avait reconnu dans l'affreuse blessure du vieux Landry le coup de poignard du moine, de son nouveau poignard-crucifix.

⁂

On arriva près de la crique où elle s'était embarquée avec Guilhem. La barque s'y balançait. Sur la rive attendait le passeur, gardé par deux truands. L'homme paraissait plus mort que vif. On l'avait assailli à son retour chez lui, puis emmené, tandis qu'on enfermait sa femme et ses enfants dans leur masure. Il lui fut enjoint, sous les pires menaces, de se mettre au service d'une puissante dame pour conduire ceux qu'on lui désignerait dans l'île où, d'ordinaire, il menait ses clients. Lorsqu'il vit Aldéarde enchaînée, le serf ne douta plus que, mêlé à une querelle de seigneurs, il en pâtirait tôt ou tard. Mais, il jugea préférable de conjurer le péril immédiat et d'obéir.

Une chevauchée de nuages vint, à ce moment, obscurcir la lune. L'ombre s'appesantit sur la bande cynique comme pour celer au regard des étoiles l'acte monstrueux qui allait s'accomplir.

Les truands allumèrent des torches de résine dont un deuxième mulet de bât portait une ample provision. Les flammes crépitèrent et se tordirent très haut dans le vent de la mer. De leur vermillon les faces horribles resplendirent.

Madame d'Aquitaine, montrant du geste les « maufaits », continuait de railler sa prisonnière :

— Pouvais-tu désirer plus belle cour d'amour ? — Il ne te manque qu'un baladin. — Que n'as-tu conservé le chanteur inspiré de tes déduits nocturnes ? — Raynold aurait salué, en phrases assonantes, ton départ pour Cythère. — Combien je suis marrie pour toi de son absence !

Hélas ! Plus sincèrement que la cruelle poitevine, Aldéarde regrettait l'éloignement momentané de son ami, le trouvère.

Elle conçut alors le secret espoir de déjouer la surveillance de ses bourreaux et de se jeter dans la mer plutôt que de subir leurs outrages. Elle monta délibérément dans la barque. Emma, le moine et vingt truands y entrèrent avec elle.

Son tragique dessein fut sur le point de réussir. Dans un remous elle s'élança. De la poussée qu'elle provoqua, quand on voulut la retenir, l'esquif pencha dangereusement. La grosse Emma sentit les planches et sa vengeance se dérober sous elle. Elle en éprouva une peur bleue... Cependant le pêcheur parvint à rétablir l'équilibre. Dix gnomes, s'aggrippant à leur proie, ne la lâchèrent plus jusqu'à ce que ce premier chargement eut débarqué dans l'île.

***

Audebert avec le pêcheur partit en chercher un second, puis un troisième...

A chaque nouvelle arrivée, la Duchesse, remise de son émotion précédente, n'en accablait que plus méchamment sa victime :

— Par Sainte Madeleine, pécheresse ! Tu deviens insatiable, ma chère ! Et ma bonne ville des pictaves ne pourra suffire à calmer ton appétit de beaux hommes. Il t'en faut, ma parole, et le jour et la nuit.

Les lueurs qui sillonnaient le détroit et illuminaient l'île, en ce coin perdu du littoral de l'Atlantique, auraient dû attirer l'attention. Madame de Toars, isolée de la sorte, menacée dans son propre domaine et à laquelle le bâillon enlevait toute possibilité de se faire entendre, scrutait fiévreusement l'horizon. Mais rien ne bougeait tellement l'on était habitué à voir, depuis le début des grandes chasses, des choses étonnantes sur la côte.

Enfin la dernière cargaison des « maufaits », désignés par Emma pour son œuvre de vengeance, aborda dans l'île. Aldéarde fut conduite à l'abri de feuillage où elle avait passé tant d'heures enivrantes en compagnie de Guilhem.

— Que faisait-il donc à présent ? — Ne pouvait-il connaître le drame atroce qui se jouait loin de lui ?

Violence aux Flambeaux

« Jetée à bas de son cheval
« et accablée d'injures, elle
« fut livrée, pendant une nuit
« entière, aux gens de la Duchesse;
« puis abandonnée, pieds et poings
« liés, au milieu de la campagne.

« Chronique du moine Pierre,
« de l'Abbaye de Maillezais. »

On apporta sur la plagette un siège pour Emma. Elle y installa ses formes abondantes. Trônant au milieu des torches, elle savourait déjà sa vengeance.

Aldéarde, toujours dans l'impossibilité de parler ou d'agir, lui exprimait, par son regard, sa haine et son mépris.

— Prends patience, ma colombe, goguenardait la fille du Tricheur, tu auras licence de t'expliquer tout à l'heure.

Deux truands trapus, à la face camarde, aux mains énormes, en blaude et chausses rouges comme des bourreaux, s'avancèrent.

Ils sortirent de l'abri de feuillage le châlit, matelassé de varech et jonché de mimosas, dont les touffes meurtries révélaient l'ardente journée des amants.

Cette vue ranima la fureur de l'épouse trahie :

— Voilà le lit, sorcière ! où tu savais courber sous tes enchantements le héros de ton choix. Or tu vas étaler, sur ce même tréteau, tes charmes et ta magie, mais pour d'autres galants que moi je t'ai choisis.

Ele fit enlever à la patiente son bâillon.

Celle-ci, tout aussitôt et du plus fort qu'elle put, se mit à crier :

— A moi Toars !... Toars à moi !...

Les cris moqueurs des faux moines ainsi que le bruit sourd et alterné des flots, seuls, lui répondirent.

— Tu t'égosilles en vain, dit Emma implacable. Cette île, dont tu as fait ton lupanar occulte, est — ne le sais-tu pas ? — plus sourde qu'une tombe. Et rien ne t'empêchera, diablesse ! de payer les outrages que j'ai reçus de toi. — Qu'on la délie et qu'on la mette nue, ordonna-t-elle aux hommes rouges.

Alors Aldéarde brava son ennemie :

— Ma beauté, cria-t-elle, O gouge affreuse d'Outre-Rhin ! te rend folle d'envie. En me voulant souiller de la tourbe puante qui t'environne et te convient comme la fange à l'entour d'une laie, tu aspires à venger ta grossière nature. Eh bien ! soit, admire un corps qui fut plus aimé que le tien.

Profitant de la liberté qui lui était rendue, elle dénoua ses longs cheveux. Puis, sans attendre que les deux truands osassent s'en mêler, elle délaça sa robe de serge et, s'en dégageant ainsi que d'un fourreau, elle apparut nette et sans voiles, dans l'éclat fauve des flambeaux.

Aucune ceinture ou bandelette ne maintenait sa gorge ni ses hanches. Sa féminité se livrait toute entière dans les reflets dorés de sa chair aux lignes fermes de brune déesse. Seule, sa chevelure, immense, l'ombrageait.

Un grognement sourd courut parmi les rangs pressés des gnomes... Ils reculèrent, soumis devant tant de splendeur.

L'autre siffla :

— C'est ainsi qu'éhontée tu t'es offerte à l'homme que tu voulais séduire, et tu n'avais, en tout, pour te vêtir, ajouta-t-elle, en soulevant du pied la robe légère, que cette défroque sur la peau !

— Oui, mais regarde, fit Aldéarde en s'offrant à son examen, elle n'est pas épaisse et rouge comme la tienne, ni décourageante pour l'amour.

La poitevine suffoquait de rage et de dépit.

En voyant reculer les truands, Aldéarde avait eu

une minute d'espoir. Mais le Désir, plus fort que l'instinctive retenue des mâles, ramena la troupe immonde auprès de la Beauté qui lui était promise.

L'horrible s'accomplit. Dix, vingt, trente monstres se poussant, comme des bêtes en rut, s'assouvirent chacun sur la noble Toarsaise. Le moine à cagoule s'était éloigné.

— Hardi ! Vilains ! hurlait la grosse Emma.

⁂

Haletante, épuisée de honte et de douleur, elle gisait à bout de nerfs et rompue sous l'outrage.

Craignant de la voir succomber, l'épouse du Fièrabras, avide de poursuivre plus loin encore sa vengeance, lui accorda quelque répit et fit chasser les hommes.

Pour réchauffer leurs forces, elle entretenait ses valets de luxure de boissons fermentées. Les flambeaux dans leurs mains, alternant avec les pots, vacillaient en tous sens. Et si l'un des veilleurs des châteaux forts de la côte eut aperçu cette île, embrasée de lumière, il l'eut prise pour un brûlot qu'agitait la tempête.

La jolie couche fleurie n'était plus qu'un grabat.

Devant la femme nue et livrée sans défense, c'était l'orgie, la sarabande, des cris de brutes en délire.

Le Bidet de Corlay

Il galopait sans relâche vers Thallemont. De grandes plages, au sable doux, s'étendaient devant lui, sous la clarté lunaire, indéfiniment ouvertes à ses longues foulées. Tel qu'un poumon géant, qui se gonfle et se rétracte deux fois par jour, l'Atlantique, à cette heure, remontait sur la grève. La ruée tumultueuse des vagues à ses pieds l'inquiétait.

Livré à lui-même, l'animal était mû en sa cervelle obscure par un double concept : celui de la distance à vaincre jusqu'au château et du secours à obtenir pour sa maîtresse en péril. Il y obéissait de tout son instinct de bon cheval. Sombre et têtu, allongé sur la piste et les muscles tendus comme des lames d'acier, oncques il n'avait fourni de course plus rapide. Il allait dans le vent, la crinière flottante et le mufle dressé. Quadrupède solitaire, au seuil mystérieux de la mer Extérieure, il avait l'aspect fantomal d'une bête de l'Apocalypse. Un air chargé d'embruns emplissait ses naseaux. La peur de la marée affolait son allure.

Quand il eut dépassé le rideau de forêts en bordure de la côte; que les pins de la dune devinrent clairsemés, il gravit d'un bond la corniche. En haut il s'arrêta, flairant l'espace. Puis, devinant très loin les lueurs du château, il s'élança dans les « marais gâts ».

Il prenait les « charrauds » qui divisaient les fosses ou coupait au plus court dans les « terres chambauds ». Parfois sa galopade l'engloutissait dans un chenal. Il ressortait sur le talus, ruisselant d'eau et couvert d'algues, mais repartait dans les « terrées », poursuivant sa route, inlassable. S'arrachant enfin à ce sol maudit, il détala dans une vaste « champagne » où rien ne ralentit sa course.

La dentelure des créneaux de la haute tour de Thallemont se découpait maintenant à l'horizon. Le caravansérail resplendissait de clarté par toutes ses baies. Le bruit des rebecs, qui menaient les danses, s'y mêlait aux rumeurs. Seigneurs, écuyers et veneurs à cheval affluaient aux portes. L'animation, qui régnait en ce lieu, en faisait une oasis de vie heureuse et de lumière, au milieu d'un désert d'ombre et de silence. On fêtait les dernières chasses de la saison et les derniers jours plaisants de l'année.

Le fidèle coursier, libéré de l'entrave des choses, allait, pour atteindre son but, avoir affaire aux hommes. C'était le moins facile.

Il surgit aux flancs d'un somnolent équipage de chasse, alourdi de butin, harassé de fatigue. Mais avant que les piqueurs et leurs chiens se missent en mouvement pour cerner le cheval échappé, il avait déjà disparu.

Une compagnie de fêtards se présenta à lui. Elle se rendait au port et projetait une promenade aux lanternes sur des yoles fleuries. Il la traversa comme un ouragan.

On se récria bruyamment à cette apparition d'enfer qui, sortie du néant de la nuit, faillit mettre à mal au passage plusieurs damoiselles.

— C'est la bête bigourne, dit quelqu'un.

— Non, cadet, répondit une autre voix. C'est ta grand'mère Mélusine, mais, cette fois, déguisée en centaure.

— Elle a des ailes dans le dos, dit un troisième personnage.

— « Sicut pegasos », répartit un clerc qui faisait partie de la bande.

Une branche de sapin, restée accrochée au troussequin de la selle du fuyard et emmêlée d'herbes aquatiques, prêtait à cette poétique méprise.

Le corlaisien franchit d'un trait, à la barbe effarée des archers, le pont-levis de la grande ferté maritime. Puis, modérant son allure, il fit lentement le tour de la cour féodale.

— C'est le cheval de Madame Aldéarde, cria-t-on de toutes parts.

Le Duc Guilhem se trouvait devant les communs du château affectés au service de sa maison. Avant le débotter, il causait familièrement avec quelques féaux rejoints par lui au retour de la chasse.

A la vue du bidet, le feu aux naseaux, les arçons vides et couvert de la boue des vasières, il pressentit un drame. Ses valets crurent bon de courir au cheval. Ils voulurent le prendre. Mais, dès qu'on l'approcha, il se mit à ruer, se cabra, fit mine de repartir. A diverses reprises l'intelligent animal recommença son manège.

Alors Guilhem comprit. Il fit remettre le harnais au dos de son destrier, siffla Neptune, décrocha son olifant, aux vastes dimensions, puis sans vouloir être accompagné de personne et piquant des deux, il s'éloigna à toutes brides derrière le corlaisien, qui avait pris déjà son élan vers les plages.

Le Cor

Quand Emma d'Aquitaine, plus ivre de vengeance que les « maufaits » de vin, jugea que sa victime pouvait supporter de nouvelles injures, elle fit reformer autour d'elle le cercle des flambeaux.

Une deuxième scène de stupre et de sadisme allait suivre, plus odieuse que la précédente, car, dans le lot infâme des recrues d'Audebert, l'impitoyable Duchesse avait, pour la fin, réservé le pire.

A demi-soulevée sur les fleurs flétries, dont les tiges pendaient au rebord de sa couche, la Vicomtesse de Toars, les yeux fous d'épouvante, en voyant de quelles larves humaines, elle devait subir le contact, retomba pantelante. Plus cruelle qu'une louve de Germanie, la franque exultait.

Nue comme le désespoir et autant que la mort, qu'elle souhaitait à cette heure, Aldéarde sentait déjà sur elle le souffle empoisonné de la horde et ses attouchements, lorsque le Cor, soudain, résonna sur la côte...

Rauque, impérieux et déchirant comme la plaie ouverte dans sa chair, il retentissait lointain mais formidable. A ce bruit terrifiant, qui rompait le silence complice de la nuit, le moine, inquiet, sortit de sa retraite. Les ilotes en rut, devenus plus craintifs que des bêtes puantes, se retinrent. Emma, le front soucieux, se leva de son siège.

L'olifant, derechef, accapara l'espace. L'appel se prolongea, s'enfla comme propulsé par un souffle d'airain. Il déchaîna dans l'air un ouragan sonore. Le brisement des lames sur les rochers de l'île et la plainte des vents s'annulèrent, dominés par la vibration colossale. Dans le champ clair des étoiles et les ténèbres de la mer, rien d'autre n'existait que la voix titanesque.

Par elle délivrée, mais à bout de résistance, Madame de Toars s'évanouit.

L'olifant mugissait toujours. Il se rapprochait de minute en minute comme transporté sur un coursier rapide. La nuit était avancée. Entendant venir le châtiment, les « maufaits » rajustèrent fébrilement leurs chausses et coururent jusqu'à la barque où le pêcheur, alerté, avait hâte aussi d'en finir.

La grosse Emma regarda autour d'elle, ennuyée. Elle aperçut Audebert. Il lui fit signe d'être prudente. Alors, elle fit attacher aux montants du châlit la Vicomtesse, inerte comme une morte, et donna l'ordre de partir au reste de la troupe.

***

Dans la presse où l'on était de fuir, la traversée, cette fois, s'effectua en deux tours. La canaille poitevine, rudoyée par les gardes de la Duchesse, fut d'abord entassée sur la « platte », qui faillit couler sous la charge. On n'eut pas mieux demandé que d'abandonner à la mer cette encombrante cargaison. Mais la barque était précieuse. Elle revint prendre, avec Emma, le moine et les derniers truands.

Tandis que l'épouse du Fièrabras s'en allait vers le sud, poursuivie par les rauquements vainqueurs de l'olifant, Audebert, en récompense de leurs services, distribuait à ses satellites une maigre part des deniers qu'il avait reçus. Sans en demander davantage, les truands s'égaillèrent dans les dunes, confiants dans leurs frocs usurpés pour donner le change et éviter la corde qu'ils voyaient pendre, en perspective, aux branches dénudées et lugubres des pins.

Le Cor puissant sonnait sans trève. Guilhem, cependant, après avoir, à son insu, sauvé son amie, se demandait où la retrouver. Et, ne découvrant rien sur sa route, il soufflait à s'en rompre le col tel que Roland à Roncevaux.

Quand Aldéarde revint à elle, ses agresseurs étaient loin. La fraîcheur de l'air marin, apaisant la fièvre qui lui battait aux tempes, la ranima peu à peu.

Elle reconnut dans l'ombre Imbert qui, rempli de crainte et de remords, était retourné pour la secourir. Le croyant encore aux ordres de son ennemie elle ne put retenir un cri d'effroi.

— Remettez-vous, Madame, dit le pêcheur, ils sont tous partis.

Il s'empressa de la débarrasser des liens qui lui meurtrissaient les poignets et les chevilles.

Mais, dès qu'elle fut libre, une rage l'envahit contre cet homme qui avait secondé ses tortionnaires. Et, sans même songer à se vêtir, elle se précipita sur lui pour le châtier.

Imbert s'agenouilla devant elle en pleurant :

— Pardonnez-moi, Madame la Châtelaine ! Je ne suis qu'un pauvre manant, et moult gens d'église avec des hommes d'armes sont venus me contraindre. Comment aurais-je pu résister ?

Elle se convainquit, en effet, que le misérable n'eut rien changé à son destin.

— Tu as raison, fit-elle, c'est assez de violences pour cette nuit.

***

Elle retrouva sa robe salie par les déjections et s'en fut, comme une serve, la laver dans la mer. Puis, y plongeant elle-même, elle se baigna longuement...

Elle s'opposait aux vagues avec frénésie, avide de leurs froides étreintes. Elle renouvelait le jeu à chaque retour du flot et livrait son corps outragé à l'élément mouvant afin d'y noyer la souillure. Dans l'onde amère et glacée, qui la pénétrait comme un baume, elle purifiait son sexe de tant de vilenies. Les forces lui revinrent. Mais, soudain, remâchant son affront, elle fut saisie d'un tel dégoût qu'elle disparut sous l'eau pour s'y ensevelir à tout jamais, avec sa honte. L'appel instinctif de la vie et le désir, plus âpre encore, de la vengeance la ramenèrent sur la grève.

Vite elle tordit sa robe et la vêtit; tordit ses longs cheveux empoissés de salure...

Au loin le cor ne sonnait plus que par intermittence.

— Me trouveras-tu un cheval ? demanda-t-elle au pêcheur quand ils abordèrent à la côte de Jard.

— Je ne connais qu'un âne, Madame, fit Imbert. Le « bourri » est sur l'âge mais il tire encore le hoyau dans le sable. Il vous portera bien jusqu'à votre châtel.

A ce moment, le bruit de l'olifant éclata de plus belle, les sauveteurs se rapprochaient. Pourtant, au lieu de s'en réjouir, Aldéarde en parut soucieuse. Elle eut voulu se dérober au monde entier et atteindre Thallemont par une voie détournée, pour cacher son opprobre au plus profond de sa demeure.

— Partons, fit-elle.

Imbert se rendit près d'un manse vétuste. D'une écurie sordide, il sortit le grison et Madame de Toars, sur le dos pelé de la bête, s'en alla, guidée par le maraîchin. Il suivait d'étroites charrières bordées de « rouches » où l'on avait chance, à cette heure de nuit, de ne rencontrer personne. L'olifant s'était tu.

***

Le Fièrabras, après une course effrénée à la suite du corlaisien, avait trouvé sur le littoral le corps du malheureux Landry près d'un amoncellement de branchages. Il s'en était, d'ailleurs, fallu de peu que la marée n'eut emporté le tout, faisant ainsi disparaître les traces du guet-apens.

Quoiqu'il en soit, cette sinistre découverte ne lui avait rien appris touchant le sort de son amie. C'est pourquoi il avait signalé sa présence en jouant du cor et produit les sons effrayants qui avaient dispersé la bande cynique.

Il avait continué ses appels en direction du cap rocheux. On distinguait dans le sable le passage d'une troupe nombreuse. Plus loin, sur la côte sauvage, le ressac avait tout effacé. Il monta dans les dunes avec Neptune et le corlaisien, mais leurs battues dans les pinières furent vaines.

Lorsqu'il parvint à la crique où la barque se balançait à sa place habituelle, la plage était redevenue déserte.

Le Duc se rendit à la hutte du pêcheur. Il y fut accueilli par une famille en larmes et ne comprit rien aux lamentations de la maraîchine, qui se plaignait de moines pillards qui avaient dévasté son courtil et emmené son mari.

Il reprit, désespéré, le chemin de Thallemont. Or, aux approches du château, le hasard le servit mieux que toutes ses recherches.

En effet, quand Madame de Toars, après avoir franchi les marécages, déboucha, sur son baudet, dans les garennes de la Villa, elle entendit derrière elle un hennissement joyeux. Presque aussitôt son bon cheval, le chien Neptune et son amant la rejoignirent.

La revoyant sur ce lamentable coursier et d'un aspect si désolé, le Duc Guilhem la prit dans ses bras. Doucement, mais avec obstination, dans le sentiment de son ignominie, elle se dégagea. Aux questions du Fièrabras, elle répondit péniblement que, victime d'une embuscade et jetée à bas de son cheval, elle s'était évanouie et ne se souvenait plus de rien.. .

Lorsqu'elle eut recouvré ses esprits, ajouta-t-elle, — elle ignorait au bout de combien de temps — elle avait été secourue par Imbert qui, lui-même, après avoir été prisonnier de ses ennemis, leur avait échappé. L'homme de la barque jura qu'il n'en savait pas davantage.

Le Duc remit au lendemain le soin d'éclaircir ce mystère. Il renvoya le maraîchin avec l'âne. Aldéarde, aidée par lui, remonta sur le corlaisien qui la transporta, avec une lente douceur, jusqu'au pied du donjon où elle fut confiée à ses servantes.

Cependant l'émoi causé parmi les noctambules de la société Thallemontoise était grand. On s'étonnait, en outre, de l'absence inaccoutumée de la Duchesse, qui n'était pas rentrée ce soir-là.

On ne devait pas la revoir de sitôt. Son bel exploit accompli, Madame d'Aquitaine n'avait pas hésité à s'enfuir. Elle projetait de se réfugier en son fief de Chinon et de se mettre sous la protection de son père, le Comte Thibaut.

La Colère du Fièrabras

Après tant de péripéties tragiques, Aldéarde d'Aunay, à l'abri désormais dans son appartement, fit verrouiller sa porte et donna l'ordre à ses serves, sous les pires menaces, de n'ouvrir à personne.

Pour réchauffer ses membres engourdis par le froid de la nuit, on alluma dans sa chambre un grand feu. Et, revêtant d'autres effets, elle y brûla sa robe qui lui semblait encore recéler dans ses plis les stigmates de l'Infamie. Ayant ainsi fait peau neuve, elle s'isola dans l'ombre de l'alcôve et, blottie sur un amas de fourrures, voulut dormir et oublier.

Mais, pas plus que son immersion dans la mer, ce changement de toilette ne la délivra du souvenir obsédant qui tourmentait sa pensée. En proie à une fièvre violente, elle tomba dans un sommeil entrecoupé de cauchemars, durant lesquels elle poussait des cris délirants, au grand effroi de ses femmes impuissantes à la calmer.

Guilhem était rentré, songeur, dans son logis. Il s'étendit sur un châlit de planches qu'il préférait, en rude guerrier, aux couettes moelleuses du lit conjugal. Bien que préoccupé de l'absence d'Emma, il s'endormit profondément.

Et si nous devons évoquer, à cette heure, les faits et gestes des principaux personnages de ce récit, nous dirons que le Vicomte Arbert, installé avec Jean Lalouette dans le lanterneau de la tour de Thallemont, y scrutait l'inconnu des mondes planétaires. Le noble Sire, ainsi perché et les regards perdus dans la sphère céleste, était bien éloigné de ce qui se passait au-dessous de lui et qui troublait si fort les hôtes de sa maison.

Quant à Madame de Poitiers, après une marche

épuisante dans les marais de l'Herm, elle se trouvait, avec ses gardes, sur les terres de l'abbaye de Maillezais qu'elle avait richement dotée. Se croyant, elle aussi, en sécurité, elle s'était arrêtée, pour y finir la nuit, dans une ferme maraîchine.

⁂

Dès qu'il fut jour, le Fièrabras abandonna son lit de camp. Il ne lui était plus possible de sacrifier davantage au sommeil. Les événements de la veille tendaient devant son esprit un voile qu'il avait hâte de déchirer.

Il s'enquit d'abord du retour, vivement souhaité par lui, de la Duchesse. La réponse négative, qui lui fut donnée, accrut sa perplexité.

Il se dirigea vers l'appartement d'Aldéarde, puis rebroussa chemin, estimant qu'elle avait encore besoin de calme et de repos.

Alors, afin d'user le temps, il monta à cheval et s'en alla faire un tour sur les plages. Il ne vit plus le corps de Landry que la mer ou des personnes charitables avaient enlevé. Par contre, en traversant le hameau de Lieu-dieu-en-Jard, son attention fut attirée par des éclats de voix qui partaient de l'antre d'un cabaretier. Guilhem s'approcha. Des moines, abominablement ivres, y menaient grand tapage. Ils remplissaient la salle ainsi que le « quaireux » de l'enclos. D'aucuns, couchés à l'ombre d'un prunellier, y cuvaient leur boisson.

A la vue du Seigneur, les ivrognes se tinrent cois et se réfugièrent prudemment à l'intérieur de la taverne. Il remarqua que le costume de ces religieux n'était point celui des chanoines de l'abbaye voisine dont le nombre, du reste, était limité. Il se demanda, par suite, d'où provenait, au bord de l'Océan, une telle irruption de frocards libertins. Il s'en ouvrit à son retour à Jehan Requien.

— Ce sont des frères pénitents, Monseigneur, répondit l'intendant, venus ici en pélerinage et que Madame Emma m'a prié de loger aux moustiers de Saint-Colomban.

— Ce sont des frères de gaie pénitence ! Requien, fit remarquer Guilhem.

— Tire-laine et vide-pots, s'il en fut, Monseigneur. Il n'est point de maraudes auxquelles ils ne se livrent ni de franches ribotes où ils n'aient bonne part. Ils visitent les lieux à boire plus complaisamment que les sanctuaires et s'entendent, pour pèleriner, mieux à remplir leur gourde qu'à ferrer leur bourdon.

Le Fièrabras fut, au surplus, étonné d'apprendre que la Duchesse Emma étendait ses faveurs à cette racaille de monastère. Il n'en devinait pas le motif. Décidément le voile s'épaississait. Il n'hésita plus à se rendre chez Aldéarde. Mais, en dépit de son insistance, l'huis de la Vicomtesse demeura obstinément clos. Il alla chez le Vicomte Arbert.

***

Il trouva le vieillard fort guilleret à l'idée de regagner bientôt sa bonne ville de Toars. A vrai dire, si les chasses et les fêtes renommées de Thallemont flattaient sa vanité d'hôte et de chef-seigneur, elles l'ennuyaient un peu.

Il avait bien emmené dans cette villégiature son chapelain Jean Lalouette, mais la villa maritime se prêtait mal à leurs travaux. A Toars, en revanche, il possédait une bibliothèque enrichie de nombreux manuscrits et des commodités pour la pratique de l'alchimie ainsi que pour l'étude du mouvement des astres.

— Mon cher Duc, s'écria-t-il, en prenant familièrement Guilhem par le bras, vois un peu ces nuées stupides qui montent sans cesse de l'Océan !

Le colosse abaissa sur son interlocuteur un regard ébahi :

— Tu ne saurais croire, reprit Arbert, à quel point leur fréquence gêne mes observations, cependant passionnantes, sur l'épicycle et la révolution de l'étoile vesper. J'ai pu fort heureusement, grâce à un ciel serein, y consacrer hier une longue et profitable veillée...

— Mon féal, interrompit le Fièrabras, n'as-tu point découvert, au cours de tes veilles, l'astre qui règle mon destin ?

— Ah ! Pardon ! mon cher Duc, répartit le vieil

homme, ne confondons pas, je t'en prie, pour ce qui est de la mécanique céleste, le système rationnel et tournant de l'illustre Ptolémée avec les élucubrations divinatoires des mages chaldéens.

— Il faudra bien pourtant que j'aille consulter un savant astrologue au sujet de la disparition de ma femme, dit Guilhem.

Ce fut au tour d'Arbert de manifester de la surprise :

— Eh quoi ! Notre Duchesse n'est-elle plus céans ?

— Hélas ! non, fit Guilhem. Elle a quitté Thallemont hier, à la vesprée, et, depuis, nul ne l'a revue. Or, il s'est produit, sur la côte, une attaque, cette nuit...

— Une attaque sur nos côtes ! s'exclama le Vicomte. Tes soupçons, par hasard, seraient-ils fondés ? Et ce normand de l'île d'Her...

— J'ignore tout de l'événement, mon cher Arbert, dit Guilhem, sauf que la Duchesse n'est plus là et que le cheval de Madame Aldéarde, rentré fort tard dans la soirée, est arrivé sans cavalière.

— Sans cavalière ! fit le vieux savant, qui changea de couleur. Jour de Dieu ! Viens-tu m'apprendre aussi le rapt de ma femme ?

— Non, car m'étant mis, de suite, à sa recherche, je l'ai retrouvée, à une lieue de Thallemont; mais en piteux état et montée sur un âne.

— Sur un âne ! dit Arbert, au comble de la stupéfaction, et je n'en ai rien su. Je m'en vais de ce pas quérir de ses nouvelles.

— Peut-être pourrait-elle m'en dire aussi d'Emma ? fit Guilhem.

— Sans doute, mon cher Duc, rendons-nous donc chez Aldéarde. Et, par le Chef de Saint-Médard, je voudrais bien savoir si ce « roi de la mer », en s'emparant de nos épouses, prétend rançonner nos maisons.

— S'il en avait le front, s'écria Guilhem IV, je te fais le serment sur la mémoire de mon aïeul, le héros de Brissarthe, qu'avant la fin des chasses les cors de mes veneurs sonneront, dans l'île d'Her, l'hallali des normands !

Remplis de ces intentions belliqueuses, ils arrivèrent à la porte d'Aldéarde. Mais le Vicomte Arbert eut beau frapper, hurler son nom à travers le guichet, la lourde fermeture, tenue par trois verrous, resta sourde comme celle d'une prison.

De guerre lasse, le vieux seigneur se retira fort en colère et s'en fut retrouver Jean Lalouette.

***

Plus heureux, le Fièrabras eut la visite, à son retour chez lui, d'un valet de Madame de Toars qui le pria de se rendre auprès d'elle.

Cette fois, la porte s'ouvrit et loin de refuser son étreinte, elle se jeta d'elle-même dans ses bras en pleurant.

— De grâce, chère amie, calme-toi ! s'écria-t-il — Que s'est-il donc passé ? — Sais-tu, d'abord, où est Emma ?...

A cette question, et voyant le souci que Guilhem, avant tout, montrait de son épouse, elle le repoussa violemment.

— Elle seule est donc l'objet de ton inquiétude ? dit-elle amèrement. — Au reste, peu te chaut que l'on m'ait outragée et, peut-être, après tout, auras-tu laissé faire ?...

Le Fièrabras lui prit les deux poignets dans l'étau de ses mains formidables et plongeant dans ses yeux son regard d'acier :

— C'est assez de mystères, Aldéarde ! — Parle ! Que t'est-il arrivé ?

Elle comprit qu'elle avait à tort douté de son amant.

— Je viens de te le dire, reprit-elle.

— Mais, alors, qui donc a osé t'outrager ?

— Oui, qui l'aurait osé, sinon ta noble épouse !

— Emma ?

— La fourbe créature, lorsque je t'eus quitté, a profité de mon isolement pour m'assaillir sur la côte avec cent chenapans. Cent ivrognes déguisés en moines, abjects et malodorants...

— Des moines ! se dit-il, pardieu ! Ce sont les mêmes.

— Et plus affreux à voir, poursuivit-elle, que des diables cornus.

— Elle t'a injuriée, frappée ?

— Dans sa rage satanique, elle a fait pis encore.

— Ah ! parle, je t'en conjure, fit Guilhem, en l'attirant de nouveau par les poignets.

— Tu me fais mal. Laisse-moi. Je ne veux rien te dire.

Il serra davantage.

— Je ne te lâcherai, déclara-t-il, que si j'ai tout appris.

Elle s'effondra sur sa poitrine.

— Eh bien ! Sache donc que renversée de mon cheval, puis ligotée, emmenée, je fus, pendant des heures, livrée à ces êtres infâmes sur le lit même et à l'endroit de nos chers rendez-vous. Ils m'ont si malement outragée que j'en restais à demi-morte, lorsqu'elle s'est enfuie, m'abandonnant souillée, et attachée comme une esclave sur ce roc perdu au milieu de la mer. Par bonheur, le pêcheur est revenu.

Guilhem, abasourdi par cette révélation, avait desserré son étreinte. La jeune femme, brisée par son aveu et le corps secoué de sanglots convulsifs, s'affaissa sur le sol.

Alors la fureur monta en lui comme un vin bouillonnant dans les cuves.

— La démone ! hurla-t-il. Elle s'est bassement vengée. Mais c'est en vain qu'elle cherche, près de mes ennemis, à fuir ma colère. Elle paiera cher cet affront et je tirerai d'elle une revanche éclatante. Dussé-je pour l'atteindre lever toute une armée !

Il gagna la sortie.

Aldéarde courut à lui et le retint :

—Que vas-tu faire ? — N'ajoute pas à mon humiliation. Un éclat de ta part divulguerait ma honte. Déjà, dans le château, circulent des rumeurs. Il faut qu'Arbert et nos vassaux ignorent....

Dieu ! Quelle horrible chose ! s'écria-t-elle en se tordant les mains de désespoir. Moi, une fille d'Aunay, avoir été le jouet d'une canaille immonde, de ces vils ribauds, affublés d'oripeaux d'église, dont elle s'était fait suivre !

— Ah ! Ceux-là, du moins, ne s'en vanteront guère, dit le Fièrabras, avec un geste terrible de menace. Ils vont se taire et pour toujours !

Ecroulée et sans force, elle le laissa partir.

*
**

Les pélerins de Saint-Colomban étaient allés reprendre leurs bourdons et leur mince bagage dans la forêt de pins où ils s'étaient armés la veille de branchages. Mais, au lieu de s'éloigner du côté de l'Herbauge, à travers les marais, pour rejoindre leur ville, ils dispersaient, depuis l'aurore, les deniers d'argent de la Duchesse à tous les cabarets de la côte. La passion de boire avait chez eux dominé la peur et, dans leur intellect épais, ils considéraient leur froc comme un talisman à une époque où l'église représentait un refuge inviolable. Leur costume, au surplus, leur conférait l'appréciable avantage d'être couverts mieux qu'avec les souquenilles qui cachaient mal, jusque là, leur disgracieuse nudité. Ils y attachaient donc le plus grand prix et tout en le déshonorant dans de sales orgies, ils n'avaient garde de s'en défaire.

Le moine Audebert en avait jugé autrement. Pour atteindre Poitiers où il avait une mission à remplir, il quitta son habit de clerc et se vêtit comme un homme de la roture. Il se faisait passer pour un honnête marchand qui allait acheter des mules à la foire de Myrebeau. Il arriva de la sorte dans la capitale de l'Aquitaine sans être inquiété par les émissaires du Fièrabras.

Le passage de ce dernier au hameau de Lieu-Dieu-en-Jard avait jeté l'effroi dans l'âme des « maufaits » et la haute silhouette du géant féodal n'eut pas plus tôt disparu à l'horizon qu'ils s'étaient enfuis sur les plages.

Leur brune et titubante théorie, aux robes flottantes, s'étirait le long de la mer. Le peu d'assurance de leur marche, équilibrée, à grand'peine, par leurs bâtons, les faisait fréquemment trébucher et tomber les uns sur les autres tels que des capucins de cartes. Beaucoup se seraient immobilisés à leur point de chute, si des compagnons, moins pris de boisson, ne les avaient remis d'aplomb et entraînés. Ils coururent ainsi, clopin-clopant, pendant deux bonnes heures. Pensant avoir mis une distance suffisante entre eux et le Fièrabras ; dans l'impossibilité, en outre, pour les traînards, d'aller plus loin, les « maufaits », au coup de sifflet donné par un des leurs, s'affalèrent dans le sable.

***

Cette bande, en marge des normes naturelles et sociales, obéissait, comme tout groupement humain, à des chefs dont l'autorité était d'autant moins discutée qu'elle reposait sur l'instinct de la conservation.

Durant que la horde dormait, ceux-ci tinrent conseil au pied de la dune, à l'ombre d'un tamarinier. Ils étaient trois :

Un maigre diable démesurément long et affligé d'un goitre considérable ; un manchot exhibant son moignon en signe de ralliement et un nain bossu, à la tête énorme, dont il dodelinait sans cesse. Au demeurant trois êtres pétris de vice et de malfaisance. Mais il résidait en eux plus d'astuce que chez les autres. C'est pourquoi on les reconnaissait pour chefs.

Le goitreux que le vin rendait maussade dit :

— Après leur mauvais coup, dont nous prîmes la part la plus périlleuse, la Duchesse et son chapelain nous ont plantés là, dans l'intention, sans doute, qu'on y crève.

— Eh quoi ! mon compère, fit le manchot, jovial de son naturel, si nous crevons de l'aventure nous aurons toujours bien ripaillé, ainsi que de vrais chanoines, et tâté le poil d'une Vicomtesse...

Il partit d'un éclat de rire obscène et d'un moignon triomphant tapait sur les cuisses de l'autre.

— Tu dis : Vicomtesse, répartit le bossu, à la tête rendue plus branlante encore par les libations, mais tu n'en as point vu la marque sur son ventre. Tandis que moi, fit-il, en se rengorgeant, je porte des armoiries. Et, cet ancien esclave, échappé de l'ergastule d'un prince castillan, découvrit son épaule où était imprimé, au fer rouge, un insigne héraldique.

— Vicomtesse ou non, dit le manchot, c'était tout de même une belle garce !...

— Si on retournait à Poitiers, proposa le bossu.

— Ce serait le plus sûr moyen, railla le goitreux, de nous faire cueillir à la porte Saint-Ladre par les archers du Fièrabras.

Je me suis laissé dire par le tavernier de Jard, raconta le manchot, qu'il avait lancé toute sa meute d'alans aux trousses de sa femme.

— En attendant que ce soit aux nôtres, dit amèrement le goitreux. Ah ! j'envie l'insouciance heureuse de ces brutes, appesanties de sommeil et d'ivresse...

***

Devant la mer d'émeraude, aux flots diamantés de lumière, tous ces corps étendus pêle-mêle et pourvus de la bure monacale, ces têtes ingrates, clouées au sol, ébouriffées et grimaçantes, qu'ombrageait mal le capuce contre le soleil de midi, tombant droit sur la grève, ces hommes devisant à l'écart et cette solitude formaient dans leur ensemble une scène biblique. On eut pu croire à des anges maudits, fuyant l'ire divine et frappés dans l'exode, à l'exception de trois têmoins, par un rayon de feu.

— Leur soif et leur goinfrerie, poursuivit le goitreux, qui était l'argentier de la troupe, auront vite absorbé le prix de nos services.

— La belle affaire ! dit le manchot, nous deviendrons alors de ces moines mendiants qui vont quêter dans les villages.

— Il en restera bien assez, dit le bossu, si nous devons être pendus.

— A vrai dire, nous en portons déjà la corde, soupira le goitreux, en tirant sur le chanvre tressé qui ceinturait son froc.

— Quelle hérésie ! mon compère, protesta le manchot, de toute la hauteur de son moignon. A-t-on jamais vu des moines pendus ?

— Non ! répondit d'en haut une voix formidable. On les assomme et on les noie comme bêtes galeuses, lorsqu'ils sont pris de male rage.

Les truands se retournèrent. Le Fièrabras, au-dessus d'eux, descendait la dune à cheval.

*
**

Il chevauchait le bidet de Corlay, couvert d'écume. Il tenait en mains sa masse d'armes et n'avait avec lui que Neptune, son chien.

Au sortir de chez Aldéarde, il avait emprunté le cheval de la châtelaine, dont l'intelligence s'était manifestée, la veille, d'une manière si remarquable. Puis il était revenu en toute hâte au cabaret de Lieu-Dieu-en-Jard. Durement atteint dans sa jalousie et dans son orgueil de mâle à l'idée que sa belle amie avait été offerte à d'aussi vils truands, il se sentait altéré de vengeance. Mais il arriva trop tard. Les pélerins avaient pris le large.

Avisant un bout de défroque, qui traînait dans la cour du tavernier, il le fit flairer à son chien. Le limier partit aussitôt sur la piste.

Après maints détours et maints abandons au cours desquels, sans se lasser, Guilhem, en bon veneur, lui présentait la dépouille, la bête fila droit vers la Côte. Bientôt, le Fièrabras, du haut des dunes, aperçut un troupeau de silhouettes éparses, qui progressait le long du littoral. Il devina, à leur allure, les moines de la matinée et serra les dents de fureur. Puis, le cortège, comme à un signal, parut s'immobiliser et se répandre, en taches sombres, sur le sable. Il jugea le lieu convenable pour exercer sa redoutable justice. Emporté par la colère et se défilant derrière les pins, il bondit, en un galop furieux, qui soulevait en blonds nuages, sous les pas de son coursier, la fine poussière de la corniche. Arrivé à hauteur des « maufaits », il affermit la masse d'armes dans sa dextre et engagea la lutte bien décidé à mettre en pièces la misérable engeance qui avait eu le front de prendre du plaisir avec la dame de son choix.

⁂

Imagine-t-on un chevalier et son chien livrant bataille à cent ivrognes ? — A n'en pas douter le combat était inégal pour les ivrognes.

Aux clameurs effrayantes poussées par le nain et par le goitreux, dont les voix étaient glapissantes, les ribauds s'arrachèrent au sommeil. L'intuition rapide du danger les redressa tant bien que mal.

Les mieux réveillés et les plus ingambes cherchèrent leur salut dans la fuite. Mais sur la grève, sans abris ni couverts, où ils avaient eu l'imprudence de s'établir, ce fut un jeu de les rejoindre. De sorte que les fuyards furent les premiers étranglés par Neptune ou assommés par Guilhem.

Les autres pélerins réconfortés par les paroles belliqueuses du manchot, qui se révéla un grand capitaine, brandirent leurs bourdons et harcelèrent le Fièrabras. Ce fut une mêlée pitoyable et grandiose, baignée de sang, d'horreur et de soleil. L'hercule féodal, son cheval et son chien firent œuvre de mort impitoyablement.

— Ah ! racaille ! Ah ! carogne ! hurlait Monseigneur d'Aquitaine, en abattant sur les « maufaits » le moulinet de sa matraque.

La protubérance insolite du goitreux creva sous la massue en rendant un bruit sourd ainsi qu'une outre flasque. La tête énorme du bossu, résonnante comme un crâne de bœuf, accueillit sans broncher le premier coup de masse et, pour l'unique fois, se maintint immobile. Mais au deuxième elle s'affaissa pour toujours avec le corps noueux qui la portait.

Le bidet de Corlay, solidement enfourché, ne songeait plus à se dérober sous la volée de bois qui, derechef, lui tombait sur le dos. Il s'évertuait farouche contre les assaillants de la mâchoire et des sabots. Quant à

Neptune, il n'eut pas mieux occis une portée de lapins que les titubants pélerins qu'il broyait de ses crocs.

⁂

Deux chefs étant mis hors de combat, il ne restait plus de vaillant que le manchot. Celui-ci opposa une magnifique résistance. Après chaque défaite, il ramenait à l'assaut les survivants qui, ramassant les bâtons des morts, s'en servaient ainsi que de framées pour atteindre de leurs pointes ferrées le poitrail ou les yeux de la monture du Fièrabras. Mais le bidet, aux ruades meurtrières, avait des volte-face imprévues qui le rendaient invulnérable.

Il n'y eut bientôt plus aux côtés du manchot qu'une vingtaine de gueux résolus mais épuisés. Cette ultime cohorte combattit bravement. Puis, à son tour, elle fut vaincue. Le molosse la prit à revers pendant que l'infatigable massue continuait à faire voler les bourdons en éclats et à fracasser, parmi ce lot final d'éclopés, ce qui subsistait de valide.

Le seigneur et ses seconds à quatre pattes demeurèrent, en définitive, maîtres du champ de bataille. Mais, comme une machine bien lancée est emportée par son élan, ils s'acharnèrent à déchirer ce qui n'était déjà plus que lambeaux.

⁂

Cependant le manchot, ayant perdu toutes ses troupes, n'aperçut désormais d'autre issue que de jeter son froc au vent et lui-même à la mer.

Il nageait vite de son seul bras et nourrissait l'espoir, en ces rivages peuplés d'îlots, de parvenir, porté par les vagues clémentes, en quelque havre de salut.

Hélas ! Dans la confiance qu'il plaçait en Neptune, dieu des Océans, il avait compté sans Neptune, le chien. L'animal et l'homme nagèrent bientôt de compagnie. Puis, à diverses reprises, on vit le malheureux moignon battre convulsivement le flot. Il y eut un remous et plus rien. Seul, le chien-loup, dans un flux de marée, reparut sur la grève où il s'ébroua, se sécha au soleil, avec la conscience tranquille du devoir accompli.

Guilhem considérait, gisant à ses pieds, les ribauds de sa capitale que la Duchesse avait soudoyés pour l'assouvissement de sa haine. Ils payaient, de leurs vies méprisables, la rançon d'une minute de joie dérobée, à son corps défendant, à l'une des plus belles dames de ce monde.

Sa grande colère était tombée. Mais il gardait l'âme obsédée, la mort des « maufaits » n'avait point enlevé la souillure dont restait maculée sa maîtresse. Elle ne résolvait pas son différend avec Emma.

Des nuées de corbeaux, surgies on ne sait d'où dans le ciel vide auparavant, planaient au-dessus des cadavres. Il se demanda comment il pourrait, sans d'autres témoins, supprimer les preuves d'une pareille hécatombe.

La vue de la mer montante écarta ce souci. C'était une forte marée d'équinoxe. Dans une heure tout serait balayé.

Alors, Guilhem siffla son chien, talonna le bidet et pensif remonta vers les dunes.

Maillezais

La Duchesse Emma, qui s'était imprudemment lancée dans les marais, s'y embourba et s'y perdit avec ses gardes, au bout d'une heure de chevauchée.

Sortis à grand'peine de la vase et des roseaux, les égarés entrevirent, sur la rive opposée du chenal qu'ils côtoyaient, une *bourrine* de maraîchin. Ils attachèrent leurs chevaux à des arbres et profitant d'une barque, amarrée à cet endroit, ils traversèrent l'eau en poussant leur esquif à la perche.

L'un des archers cogna avec force à la porte branlante. On entendit des cris d'enfants brusquement réveillés. Puis un homme se montra sur le seuil. Il s'effaça pour laisser entrer la voyageuse dont il distinguait vaguement, dans l'ombre, l'allure imposante.

Emma s'assit, sans mot dire, devant l'âtre du manant, qui s'empressa d'allumer un grand feu de « bouzas » pour sécher ses vêtements couverts de boue. Le logis s'éclaira de flammes pétillantes. De leur lit de feuilles sèches une grouillée de marmots, aux yeux luisants comme des braises, contemplaient l'inconnue aux traits durs et fermés. Quand l'aube, enfin, parut, le maraîchin la mit sur le chemin de l'abbaye de Maillezais distante d'environ huit bonnes lieues. Ce trajet fut parcouru rapidement et la matinée était peu avancée lorsqu'elle arriva au monastère.

***

C'était, comme à Thallemont, une grande villa mérovingienne entourée de palissades. L'Eglise, toutefois, y tenait lieu de donjon. Une partie des bâtiments était consacrée au service du culte et au logement des moines.

Le reste était affecté aux besoins de la culture et à l'élevage.

Le domaine de l'abbaye comprenait des champs de céréales et de vastes étendues de prés salés, entourés d'eau, où vivaient les troupeaux. Les moines de Maillezais, passés maîtres ès labourages et pâturages, éduquaient la paysannerie ambiante. Ils défrichaient le sol, assainissaient le marécage, enseignaient le peuple et les féodaux. On venait nombreux et de loin s'instruire à leur école.

Au-delà de la porte d'entrée, Emma, par une route plantée d'arbres, parvint dans la cour principale. Un spectacle impressionnant s'offrit à sa vue.

Sous les portiques, voûtés de chaume et soutenus par des colonnes de chêne, qui encadraient la cour d'honneur sur trois faces, cinq cents clercs processionnaient derrière leur abbé, crossé et mitré, en chantant les heures canoniales. Au fond de ce préau, l'église abbatiale s'ouvrait, dans le narthex, de toute la largeur de ses lourdes portes. L'autel y brûlait de mille feux et resplendissait d'or, de pourpre et d'azur, en des blancheurs immaculées. De chaque côté de l'allée centrale, dont le sol pavé en grès formait une mosaïque aux colorations multiples, des stalles de bois peint ou ciré attendaient les chanoines. Ceux-ci, en robes blanches, la tête rasée et les voix graves, achevaient une hymne de Saint-Fortunat, que l'on devait chanter dehors, et, lentement, retournaient à leurs places pour y réciter les petites heures, avant midi.

Bien qu'impatiente, Madame d'Aquitaine s'arrêta, saisie par la majesté du lieu autant que par la gravité des personnages et elle attendit jusqu'à ce qu'on eut refermé les portes derrière le cortège. Le service de Dieu, dans cette enceinte, l'emportait sur celui des princes et des ducs.

L'abbé, cependant, qui se nommait Médéric et qui l'avait reconnue, sortit presque aussitôt de l'église. Il s'avança rempli de déférence vers Celle dont les faveurs avaient fondé la fortune de sa maison.

Emma mit pied à terre et lui dit :

— Je viens te demander asile, l'Abbé !

— Ces murs que tu as protégés, illustre bienfaitrice, répondit ce dernier, t'accueilleront toujours avec reconnaissance. Tu y trouveras le repos et s'il t'échet, par aventure, quelques traverses dans l'existence, sois assurée de nos prières.

— Je ne prendrai céans qu'un court repos, fit-elle, et ne veux, pour l'instant, dévotions ni prières. Mais, il me faut un homme sûr et qui puisse, sachant inspirer le respect, chevaucher sans encombre jusqu'à la cour de Blois, afin d'y remettre un message à mon père Thibaut. Ne possèdes-tu point cet honnête sujet ?

— Certes ! dit l'Abbé, il ne manque point dans notre monastère d'anciens preux qui ont connu le Comte Thibaut. Et celui que nous te choisirons, gardé non par l'armure mais par son saint caractère, mènera, sans retard, ta mission à bonne fin.

Ayant dit, le prélat fit venir un frère servant qui emmena les chevaux et les valets de la Duchesse dans les servitudes de l'Abbaye. Puis, il la conduisit, lui-même, dans le réfectoire où des mets variés, des laitages et des fruits lui furent servis en abondance.

***

Dans la chambre de parade, réservée aux visiteurs de marque, Emma, après avoir rédigé son message, essaya de dormir. Mais, en dépit de sa fatigue, ne pouvant y parvenir, elle s'en fut visiter les bâtiments de culture dont elle avait entendu, maintes fois, vanter l'aménagement.

Cette partie de la pieuse habitation était, en quelque sorte, l'envers de sa façade monastique ; le dessous temporel de la scène mystique où l'âme s'exaltait vers de sublimes destinées. Comme celle des cloîtres, dont elle était la réplique, une vaste « area » en occupait le centre. Mais, c'était une cour charretière, encombrée de paillers gigantesques, de chars et de machines, d'instruments agricoles, où régnait une odeur d'étable et où évoluaient bêtes et gens. Elle donnait accès aux granges, aux écuries, aux fournils, aux abattoirs, aux porcheries et aux celliers, disposés aux flancs de ce quadrilatère.

Au-delà étaient les jardins potagers. Puis, en direction du couchant, commençait le marais, sillonné de canaux. Sur ces terres émergées de l'ancien golfe du Poitou, la végétation assemblait, par endroits, toute la flore aquatique. Elle y formait avec les aulnes, les saules, les peupliers têtards et les ormes tortus d'inextricables bocages. Plus loin, d'immenses prairies, sans arbres et sans limites, nourrissaient, de leurs herbages imprégnés de sel, d'énormes quantités d'animaux, dont la viande était justement recherchée. A l'orient, par contre, les terres de labour, rasées par la moisson, étendaient leurs chaumes grisâtres entre les buttes de la plaine, qui étaient d'anciennes îles rattachées au continent et devenues depuis des villages terriens.

Dans cette ruche d'hommes, l'activité ne fut point troublée par la présence insolite d'une dame de haut rang. Les frères-lais, en sabots de frêne et la robe retroussée, continuèrent leur humble tâche quotidienne.

D'aucuns transportaient, en équilibre sur la calotte graisseuse qui les coiffait, des jattes pleines de lait. D'autres charroyaient les fumiers; pansaient les lourds chevaux; réparaient les harnais d'attelage; battaient le soc des araires, en vue des défoncements d'automne. Là on assommait un bœuf. Ailleurs, un porc, qu'on égorgeait, exhalait à longs cris son souffle avec son sang. Hymne douloureux de la chair immolée aux besoins de la chair et dont retentissait le cloître tout entier. Des jardiniers, la bêche sur l'épaule, se rendaient aux courtils. Des tonneliers cerclaient les fûts de la vendange. Les chiens poussaient aux pâturages, en troupes compactes, les chèvres, les vaches, les brebis qu'on ramenait le soir pour la traite.

Les volières des basses-cours communiquaient avec les roselières du marais. Elles donnaient l'essor, chaque matin, à des milliers de volatiles de tous plumages. Aussi l'on avait construit çà et là dans les rivages de modestes *bourrines* pour recevoir les pondeuses. Et la besogne matinale des moinillons de l'abbaye était d'aller dans ces pondoirs faire la collecte des œufs. Ils en rapportaient de pleines corbeilles.

Un robuste coursier breton fut sellé par le missionnaire désigné par le père Abbé. Il vint saluer Emma et prendre ses instructions. Elle recommanda au religieux de s'arrêter, en passant, à Chinon et de transmettre à l'intendant de son domaine l'ordre de mettre le château en état de défense.

En attendant le retour de cet envoyé, Madame d'Aquitaine partagea son temps entre les offices et les distractions que lui procuraient les divers aspects de la vie conventuelle.

Mèges et Sorciers au chevet d'Aldéarde

Madame de Toars, dont les nerfs avaient été soumis à la terrible épreuve que nous avons rapportée, fit une grave maladie.

Quand le Fièrabras l'eut quittée, après avoir reçu sa douloureuse confidence, la fièvre la reprit avec une intensité croissante; une fièvre suivie d'interminables crises nerveuses qui mirent en émoi le château durant plusieurs semaines.

Le Vicomte, fort alarmé de la voir en cet état, en oublia, pour un temps, ses absorbantes recherches sur les mouvements ptoléméens de la planète Vénus. Il venait fréquemment aux nouvelles. Mais sa présence dans la chambre de la jeune femme provoquait aussitôt un redoublement de ses accès nerveux, comme si elle eut craint, dans le délire, de laisser échapper devant lui son secret. Le vieil homme s'enfuyait alors, désespéré, poursuivi par les cris de son épouse et ne sachant à quoi attribuer la virulence d'un mal aussi imprévu, ni à quel saint se vouer pour en délivrer le seul objet au monde qu'il aimât vraiment en dehors de ses grimoires.

Il lui avait envoyé son chapelain, Jean Lalouette, qui remplissait auprès des châtelains le double rôle de médecin de l'âme et du corps. Nourri d'Hippocrate et de Galien, le prêtre ne fut point pris de court. Il accusa nettement chez Madame de Toars l'abondance des humeurs : *atrabilis primo;* autrement dit la bile noire. Mais les explications concluantes qu'il fournit au Vicomte sur cette bile noire, avec citations à l'appui, gestes et envolées de manches, qui lui donnaient l'aspect d'une savante chauve-souris, ne firent point avancer d'un pas la guérison.

Le seigneur Arbert se décida donc à faire appel aux guérisseurs de tous ordres les plus en renom de l'Aquitaine.

***

Mèges, barbiers, magiciens, sorcières accoururent en des équipages variés, où l'on remarquait de ces ânes aux longs poils, dénommés *bourrailloux,* qui étaient la monture obligée des sorciers en Poitou. Un bon nombre du reste arrivèrent à pied.

Thallemont fut envahi, au bout de quelques jours, par une foule hétéroclite, aux regards inspirés, aux costumes étonnants : empiriques des cités, importants et bavards; villageois rusés; vieux mages décharnés, chevelus et barbus à l'image du Temps; hommes des bois broussailleux, femelles en haillons qui, sous forme d'élixirs, de philtres, de recettes et d'onguents, étaient porteurs, chacun, d'une panacée capable d'assurer, disaient-ils, la guérison de la jeune dame. Ils se bousculaient sans aménité à la porte du donjon et dans cette cohue d'êtres, aux manières étranges, le diable eut facilement reconnu tous les siens.

C'est bien, d'ailleurs, ce que pensait Jean Lalouette. Il ne manqua point d'en faire la remarque au Vicomte ni d'insister vivement auprès de lui sur les inquiétudes que lui causait la présence sous son toit de ces disciples de Belzébuth beaucoup plus que d'Esculape.

Mais la science du chapelain s'étant révélée impuissante, il lui fallut céder la place à cette ruée d'intrus dans un domaine, auparavant, réservé à lui seul.

Ainsi Aldéarde, après avoir été mise à mal par les truands, dut subir pour s'en guérir l'épreuve des sorciers.

Les médecins, appelés d'abord, la visitèrent et la palpèrent. Sur leurs indications, les barbiers opérèrent des saignées. La patiente s'en affaiblit d'autant et ses crises n'en devinrent que plus atroces. On chassa honteusement les barbiers et les mèges.

L'art magique des sorciers, s'il ne fut pas plus efficace, s'affirma, toutefois, plus inoffensif.

Ils tracèrent sur le sol, autour de sa couche, des

figures cabalistiques. Ils lui imposèrent les mains comme jadis les apôtres, en pratiquant des incantations. Pour expulser de son corps les mauvais esprits, on lui souffla dans l'oreille et autres orifices décents. De la sorte, elle reçut, par la bouche et le nez, après tant de malodorants contacts, l'haleine nauséabonde d'un rustaud édenté. Un autre, pour la guérir de la colique, lui posa gravement l'index sur le ventre. Un mage, chargé de talismans, appliqua sur son front, pour en écarter les ennuis, un lapis-lazuli piqueté de points d'or. Un deuxième, non moins richement pourvu de pierres magnétiques, promena sur sa poitrine et ses bras mis à nu, une topaze couleur de safran, afin d'activer la circulation du sang. Mais, ni les enchantements, ni les talismans n'apaisèrent la malade.

***

Vint alors le chœur des sorcières auxquelles leur sexe permettait des soins plus intimes. Elles préparèrent des baumes, des cataplasmes et des tisanes. L'appartement s'enfuma autour d'elles par l'effet d'une cuisine infernale.

Elles utilisèrent pour les cataplasmes de la fleur de lune, de l'herbe au bon dieu et, en particulier, de la racine de mandragore, bouillie au préalable et finement écrasée. Cette « main de gloire », tel était le nom ésotérique de la plante, avait été cueillie le 25e jour de la lune, dans un lieu écarté, à l'entour d'un gibet. On l'avait fait sécher sur un lit de froment. C'était un merveilleux remède. Placé sur le ventre et les cuisses d'une femme frigide, il lui communiquait, sur l'heure, le désir de l'amour. Ce traitement, disons-le, n'était point indiqué pour Madame de Toars.

Elle but sur la gratiole pour se purger, sur l'herbe de Diane, pour faciliter, au besoin, les débuts d'une grossesse. Elle prit de l'ellébore noir, pour évacuer les vers de son intestin, de l'herbe de Vénus et de la plante du Soleil pour aider à ses digestions; de l'ache des marais et de la cerise d'hiver contre la fièvre; de la sauge des prés contre les sueurs abondantes. Elle but enfin des infusions de racine de fenouil contre l'incontinence d'urine, de fleur de souci pour calmer les spasmes, de saponaire des vaches pour lui éclaircir le sang, des tisanes de romarin, de fleur benoîte et d'alleluia pour stimuler ses forces, de corneille, dite encore « chasse-bosse », pour la remettre des chocs dont elle aurait été victime. Elle dut prendre une décoction de poil de lièvre, macéré dans du vin blanc, pour empêcher l'hémorragie et jusqu'à un bouillon de poudre d'os humains contre l'épilepsie.

La dernière sorcière, qui se présenta, apportait précieusement, dans un flacon d'étain, un mélange de pisse de loup, de jus de groseille et de vinaigre.

Par bonheur pour Aldéarde, elle avait repris le dessus avant qu'il fut question d'user de cette écœurante médecine. Avec l'abaissement de sa température, il lui revint assez de vigueur, partant de lucidité, pour renvoyer au diable tous les pots de santé et les vilaines fées qui se pressaient à son chevet.

L'Explication

En fait, un vrai miracle s'était produit. Il résultait non point de sorcellerie mais de l'admirable nature de Madame de Toars. Car, après avoir été accouplée à tant de contagieuses misères, elle en sortait physiquement indemne, encore que moralement ulcérée.

A Thallemont, depuis cette nuit fatale, un mystère planait sur les hôtes de la grande villa. Le Sire de Toars, qui n'en savait pas plus long qu'au premier jour, errait, l'âme en peine, à travers mille suppositions et, dans ce lamentable désarroi, son conseil habituel, Jean Lalouette, lui faisait défaut. Le chapelain, depuis son éviction par les sorciers, affectait un mutisme vexé qui lui servait, en l'espèce, à dissimuler sa propre ignorance.

Le Fièrabras, de son côté, s'il connaissait les causes de la maladie de sa maîtresse, continuait à se demander ce qu'était devenue sa femme. Il ne doutait point qu'elle ne machinât, dans sa fuite, quelque noir complot. Mais là se limitait pour lui la certitude. Il en ressentait une irritation croissante et, pour mieux assurer sa vengeance, il prit les devants.

Après avoir réglé le sort des « maufaits », il ordonna d'aller détruire à Maillezais le nouveau cloître qu'il avait fait construire suivant le vœu d'Emma et dont, à l'insu de son époux, elle occupait, pour l'heure, la plus confortable cellule. Il s'en fallut de peu que les démolisseurs ne rencontrassent la pie au nid. Nous verrons comment elle leur échappa de justesse. Puis, il distribua à ses féaux tous les domaines qu'il avait reconnus en douaire à la fugitive.

Cette générosité magnifique autant qu'imprévue accrut le trouble des esprits. Le seigneur Arbert, oublié dans le partage, s'en ouvrit sans tarder au jeune suzerain :

— Serais-je donc le seul, mon cher Duc, lui dit-il amèrement, à ne point mériter ta confiance ?... Comme je suis le seul, hélas ! dans ma propre maison à ignorer ce qui s'y passe. Et pardieu ! J'en arrive, dans l'ombre où l'on me tient, à douter de ma femme, de toi-même et de tous...

La situation devenait épineuse. Guilhem éluda la question, prétextant qu'en l'absence prolongée de la Duchesse, il avait cru bon de mettre les biens d'icelle sous la garde des vassaux voisins.

Cette réponse ne satisfit qu'à moitié le Toarsais dont les demandes et les remarques devinrent, chaque jour, plus importunes. En outre, des bruits insidieux et malveillants pour la Vicomtesse étaient répandus dans Thallemont.

Les deux amants, pour en finir, imaginèrent de jeter en pâture à l'opinion publique une fable, créée par eux de toutes pièces, dont le héros ou plutôt la victime allait être le Seigneur Hermengard, châtelain de l'île d'Her.

Ils furent naturellement conduits à ce subterfuge par le fait que les soupçons du Vicomte s'étaient, dès le début, portés sur les normands. De plus, cette ruse d'amoureux se combinait, chez Guilhem, avec les finesses de sa politique.

En effet, parmi les ennemis que la Duchesse, avec l'aide de son père, le Comte de Blois, ne manquerait point de liguer contre lui, il s'attendait, avec quelque inquiétude, à voir figurer son puissant et douteux allié, l'évêque de Nantes. Or les chefs normands des îles d'Her et de Bouin, hommes-liges du Prélat, lui devaient, à ce titre, le service d'ost. Ils ne tarderaient point, enrôlés sous la bannière nantaise, à reprendre les incursions de leurs ancêtres, qui, jadis, avaient brûlé Poitiers. Il jugeait, dès lors, de bonne guerre de dépêcher, par avance, contre eux le Vicomte de Toars qui, disposant de mille fiefs de corps et capable à lui seul de lever une armée, irait porter le fer dans ce nid de pirates.

Aldéarde se chargea d'amener son mari à partager les vues de son amant.

Elle reçut, un matin, l'impatient Vicomte dans le tiède négligé d'une languide convalescence. Ses beaux yeux, noyés de tristesse, étaient bien faits pour émouvoir un vieillard amoureux auquel elle allait, enfin, révéler, croyait-il, un secret trop longtemps retenu.

— Mon ami, lui dit-elle, sans autre préambule, pardonnez à votre épouse, si durement meurtrie, de ne pas avoir osé vous avouer, jusqu'ici, la perte, hélas ! irréparable de son honneur...

Malgré qu'il s'attendit à quelque sombre drame, le coup était brutal. Le vieux chevalier sentit un flot de sang lui monter à la face. Il se dressa furieux la main à son épée :

— Et quel est ce félon ? Madame.

— S'il ne s'était agi que d'un seul assaillant, Messire, répondit Aldéarde, sans doute aurais-je pu résister.

— Lors ! Combien étaient-ils ?

— Ah ! mon cher Seigneur, une biche aux abois n'a jamais dénombré la meute qui l'assiège. Elle ne peut que maudire le barbare veneur...

— Vous voulez dire l'auteur de ce lâche attentat ?

— Oui, car je fus la dupe d'un perfide complot.

— Perpétré, j'en suis sûr, par des gens inconnus qui venaient de la mer.

— Ainsi vous savez donc ?

— Lorsque j'eus appris par le Duc Guilhem que vous aviez été, en compagnie de la Duchesse, l'objet d'une agression sur la côte de Jard, j'ai de suite songé à ces hommes du Nord, portés à la violence et qui, chassés de l'Aquitaine, ont trouvé un refuge dans les îles atlantiques. J'aurais dû me méfier de cet Hermengard...

— Un misérable séducteur ! Messire, qui, de plus, fut pour moi un cynique bourreau.

Elle le poussait avec astuce dans la voie où lui-même venait de s'engager.

— Ah ! que je me repens, s'écria le vieillard, de ne pas vous avoir fait suivre, au cours de vos sorties, par une vingtaine, au moins, de mes braves toarsais, ainsi que j'en ai eu si souvent le désir.

Madame de Toars pensa que cette escorte aurait

été bien encombrante. Toutefois, elle abonda dans le sens du Vicomte.

— La prudence d'un sage mari, soupira-t-elle, est la meilleure sauvegarde d'une épouse novice. Mais il aurait fallu, Messire, qu'elle s'exerçât à temps. Moi-même j'ai grandement péché par imprudence. Hélas ! je ne pouvais supposer....

— Allons, chère Aldéarde, faites-moi le récit de cette ignominie, dit Arbert. Et, quand je connaîtrai l'étendue de son crime, le traître, serait-il plus redoutable encore que Rollon, sentira, je vous jure, le poids de mon épée.

— Le traître ? mon ami, dites aussi la traîtresse, insinua Aldéarde.

— Diantre ! Celà se complique, fit le Vicomte, qui aurait préféré avoir à déchiffrer quelque antique tablette plutôt que les énigmes dont s'entourait sa femme.

Cependant, il reprit, avide d'être renseigné :

— Narrez, ma chère amie et narrez, je vous prie, par le détail. Un seigneur justicier doit, avant de frapper, pouvoir, à bon escient, au degré de l'offense, toiser le châtiment.

— Eh bien ! voici, fit Aldéarde. J'étais allé porter l'aumône à une pauvre famille de pêcheurs. Je revenais, à la tombée du jour, suivie par un seul écuyer. Nous chevauchions sur le littoral, côtoyant la lagune, lorsque j'aperçus la Duchesse Emma. Elle semblait admirer les effets du couchant sur les eaux et, non loin d'elle, des bateaux étaient amarrés. Je l'abordais avec la déférence qu'une dame vassale doit à sa suzeraine. Mais, à peine avions-nous échangé quelques mots, qu'un groupe d'hommes masqués sortit des bosquets d'alentour et se jeta sur nous... Oh ! mon dieu ! Que d'horreurs ! cria la narratrice, en se voilant la face, je ne saurais, vraiment, vous en dire plus long.

— Mais, de grâce, parlez ! Je meurs de savoir, dit Arbert. Ne suis-je pas votre mari et n'ai-je pas comme tel le droit de tout apprendre ?

Il renouvelait, sans s'en douter, la scène qui s'était produite entre elle et le Fièrabras.

— Ils ont tué mon fidèle écuyer, reprit la Vicomtesse... Et, croyez bien, pourtant, Messire, que je me suis âprement défendue contre ces gueux infâmes, altérés de luxure... Mais ils m'ont entraînée et, l'un après l'autre, outragée...

— Les misérables ! Et puis encore ?...

— N'est-ce donc pas assez ?... fit Aldéarde, qui poursuivit :

Lorsque abreuvée de honte, je pus enfin m'enfuir à travers la forêt, je regagnais péniblement la hutte du pêcheur.

J'y fus réconfortée et cet humble manant, pour rentrer à Thallemont, me prêta son unique monture qui était un grison... Ah ! c'est une chose inouïe, Messire, ajouta-t-elle avec véhémence, que l'on ait eu le front de porter si gravement atteinte à la pudeur de votre épouse et qu'une semblable injure au plus puissant seigneur de la haute Aquitaine soit restée impunie.

⁂

Arbert, sous le coup d'une intense émotion, la gorge sèche et manquant de salive, se taisait. Il était accablé par cette révélation dont souffrait cruellement sa jalousie sénile. Il s'irritait aussi de l'inconséquence des femmes et d'entendre la sienne lui reprocher l'impunité d'un crime que, pendant des semaines, elle lui avait caché.

— En toute bonne foi, ce retard, Madame, ne m'est pas imputable, finit-il par dire. Et, d'ailleurs, qu'importe, je saurai bien sur le coupable me payer du délai.

Une lacune, toutefois, lui était apparue dans l'exposé d'Aldéarde.

— Parmi tant d'odieuses violences, demanda-t-il, qu'est-il donc advenu de Madame de Poitiers ?

— Vous aussi ! s'écria-t-elle, ne pouvant réprimer un mouvement d'impatience à voir manifester par lui comme par Guilhem de l'intérêt pour son ennemie. Mais elle se ravisa. La demande était naturelle en somme et facilitait, au surplus, ses desseins.

— On m'a déjà posé, plusieurs fois, cette question. Or, qu'y puis-je répondre ?... Des navires attendaient à l'abri dans une anse que formait, en ce lieu, la lagune et, tandis que je me débattais aux mains des insulaires, Emma disparut à mes yeux.

Les dispositions insolites prises par le Fièrabras à l'égard de la Duchesse revinrent alors à la mémoire du Vicomte. Ce fut pour le barbon comme une clarté soudaine.

— Ah ! je devine enfin, Madame, s'écria-t-il. Cette attaque, à coup sûr, masquait un enlèvement et votre guet-apens ne fut qu'un artifice.

— Impudent artifice, en tout cas, Monseigneur, dont je garde l'opprobre et vous-même l'affront.

— Oh ! Nous aurons bataille, Madame, et je prétends bien que notre gentil Duc, quand je lui aurai dit les roueries de sa femme, sera à mes côtés pour châtier l'infidèle.

***

Aldéarde sentait la cause gagnée. Elle se réjouissait d'avoir su, par une feinte habile, travestir de telle sorte le récit de sa pénible aventure qu'elle servait la politique de son amant tout en détournant les soupçons du Vicomte. Au regard de leurs commensaux, bientôt informés par le bavard Toarsais, elle prendrait figure d'une intéressante victime au lieu que l'histoire véridique du viol lui aurait attiré de fâcheuses moqueries. Elle avait, assurément, noirci sa rivale d'un fantaisiste adultère. Mais l'insigne méchanceté d'Emma n'autorisait-elle pas les pires représailles ? — Et le Duc Guilhem, dont l'événement rendait inéluctable le divorce, ne s'offusquerait guère de cette addition imprévue qui donnait du renfort à leur stratagème. Elle sortait, tout compte fait, victorieuse d'un terrible embarras et c'était la première satisfaction qu'elle eut éprouvée depuis son malheur.

Le vieil Arbert parlait maintenant de tout pourfendre. Néanmoins, dans sa cervelle étroite et tatillonne de savantasse, un dernier scrupule se fit jour :

— Ne s'agissait-il point, par hasard, Madame, d'une bande pillarde en maraude dans nos parages ?

— Lors que faisaient, Messire, ces trois nefs normandes ? répartit Aldéarde, en s'enfonçant délibérément dans le mensonge.

— Comment, vous avez vu que trois nefs normandes...

— Etaient à l'ancre, affirma-t-elle. Ces drakkars, portant un dragon à leur proue, n'étaient certes point des barques de pêcheurs. De plus qu'aurait cherché dans cet embarcadère, Madame d'Aquitaine, sans suite ni valets ?

— Il faut, en effet, nous convaincre qu'on a épié votre passage pour simuler une embuscade, dut reconnaître le Vicomte. Mais, que diable ! Etait-il donc besoin de vous offenser de la sorte ?...

— Pour la vraisemblance du fait, voyons, mon cher seigneur. Car, je vous le demande, à quoi s'en prendrait-on chez deux accortes et juvéniles personnes, sinon à leur vertu ?

Cette fois, le Vicomte s'inclina devant la sagacité de son épouse.

— Bien raisonné, fit-il.

Et s'avançant sur le seuil de la chambre, ayant, avec la volonté d'agir, retrouvé la parole, il hurla dans les couloirs du donjon où les chevaliers devisaient avec les dames :

— Holà ! Messires, que l'on appelle nos officiers de bannerie et qu'ils s'en aillent, à son de trompe, dans nos bonnes cités, castels et bourgades, convoquer les guerriers.

Mais, à la réflexion, il rappela d'un signe ses lieutenants. Et revenant vers Aldéarde :

— Pardieu ! fit-il, ma chère amie, pour réduire à merci ces pirates changés en trousse-cotillons, je n'ai que faire de mon armée. Nos chasseurs et leurs dogues y suffisent amplement. Et, je m'esbaudis fort, par avance, à l'idée que nos hardes, lâchées sur cette louvetaille des îles vous la mettront menu comme chair à pâté.

Ayant dit, le Sire de Toars, soucieux de laver l'honneur de sa noble maison, ordonna de faire sonner, dès l'aube du lendemain, le boute-selle pour tous les équipages.

La Guerre des Deux Dames

EXPÉDITION DE L'ILE D'HER

Durant la soirée qui suivit cette explication conjugale, Thallemont fut en effervescence. Les cours de la Villa, les écuries et les chenils retentissaient de bruits de trompes, d'appels et d'aboiements, dans le va-et-vient affairé des veneurs et des valets.

Il ne fut pas nécessaire au Fièrabras de revoir sa maîtresse pour connaître le résultat de son entretien avec Arbert. Partout on entendait les dames et les seigneurs parler avec indignation de ces normands de l'île d'Her, qui avaient assailli Madame Aldéarde et vilainement abusé d'elle. Chacun avait hâte que l'on fit chèrement payer au sire Hermengard cette odieuse félonie à l'égard de la jeune châtelaine.

Dans tout celà, il n'était point question d'Emma. Par déférence envers son suzerain, le Vicomte avait gardé pour lui les déductions auxquelles l'avaient amené les dires de sa femme. Il se réservait, au moment opportun, d'aborder ce chapitre avec Guilhem. Le mystère continuait donc à régner sur l'absence de la Duchesse.

Au surplus, la foule des chasseurs était entièrement occupée de ses préparatifs de départ et les Normands devenaient pour elle un intarissable sujet de conversation. On réveillait de très anciens souvenirs, hérités de la génération précédente, sur la bataille de Brissarthe et sur les méfaits commis par les hommes roux en Aquitaine. Si les fils des Vikings, aux armures de cuivre et aux casques pointus, s'étaient amollis, depuis un demi-siècle, dans les richesses de leur duché de Normandie, la mémoire des violences exercées par leurs pères sur la terre de France n'était pas près de s'éteindre.

Les fileuses en faisaient, à la veillée, des contes dolents. Ces récits allaient de pair avec les histoires à faire peur dont la bête bigourne, ce loup-garou du Poitou *qui court de nuit la galipode,* fournissait une ample matière.

⁂

Madame de Toars avertit Guilhem de la supercherie dont elle avait usé envers Emma. Il ne s'en émut guère ayant en tête d'autres soucis. Mais, rencontrant le Vicomte et pour couper court à son exposé, il lui fit comprendre, dès les premiers mots, qu'il était suffisamment informé de l'infortune qu'on lui prêtait. Il ajouta, toutefois, qu'avant de se joindre à la vaillante expédition, il devait, au préalable, surveiller les agissements de son beau-père Thibaut contre les frontières de l'Aquitaine. De la sorte Arbert partit seul et les deux amants restèrent ensemble à Thallemont.

Dans la quasi-solitude de la Ferté maritime, ils échangeaient, sans contrainte, d'intimes confidences. Mais elle se refusait à lui.

En dépit de la « main de gloire » dont les sorcières, pourtant, ne lui avaient point ménagé les applications, tout rapprochement avec un homme lui paraissait intolérable.

Au cours de leurs abandons, s'interposait entre elle et son bel amant, de même qu'un écran, le spectre hideux des truands. Lui-même, désenchanté par la flétrissure qu'elle portait dans sa chair ne la considérait pas avec le même amour. Elle n'était plus la châtelaine honorée qu'il avait connue et que son hymen avec un vieillard avait laissée presque aussi blanche qu'une vierge. Sans oser se l'avouer, ils versaient, en secret, l'un et l'autre, des larmes de désespérance sur leur amour détruit. Emma s'était bien vengée.

⁂

Par contre si la flamme amoureuse du Fièrabras n'était plus que cendres, la blessure faite à l'amour propre et à la jalousie du vieil Arbert l'avait ragaillardi. Il en était, à proprement parler, sorti de son caractère. L'amateur des reliques du passé avait cédé la place au guerrier féodal. Renonçant, pour un temps, à ses conjectures sur les révolutions planétaires, il avait renvoyé à Toars Jean Lalouette pour vivre uniquement avec sa troupe.

En véritable sire de l'ost, il imagina, dès le départ, un stratagème pour ne pas donner l'éveil à son ennemi, le roi de l'Her.

Il se fit précéder d'officiers qui, sous couleur d'aller préparer le vivre et le couvert, annoncèrent à tous les échos l'ouverture de grandes chasses dans la forêt de Commequiers et dans celle d'Apremont. Celà expliquait le passage d'une telle multitude d'hommes et de chiens.

Mais on pouvait remarquer que les piqueurs étaient plutôt armés de lances que d'espiels de chasse et que les porteurs d'arbalètes possédaient dans leurs couires des viretons qui n'étaient point faits pour tirer la perdrix.

On s'attarda, contre les solitaires des bois d'Apremont, juste le temps qu'il fallait pour donner le change. On dédaigna le pourchas des macreuses, qui glissaient entre les roseaux sur l'onde verte des marais de la Vie. Dur sacrifice pour des chasseurs. Mais la perspective de plus nobles exploits hantait les compagnons d'Arbert.

Dès la nuit venue, on alluma de grands feux pour écarter les loups et, dans l'air attiédi par le voisinage des brasiers, l'ost s'endormit sous ses tentes en peaux de chèvres.

On les replia bien avant le jour. L'aube bleuissait à peine les genêts de la lande que déjà les Aquitains arrivaient au passage qui reliait, à marée basse, l'île d'Her au continent par une bande de terre ferme. Ils s'y engagèrent sans attendre que la mer se fut entièrement retirée.

La lune, à son premier quartier, éclairait, d'une corne ironique, le sire de Toars, impatient de venger son honneur de mari et dont le noir destrier avait de l'eau jusqu'au poitrail. Ses vassaux à cheval suivaient. Seuls, les gens de pied demeurèrent sur la rive avec les valets et les chiens dont on craignait les abois prématurés.

Lorsque le soleil, voilé de nuages, se leva timide au bord de l'horizon, les Aquitains, n'ayant découvert âme qui vive sur leur route, étaient rangés, bannières flottantes, autour du manoir de l'île d'Her. C'était un antique bastion gallo-romain dont les remparts, sans ciment, étaient construits de blocs entassés.

*
* *

A cette heure matinale, le Seigneur Hermengard, la conscience tranquille, reposait auprès de son épouse. Il fut brusquement réveillé par le bruit effroyable et, pour tout dire, discordant de deux mille olifants dont sonnaient, au pied de ses murailles, un nombre égal de chevaliers en cottes de chasse et sans armures.

Ainsi brutalement arraché au sommeil, le châtelain fit quérir le capitaine de ses gardes.

Celui-ci sortit du lit en toute hâte et, partant assez mal harnaché, se présenta :

— Que se passe-t-il, capitaine ?

— Je vais voir, Monseigneur, répondit l'interpellé, qui escalada, quatre à quatre, l'escalier de l'échauguette.

Le guetteur, tiré par l'événement d'une coupable somnolence, se frottait les yeux. Il montra, dans la plaine, la masse profonde et mouvante des cavaliers dont les trompes, retentissantes comme celles de Jéricho, achevaient de ranimer dans l'île sinon les morts du moins les endormis et, en premier lieu, les gardiens de la citadelle.

Le capitaine en fit la constatation désabusée au cours de cette ronde, imprévue pour lui comme pour ses subordonnés et autant, du reste, que les circonstances qui la motivaient. Il vit ses hommes s'étirer péniblement... Ils désankylosaient leurs membres, raidis par le froid de la nuit, après un repos vraisemblablement allongé et prolongé sur la banquette du parapet.

Soudain il poussa un épouvantable juron ! Le pont-levis était baissé.

Par bonheur, dans la pénombre qui régnait encore, les assaillants, tout à leurs tonitruances, ne s'en étaient pas aperçus. Il bondit jusqu'à la chambre de manœuvre et, sur son ordre, la lourde machine se releva dans le grincement de ses poulies, rouillées par l'inaction.

Il était temps. Les cavaliers d'Arbert, réparant leur inadvertance, accouraient, à toute bride, pour passer. Trop tard. Les plus enragés roulèrent dans le fossé. Le dieu des Vikings protégeait Hermengard, car, si le flot eut pénétré, la bataille de l'Her, sur l'heure, était gagnée.

Le capitaine des gardes en eut froid dans le dos. Cependant il termina sa ronde. Puis il s'en fut, tout guilleret, rendre compte à son maître. Il déclara que les soldats, avides de se battre, se tenaient vaillamment face à l'ennemi et qu'il ne manquait pas une flèche au carquois de ses archers. Ceci pouvait être affirmé aisément car ils en avaient rarement fait usage.

Mais après avoir renseigné le châtelain sur la quantité probable des envahisseurs, il resta muet quant à leurs qualités. Alors, se détachant avec fermeté des bras de sa tendre épouse, Hermengard prit le parti d'aller demander lui-même des explications à ces intrus.

*
* *

C'était un normand du type replet, au teint rougeaud. Dans le petit jour vaporeux, il apparut sur le rempart, non point bardé de fer mais emmitouflé de laine, car il redoutait, en ce matin d'automne, les brumes de l'Océan.

Il contempla, une bonne minute, les fanions, les étendards et cette foule à cheval, aux toques emplumées, aux mantels éclatants. Celà ressemblait plutôt à une randonnée de damoiseaux qu'à une expédition militaire. L'illusion, toutefois, ne dura guère car il vit brandir des épées et entendit des vociférations furieuses.

Raffermissant sa voix, Hermengard cria du plus fort qu'il put, afin de dominer le tumulte :

— Seigneurs Aquitains ! Je vous dénomme tels, matineux inconnus, car vous n'êtes point de mes amis bretons et nulle invasion étrangère n'afflige, que je sache, le continent voisin. Or çà, gentils barons de la noble Aquitaine, quel vent d'aventures vous a poussés vers mon rivage et de quel démon êtes-vous donc animés pour corner si fort, dès le potron-jaquet, à la porte de mon castel ?

Mais le bruit de la mer et le brouhaha qui se produisait dans le camp des Toarsais ne permirent point aux paroles du sire de l'Her de parvenir jusqu'à Arbert, bien qu'il se tînt au premier rang de ses féaux.

Il devina, néanmoins, à l'allure impérieuse du quidam, qu'il avait, devant lui, le Chef de ces brigands insulaires dont Aldéarde s'était plainte avec tant d'amertume. Emporté par la colère, il lança, au milieu de l'agitation générale, cette véhémente apostrophe :

— Enfin te voilà donc, O lâche séducteur ! Chevalier de quenouille et fameux capitaine dont les exploits sont dignes d'illustrer un goujat ! (1) Toi qui fais assaillir une dame sans escorte et qui te sauve, à toutes voiles, honteusement, par peur du mari. Pirate de lupanars ! Détrousseur de pucelles ! Voici l'heure venue de régler notre compte. Je suis devant tes murs, à la tête de mes preux. Et là, je te requiers de me payer rançon de cet ignoble outrage et de ton insolence. Car, à défaut, je livrerais aux flammes ton manoir et toi-même au bourreau !

Malheureusement pour le succès de cette invite, la voix du mari offensé, comme celle d'Hermengard, se perdit dans le vent. Elle ne produisit d'effet que parmi les Toarsais les plus proches dont l'indignation et les cris redoublèrent.

***

Il aurait fallu pour que les deux interlocuteurs pussent se comprendre, en ce dialogue renouvelé de l'Iliade, que le Vicomte Arbert se rendit tout auprès des remparts. Mais, à cette distance, un carreau d'arbalète est si vite reçu qu'il eut couru le risque de se voir,

(1) valet d'armée.

du même trait, couper le fil de sa diatribe et celui de ses jours. L'expérience, héritée d'une longue pratique, que le vieil homme avait de la jungle féodale, l'incita à rester à sa place.

Les choses en étaient ainsi venues à un point mort, lorsque le châtelain de l'Her, pressé de savoir à quoi s'en tenir, adopta un autre moyen.

Il dépêcha dans l'échauguette son officier de bannerie, doué d'un organe approprié à sa fonction. Celui-ci, tout d'abord, réclama le silence par les sons rauques et intermittents qu'il tirait d'une corne de bœuf. Il réussit à l'obtenir grâce à la curiosité de chacun. Alors, dominant de son observatoire la foule des assiégeants, le bannier s'écria d'une voix retentissante :

— Oyez ! Oyez ! Barons et chevaliers ! — Monseigneur Hermengard, prince danois et neveu de Rollon, me charge de vous faire à tous hautement assavoir que, par droit de naissance comme d'hoirie, il est le maître incontesté de ces lieux. Il vous demande, en conséquence, raison — n'ayant motif de querelle avec quiconque — de l'irruption de vos troupes à cheval dans le domaine susdit et ses appartenances, au mépris du droit coutumier et de nos us féodaux.

Ainsi les usurpateurs norois, désormais nantis et par là même assagis, prônaient le respect des conventions.

L'officier de bannerie du Vicomte dont la vie, semblait-il, était moins précieuse que celle de son Seigneur, reçut l'ordre de se porter en avant et de rendre la réponse.

C'était un gaillard corpulent mais plus large que haut. Son ampleur pectorale l'obligeait à traverser de champ un défilé où deux hommes moyens auraient passé de front. On devine la résonance d'un pareil coffre. Il clama d'une force à ébranler les murailles :

— Messire Arbert, noble homme en Aquitaine, Vicomte de Toars par la grâce de Dieu et seigneur de Thallemont, t'enjoint et te commande, Sire Hermengard, pour crime de lèse-dame et de subornement, de paraître en son plaid; t'y justifier si faire se peut ou bien te racheter par dons en espèces et fournitures. Sinon sera châtié par le fer et le feu.

Le châtelain de l'Her rétorqua, par son crieur public, qu'il n'était dame ni pucelle, à sa connaissance, qui eut à se plaindre de lui; qu'au surplus il était prêt à s'en remettre à Messire l'évêque de Nantes, son seigneur prochain, en vue d'arbitrer le litige.

Or, Arbert de Toars, pas plus que Guilhem de Poitiers, n'avait cet évêque en odeur de sainteté. Malgré le traité d'amitié récent, on savait le prélat breton foncièrement hostile aux Aquitains.

Le bannier toarsais fut donc envoyé, derechef, au pied du bastion, muni cette fois d'un rouleau de parchemin. Il développa son factum et en donna lecture du même ton formidable.

Il déclara :

1° Que son maître n'accepterait aucune sorte d'arbitrage.

2° Que des marins de l'île d'Her, débarqués sur les terres de Thallemont, y avaient grandement injurié et molesté son épouse.

3° Qu'il en réclamait instante réparation par l'octroi de cinquante génisses d'un an, cent grands bœufs, cinq cents veaux, moutons, agnelets et cochons; trois cents pièces de bonnes volailles y compris oies, dindons et pintades. Item deux mille cinq cents boisseaux de blé. Item trente onces d'or et soixante d'argent. Ce qui n'était point de trop pour payer un tel affront...

Bien que la vertu d'Aldéarde eut été, dans ce compte, estimée au prix fort, le bannier ne se lassait pas d'exiger.

En sus, il demanda pour son maître une part des produits de la pêche en haute mer, où excellaient les normands, et qu'on lui livrât, notamment, moult poissons frais et cent tonneaux de harengs séchés.

Cette fois, il dépassait la mesure. Les gens de mer, nombreux sur les remparts, avaient placidement écouté les sommations qui touchaient les terriens. Mais dès qu'il fut question de leur propre industrie, ils ne permirent pas au bannier de pousser plus avant sa réquisition. Une grêle de projectiles s'abattit sur le malheureux porte-parole. Il ne dut son salut qu'à la vigueur de son souffle et à la vitesse de ses jambes courtes qui le mirent à l'abri, par une fuite éperdue, des catapultes, des balistes et autres lance-pierres acharnés contre lui. Ainsi commença la bataille.

⁂

Les archers montés du Vicomte Arbert, pour protéger la retraite de l'officier bannier, criblèrent de flèches les parapets de l'enceinte et des tours ; si bien que les créneaux se vidèrent, à l'instant même, de leurs occupants qui s'effacèrent derrière les merlons.

Or la seule et lamentable victime de ce premier engagement, qui dispersa ses traits homicides à travers le castel, fut, hélas ! l'épouse du Seigneur Hermengard. Inquiète de tant de bruit et de ne point voir revenir son mari, elle se rendait à la chapelle du manoir avec ses deux jeunes enfants pour y implorer la protection divine quand, sur le parvis, elle fut atteinte par une flèche égarée. Elle poussa un grand cri et tomba évanouie.

Par bonheur, l'engin, au terme de sa course, était sans force. La blessure faite à la gorge opulente de la blonde scandinave fut peu grave. Mais la vue du sang dont ruisselait sa compagne et les larmes de ses enfants affolés mirent hors de lui l'infortuné seigneur, accouru sans retard. Pendant qu'on s'empressait autour de la blessée, il revint brusquement aux créneaux. Et, là, dans un accès d'indignation furieuse, il tendit le poing vers les assaillants, la bouche pleine d'injures, qu'il ne put, d'ailleurs, proférer, car les soldats du camp adverse, le prenant aussitôt pour cible, l'obligèrent à se retirer. On voit combien l'impudent mensonge d'Aldéarde jetait de trouble et de consternation dans l'honnête famille de ce châtelain normand, d'un naturel pourtant débonnaire et pacifique.

⁂

A ce moment, les gens de pied et les meutes de chiens arrivèrent dans l'île. Le vacarme en augmenta d'autant et ce fut pour les insulaires un nouveau motif d'étonnement. L'heure, cependant, n'était pas pour eux de s'étonner mais de se défendre, car l'armée d'Aquitaine, renforcée par ses bataillons pédestres de piquiers et d'arbalétriers, donnait maintenant l'assaut.

L'antique citadelle, établie sur un rocher, n'offrait nulles fissures en ses murailles, ni facilités d'escalade. Les poitevins, habitués à franchir leurs vallons escarpés, passèrent le fossé à la nage et, s'accrochant aux aspérités des blocs, cherchèrent à gravir le rempart. Mais on employa contre eux un moyen de défense qui les prit au dépourvu.

Hermengard, en effet, grand seigneur poissonnier et propriétaire de vastes marais salants, tenait en réserve dans ses cuves d'abondantes quantités de saumure. Cent vilains en firent chauffer à la hâte de formidables marmitées dont on arrosa les grimpeurs intrépides. Aveuglés par les flots du liquide bouillant, qui ravageait leurs yeux et corrodait leurs mains, ils durent lâcher prise et retombèrent dans les douves verdâtres.

Le Vicomte s'aperçut alors de son étourderie d'être parti en guerre équipé pour la chasse et non point pour un siège. Ses hommes, sans boucliers de protection, n'avaient à leur service ni de grandes échelles, ni des tours mobiles leur permettant d'atteindre ou de contrebattre le sommet du bastion. On s'empara bien des échelles de paillers dans les manses serviles du voisinage, mais elles s'effondrèrent sous les grappes humaines qui s'y confièrent.

En vérité, la farce de Madame de Toars tournait au tragique. Déjà bon nombre de chevaliers s'étaient noyés dans les douves en compagnie de leurs écuyers. Ils étaient parmi les plus braves et les plus jeunes. Leurs corps pitoyables, salés pour l'éternité, surnageaient au milieu de lugubres débris. Et, dans l'onde saumâtre et vitreuse, transparaissaient des faces livides aux cheveux empoissés de sel.

***

Dans l'impossibilité d'utiliser à distance les armes d'hast, on se harcelait de part et d'autre de traits acérés. Les combattants de l'Her avaient retrouvé l'instinct belliqueux des Vikings. A l'abri derrière leurs créneaux, ils avaient, dans ce duel à l'arc, l'avantage sur leurs ennemis, qui étaient à découvert et rassemblés devant eux de même qu'un troupeau. Pourtant les archers du Vicomte tiraient avec adresse. Le pied posé sur leur provision de flèches et attentifs aux gestes de l'adversaire, ils cherchaient habilement à profiter de ses fautes. Mais, en vain. Les normands ne s'écartaient de leurs merlons que pour taper, comme on dit, dans le tas et disparaître.

C'est pourquoi le château ne comptait, jusqu'à présent, d'autre victime que sa plaintive châtelaine. Etendue sur un lit de parade, ses beaux seins douloureux emmaillotés de bandelettes, à l'instar d'une momie, elle geignait tristement, imitée en celà par le chœur éploré de ses dames d'atour.

Irrités à la longue de ne pouvoir atteindre les normands, les chevaliers d'Aquitaine les défièrent, en les provoquant eux-mêmes, à haute voix ou par hérauts d'armes, à sortir de leurs murailles.

Rarement un tel défi, lorsqu'il est adressé à de vaillants guerriers, demeure sans écho. Il y fut en effet répondu et la grinçante machine du pont-levis s'abaissa sur les fossés à diverses reprises pour livrer passage soit à un simple chevalier, la lance gaie au poing; soit à une dizaine d'hommes, coutiliers et valets, derrière leur seigneur portant haste à long fût. C'est ce qu'on appelait une lance garnie. Des marins en congé, rudes colosses du Nord, dont les drakkars étaient à l'ancre dans les baies de la grande île, se présentèrent aussi.

Au cours de ces combats singuliers, les sires de Chausseraye, de Mauléon, d'Avrigny, de Maulévrier, le cadet de Lusignan, la fine fleur, en un mot, de la haute Aquitaine se signalèrent grandement. Plus d'un Viking, sous leurs coups, mesurèrent le pré. Mais ils y laissèrent aussi de hardis compagnons et les plus épargnés ne s'en retirèrent point sans horions ni blessures.

On mit une telle ardeur en ces rencontres que les gens des remparts ainsi que ceux d'en bas cessèrent de s'entre-nuire pour mieux suivre le jeu. Comme au cirque il y eut des paris. Il en résulta un certain répit dans les hostilités et le seigneur Hermengard s'en retourna auprès de son épouse.

Seul, Arbert, mécontent de la tournure prise par l'expédition, se morfondait.

Ah ! s'il avait été plus jeune ! Comme il eut appelé son perfide offenseur à se soumettre aussi à ce jugement de Dieu ! Et comme il aurait su, sa bonne épée en mains, tirer raison de l'insolent !

Et, sans doute, eut-il mieux valu que les deux féodaux s'expliquassent entre eux, de la sorte ou différemment, plutôt que d'envoyer à la mort tant de braves jeunes gens, bien étrangers à ce débat. Mais, telle est l'immoralité des guerres et la malignité des coutumes humaines que les faibles seront toujours monnaie de jeu pour les potentats.

Le Vicomte, en outre, était surpris de ne rien remarquer chez les assiégés qui révélât la présence, dans le donjon normand, de la Duchesse Emma. Nul chevalier, portant ses couleurs, n'avait recherché le combat. Et celà l'intriguait.

⁂

La nouvelle de l'invasion était parvenue au couvent de Saint-Philbert où les bons pères, favorisés par la tiédeur du climat, cultivaient des primeurs. Or, vers le soir du deuxième jour, tandis que les duels battaient leur plein, on vit poindre à travers les lauriers roses et les chênes verts de l'île une théorie de blanches capuches, précédée d'un porte-croix.

La partie, qui se jouait alors, mettait aux prises, dans un assaut à la masse d'armes, Raoul la Flamme et l'un des plus formidables champions marins du Seigneur Hermengard. La lutte en était arrivée à son point culminant.

La voix des prêtres s'éleva : « Heureux les pacifiques, disait-elle, car ils seront appelés Fils de Dieu.» Et le prieur du moustier, prenant des mains de son acolyte, l'emblème sacré, s'en alla, bravement, se mettre entre les combattants.

Hélas ! le pieux doyen n'avait affaire, pour l'instant, qu'aux Fils des hommes.

On le lui fit bien voir. Ce fut un tollé général. Le médiateur malmené et tout le collège monacal, accablé de sarcasmes par la jeunesse des deux camps, se retirèrent précipitamment sous les huées et sous les menaces.

⁂

Le Vicomte de Toars, cependant, ne pouvait sans déchoir misérablement, renoncer à son entreprise. Il répugnait, par contre, à laisser décimer ses féaux en des joutes stériles. Il décida donc de réduire la place par la famine. La guerre, de ce fait, prit une autre tournure.

Au lendemain de cette décision, les valeureux guerriers, venus du Continent, restèrent sous la tente comme Achille et, devant leur carence, le pont-levis ne s'abaissa plus.

En revanche, les meutes et les équipages prirent le large. Tandis qu'une partie des envahisseurs montait la garde autour du manoir le reste allait à la chasse. Il en fut de même les jours suivants.

L'île d'Her renfermait assez de gibier pour nourrir ses occupants. D'ailleurs, on prélevait, en cas d'insuffisance, l'appoint nécessaire dans les étables. Et, chaque soir, sur l'aire du camp, il y avait grasse boucherie de viandes d'élevage et de quartiers de venaison.

On chassait. On pillait, en attendant que s'épuisassent les ressources de la Citadelle.

Toutefois, les Aquitains, sans ignorer et pour cause, les possibilités du roi de l'Her, en matière de salaisons, ne savaient pas qu'il possédait dans sa demeure des quantités considérables de poisson séché, dont il commerçait avec les navigateurs de la côte, ainsi que de vastes viviers remplis de coquillages et de crustacés.

Aussi quand les gens du Vicomte vinrent, par dérision, étaler leurs reliefs à la barbe des assiégés, ils furent fort surpris de voir ceux-ci leur répondre en déversant dans les douves arêtes et coquilles par pleines panerées.

Or, tandis que le siège s'éternise et que le vieil Arbert continue à se morfondre devant la tour de l'île d'Her, revenons au Duc Guilhem, en proie aux embarras que lui causent, à tour de rôle, sa femme et sa maîtresse.

La Guerre des Deux Dames

COALITION

Emma, cloîtrée depuis deux semaines à Maillezais, attendait avec impatience de recevoir des nouvelles du Comte de Blois. A la longue cette atmosphère de solitude, uniquement peuplée de bruits de cloches et d'orémus, lui pesait. En outre, elle redoutait que sa présence dans l'abbaye ne soit révélée au Duc. Des moines forains, qui se rendaient dans les villages pour le service du culte, rapportèrent que les soldats du Fièrabras parcouraient la contrée. Il en était passé à côté du couvent. Elle n'osa plus, par suite, se montrer hors de sa cellule. Et, n'y trouvant point le secours de la méditation ni de la prière, elle s'ennuyait à mourir.

L'envoyé revint enfin porteur d'un message de Thibaut le Tricheur. Il recommandait à sa fille de se réfugier à Tiffauges chez son allié, le baron de Rézé.

Comme nous l'avons indiqué plus haut, ce féodal régnait sur un peuple à demi-barbare dont l'origine remontait aux tribus Taïfales, entrées en Gaule avant les Francs. C'étaient des paysans affranchis. On les appelait pour celà « colliberts » du nom donné jadis aux libres soldats de Rome, devenus laboureurs. De « colliberts » le langage courant avait fait « culverts » puis « cuverts ». Leur isolement au milieu des forêts de l'Ouest, les maux dont ils avaient souffert, en détruisant en eux les germes du christianisme, les avaient ramenés aux pratiques des peuplades primitives et, entre autres divinités, ils adoraient la pluie, déesse bienfaisante en leur sol rocailleux. Leur habitacle se situait au-dessous de Nantes, dans le pays de Rais.

Une escorte de ces farouches cuverts, hirsutes, trapus et basanés comme des Huns, se présenta à Maillezais. La Duchesse, sous leur protection, gagna la ville de Tiffauges. Jacques de Rézé la reçut avec de grands honneurs et s'offrit de la conduire lui-même à Chinon.

*
**

Or, à peine Madame de Poitiers avait-elle quitté les marais de l'Autize, qui contenaient, en leur milieu, l'île verdoyante de Maillezais, qu'une autre troupe, aussi farouche que celle de Rézé, y abordait à son tour. Elle était composée de vilains munis de pics, de haches et de torches en résine. Des vougiers les encadraient. En tête chevauchait Foulques le Rouge, de la famille comtale du Mans, lequel était chargé de la vengeance du Fièrabras.

Les démolisseurs commencèrent par briser la clôture. Puis, ils se mirent en mesure d'incendier les gerbiers et les fenils.

Médéric, l'Abbé, accouru en toute hâte, jeta les hauts cris. Ses chanoines firent chorus sur le même ton aigu. Mais Foulques, impassible, continua sa besogne.

Alors Médéric le menaça de l'excommunication majeure, s'il n'arrêtait pas sur le champ son œuvre sacrilège, et, lui demanda de quel droit il agissait ainsi :

— Du droit que Monseigneur le Duc d'Aquitaine possède sur les gens et choses de ce *pagus,* répondit fièrement le Rouge.

L'Abbé leva les bras au ciel. Il n'en revenait pas. Après les prévenances sans nombre dont il venait de combler la Duchesse, comment pouvait-on le traiter de la sorte ?

Il accentua sa menace. Il promit solennellement à Foulques du Mans qu'il serait honni et dénoncé par lui à toute la chrétienté angevine et poitevine comme exclu de la communion des fidèles, s'il ne lui accordait pas le délai nécessaire pour se rendre auprès de Guilhem IV.

Le chevalier était un cadet sans fortune. Il n'avait accepté cette mission impie que sur promesse d'obtenir les meilleures terres à champart de la Duchesse fugitive, sises en son douaire de Mainferme. Effrayé, tout de même, il consentit à attendre le retour de l'Abbé.

Celui-ci eut à Thallemont un long entretien avec le Fièrabras. Hermétique devant l'abbé qui, croyant avoir, à son insu, mérité des reproches, avouait, en s'excusant, des fautes vénielles et narrait, par le menu, tous les faits du couvent, le grand féodal apprit ce qu'il désirait savoir sur le séjour d'Emma à Maillezais et sur la nouvelle direction qu'elle avait prise.

Enchanté d'avoir ainsi fortuitement découvert le fil de l'intrigue qui se nouait contre lui et décidant, à part soi, de remettre à plus tard la destruction de l'Abbaye, il accepta de rappeler Foulques le Rouge.

Médéric s'en retourna donc absous et confessé.

⁂

Guilhem s'en fut, de son côté, confier la chose à sa maîtresse. Un attrait malsain, qui n'était plus le noble amour de la veille, l'attachait maintenant à la châtelaine. Et la privation, où elle le tenait, lui enflammait le sang.

Aldéarde aurait voulu qu'une lutte sans pitié éclata entre les tenants de la Duchesse et les fidèles de Guilhem dont les principaux étaient le Vicomte de Toars, son mari et celui d'Aunay, son père. Elle espérait que leur victoire mettrait Emma à sa merci.

Elle irritait, dans cette intention, la rancœur du Fièrabras.

— Pourquoi, disait-elle, n'as-tu pas déjà répudié cette méchante femme, qui ne songe qu'à ruiner ton pouvoir en Aquitaine ?

Féline, elle se coulait contre lui et menait adroitement son jeu.

— Le Vicomte est âgé, lui dit-elle une fois. Je serai quelque jour l'héritière de sa fortune... Notre union ferait de toi le plus riche seigneur du Royaume... Le Duc de France, lui-même, beaucoup trop occupé de royales intrigues, n'osera soutenir tes rivaux. Et, n'a-t-il pas, du reste, brigué ton alliance par son mariage avec Adélaïde ? Qui, dès lors, te retient d'agir ?

— Ne l'ai-je point fait, douce amie, répondit Guilhem, en dépossédant de son douaire celle qui t'as injuriée et en distribuant à de braves et féaux cadets ses magnifiques domaines de la Sayvre et du Lay ? Sans doute, pour m'amuser un peu de ce vieil fol de bénédictin, ai-je sursis, pour un temps, à la perte de son monastère. Mais ce n'est que partie remise. Car, j'en ai le ferme dessein, ni douaire, ni fondation pieuse, rien de ce qui fut propre à Emma ne subsistera dans mon duché.

— Piètre dédommagement, mon cher, au regard de ce qui se trame contre toi. Attendras-tu que la Duchesse parvienne à t'opposer tout un monde d'ennemis ?... Prends plutôt les devants. Rassemble tes « batailles » et brise, avant qu'ils ne se soudent, les chaînons de la ligue.

Guilhem répartit :

— Tu oublies, ma chère Aldéarde, que tu as envoyé ton crédule époux dans l'île d'Her et nos meilleurs amis justement dans ce but.

— Eh bien ! Que s'y passe-t-il ? Ne vont-ils point, après une première et facile victoire, humilier le Guérech, cet orgueilleux évêque de Nantes ?...

— Nenni, ma toute belle, interrompit le Fièrabras, ton mari m'envoie dire, au contraire, combien il est navré de la lente tournure prise par son expédition. Il ajoute qu'au surplus et tout considéré, il se convainc de moins en moins de la présence de Madame de Poitiers chez le sire Hermengard, un balourd de normand, paraît-il, aux mœurs roturières et marchand de poissons bien plus que galant sire !

Les deux complices, oubliant leurs soucis, s'esclaffèrent de rire à l'idée de la mystification dans laquelle ils avaient embarqué le pauvre homme.

⁂

Guilhem revint alors sur la conversation qu'il avait eue avec l'abbé de Maillezais.

— Mes guetteurs, dit-il, répartis dans la campagne maraîchine, m'ont signalé le passage d'une compagnie de colliberts. Or ces colons, d'antique souche et que l'on répute invincibles à la guerre, sont à Jacques de Rézé. Il s'agissait apparemment de l'escorte envoyée pour Emma, ce qui confirme bien les dires de Médéric sur son départ vers Tiffauges. Me voici donc contraint d'attaquer cette place. Et j'entrevois, derrière le baron de Rézé, les successeurs de Barbe-Torte, le Rennois et le Nantois, avec leurs féaux de Bretagne et des îles.

— Bravo ! fit Aldéarde dont le secret espoir lui paraissait entrer dans la réalité.

— Tout beau, ma chère amie, reprit le Fièrabras, il faut compter aussi avec Thibaut le vieil et ses gens du Blésois, de Chartres et de Touraine. Il fera bien en sorte, connaissant son astuce, d'attirer avec eux, dans le camp de sa fille, le jeune Grisegonnelle, ce blanc-bec de l'Anjou, qui rêve de fleuronner sa couronne comtale avec mes castels de Loudun. Ainsi, dès le début, s'armeront contre moi l'Armorique, l'Anjou, le Maine et la Touraine.

C'est une guerre générale qui va naître, mon cher Guilhem, dit Aldéarde, et mon avis, par suite, n'en devient que meilleur. Hâte-toi donc de convoquer le ban de guerre de tes vassaux et de faire proclamer dans toute l'Aquitaine la rupture de ton mariage. Requiers l'assistance de tes voisins fidèles de la Brenne et de la Marche. Avise, en sa retraite de Saint-Michel en l'Herm, l'évêque Eble, ton oncle et qu'il aille rejoindre sa ville de Limoges. Sous la bannière honorée du prélat, les barons limousins comme ceux de l'Auvergne iront en foule se ranger. Mon père, Cadelon (1), ralliera à ta cause ceux de l'Aunis et de Saintonge. Arnaud Guillaume viendra avec la Gascogne. Quand à Hugues Capet, le seul parmi tous qui serait redoutable, ta sœur Adélaïde, dans le charme troublant des douces prémices de l'hymen, loin de cette querelle saura le retenir.

⁂

Tandis qu'elle lui traçait tout son plan de bataille, le Comte de Poitou contemplait sa vassale. Elle était toujours séduisante avec ses lourdes tresses, son profil

---

(1) on disait indifféremment Cadelon ou Chalon d'Aunay.

de madone et l'éclat sombre de ses yeux. Derechef leurs âmes s'étaient rapprochées. En lui communiquant son enthousiasme, elle lui rendait le cœur aussi fort que le bras.

L'habile femme en son regard vit briller le désir. Elle comprit que l'orgueilleuse ivresse d'une passion satisfaite peut décider souvent des plus belles actions chez les grands capitaines. Et, rompant son jeûne d'amour, pour la première fois, depuis l'île des mouettes, elle se donna à lui.

Il la posséda violemment. Hélas ! de cette étreinte folle, lubrique, cruelle, exaspérée, où il cherchait à s'assouvir, il ne recueillit que dégoût. Le spectre hideux de la souillure planait au-dessus d'eux. L'humiliation et la désespérance qu'en ressentit la fière Vicomtesse accrurent d'autant sa haine pour Emma.

***

Cependant, coup sur coup, deux terribles nouvelles vinrent mettre fin aux hésitations du Fièrabras.

Il apprit le rapt de son jeune fils Arnold par le moine Audebert, qui l'avait emmené à Chinon où se trouvait sa mère avec Jacques de Rézé. Et le bruit lui parvint que le Comte Thibaut, avec toute une armée, s'avançait sur Poitiers, afin d'y soulever le peuple et de faire couronner son petit-fils, sous le nom de Guilhem V.

Un envoyé secret vint lui dire ces choses un soir qu'il sortait de la tour de Thallemont, après avoir quitté la châtelaine. Une bise froide d'automne soufflait sur les plages, chassant au large le vent humide de galerne qui, d'ordinaire, baigne de tiédeur les côtes vendéennes. L'événement le glaça autant que l'aigre vent du nord. Devant la trahison de sa femme et la ruine de son tendre amour, il se sentit effroyablement seul.

***

A l'aube suivante, son destrier, tenu en mains par un valet, piaffait d'impatience devant la porte du donjon. Le Fièrabras était monté faire ses adieux à Aldéarde.

Exhibant du milieu de ses chaudes fourrures son fin minois ébouriffé, elle le regarda surprise.

— Sitôt prêt à partir ? dit-elle, en lui voyant son manteau de voyage.

Il l'informa de la menace qui pesait sur son trône ducal et du complot, ourdi pendant son absence par les partisans de la duchesse, pour le renverser.

— Quand il va à la chasse, le roi perd sa place, fit-elle ironique.

— Il est temps, en effet, ma mie, dit Guilhem, de rentrer les meutes aux chenils et d'endosser l'habit de guerre.

— En quel lieu as-tu donc si grande hâte de te rendre ? demanda-t-elle.

— Mais, dans ma capitale où gronde la révolte.

— Pour y combattre, seul, cette coalition ?

— Mes fidèles me suivront et la puissance de mon bras est encore redoutable, répondit le féodal athlète.

— Or, ne songes-tu point que tes féaux sont à l'île d'Her ?

— Au fait ! dit Guilhem, soudainement rappelé à la vaine entreprise où étaient engagés ses meilleurs lieutenants.

Le noble Duc était désemparé. Son caractère, comme nous l'avons marqué, ne correspondait pas à sa vigueur physique.

— Je vais envoyer un message à Arbert, reprit-il.

— Vas-y toi-même, dit Aldéarde, ce sera plus sûr. Puis, là-bas, tiens conseil avec tes feudataires. Les rumeurs vont plus vite que les armées. Celle du Comte de Blois, est encore, je le gage, en Touraine. Avant qu'elle n'atteigne Poitiers et n'envahisse l'Aquitaine, ajouta la jeune femme en se mettant sur son séant, elle rencontrera deux places résistantes.

— Je n'en connais point d'imprenables, fit Guilhem, incrédule.

— Ce sont Toars et Chatel-Haut, affirma-t-elle avec chaleur.

Et continuant son rôle de conseillère, elle ajouta :

— Le Vicomte Airaud de Chatel-Haut, qui, de son donjon, commande la Vienne, fut le compagnon de Tête d'Etoupe. Il est l'ami de vieille date de Cadelon d'Aunay. Crois-tu qu'il laissera les escadres (1) et la cavalerie du Tricheur forcer si facilement le passage ? C'est à ce preux, inébranlable comme un roc, qu'il faut d'abord envoyer un message.

Guilhem l'écoutait, pensif. Il avait oublié ce serviteur dévoué de sa famille, qui vivait en reclus, dans son castel, hérissé de bastions, au confluent de l'Envigne et de la Vienne.

— Pour ce qui est de Toars, clef de l'Aquitaine, poursuivit Aldéarde, mon courrier quotidien ne m'a rien signalé touchant l'approche d'un péril. Mais je vais quand même y précéder le Vicomte.

Elle était maintenant debout, enveloppée de sa chevelure et telle qu'une brune Valkyrie.

— Et, je souhaite, s'écria-t-elle, avec un éclair de rage dans les yeux, que ton épouse Emma se hasarde à sortir des murailles de Chinon.

— Prends garde, dit le Fièrabras. Elle aura auprès d'elle de fameux hommes d'armes.

Elle reprit indifférente à cet avis :

— Es-tu sûr d'Enguerrand, l'officier seigneurial de ton fief de Loudun ?

— Il est brave et féal, dit le Duc, et sa troupe est vaillante. Mais les colliberts du baron de Rézé ont acquis le renom de terribles soudards.

— Et si fameux qu'ils soient, répartit Aldéarde, que vaudra cette bande contre tout un pays ? Car, il n'est, sache bien, pastoureau du bocage, ni gars laboureur de la plaine qui ne veuille combattre pour l'honneur de sa dame, quand, des terres gâtines aux vignes loudunaises, chacun d'eux connaîtra l'horrible affront qui me fut fait. Tu peux aller tranquille retrouver nos chasseurs, renvoyer les valets avec les équipages, armer tous tes vassaux, convoquer tes alliés et décider du lieu,

(1) au moyen-âge : bataillons, escouades.

où se jouera, demain, le sort de l'Aquitaine, Toars et Chatel-Haut, en attendant, tiendront.

Elle était superbe de décision et de courage... Ah ! n'eut été l'opprobre ternissant sa beauté de même qu'une tache au fond d'un pur diamant, comme il l'eut, à cette heure, aimée et admirée !... Toujours est-il qu'il suivit son conseil.

Mais à la pensée de revoir Arbert un autre embarras le saisit :

— Cornediable ! Que vais-je donc lui dire après le conte bleu que tu lui as fait ?

Elle haussa les épaules :

— Ah ! Que les hommes, en vérité, sont empruntés pour peu de chose. Tu lui diras n'importe quoi. L'astromancie et la magie, dont le cher seigneur est féru, lui ont tellement gâté l'esprit qu'il admettra toutes les fables. Parle de tes ennemis conjurés. Raconte qu'inspiré par un songe ou simplement par un espion, tu as su que le vrai coupable était le sire Jacques de Rézé. Ajoute que ce mécréant, pour perpétrer sa vilenie et te ravir ton épouse, avec laquelle il conspire à Chinon, réclama l'aide des Vikings et de leurs nefs, aux voiles carrées, avec un monstre ailé sur la proue. Dans le domaine de la fiction, si tu l'emmènes, il te suivra. Brode ou rogne, farde et déguise. Imagine ce que tu voudras. De lui-même, il t'en fournira la raison pertinente.

De la sorte remis en selle et dûment chapitré, le Fièrabras, à brides volantes, s'élança vers l'île d'Her sur son grand cheval alezan qu'un long repos avait rendu plein de fougue.

***

Le Vicomte de Toars poursuivait sans conviction le siège de la forteresse normande.

Les assiégés n'ayant rien ni mieux à faire se gavaient de harengs saurs, de mollusques et de fromages secs. En face, la cuisine plantureuse de leurs adversaires ceinturait de feux le manoir et enfumait le ciel.

Des bœufs entiers, grassement nourris dans les prés salés d'Hermengard, rôtissaient en plein vent. Sur d'autres foyers, les produits de la chasse, consistant en gelines, bécasses, halbrans, perdrix, lièvres roux, etc... embrochés par centaines à des fers d'épieux, tournaient bardés de lard et pénétrés de farces. La vengeance d'Aldéarde pouvait attendre. Chaque camp possédait des munitions de bouche en quantité suffisante pour que le siège durât dix ans. Seulement, le menu des Toarsais était le plus varié.

Ceci ne veut pas dire que le Seigneur Arbert, en d'aussi monotones et culinaires hostilités, continuât de s'ennuyer. Les religieux de Saint-Philbert, curieux de leur naturel et remplis de persévérance, étaient arrivés à s'introduire sous les tentes ennemies. On avait lié conversation. Or, parmi les fondations pieuses que le Vicomte, sa vie durant, avait consacrées à l'église pour le rachat de ses péchés, tels que pillages, viols et autres licences féodales, on découvrit un prieuré, sis en la viguerie de Toars et placé sous l'obédience du saint patron de l'Her-moutier.

Il n'en fallut pas davantage pour devenir de bons amis. Et, depuis, le temps se passait en visites entre le Vicomte et l'abbé où l'on échangeait d'ingénieux aperçus sur l'assainissement des marais et sur l'apport des terres alluviales, qui rapprochaient de siècle en siècle les îles du continent.

***

— C'était chose facile à prévoir, déclara l'avisé vieillard, lorsqu'il eut appris de Guilhem que le châtelain de Tiffauges avait enlevé la Duchesse.

— Tes prévisions, en effet, sont admirables, répartit le Duc, amusé, car il se rappelait les paroles d'Aldéarde. Il est, toutefois, regrettable de n'en avoir rien su plus tôt.

Ah ! je regrette bien davantage, s'écria le Toarsais, de n'avoir pas fait pendre Jehan Requien, mon intendant.

Eh quoi ! ce roturier, demanda Guilhem IV, est-il aussi dans le complot ?

— Mais ne nous a-t-il pas faussement affirmé, un jour revenant de Tiffauges, la bonne foi d'Hermengard et du seigneur Jacques de Rézé. Ne cherchons donc point d'autre preuve de sa connivence avec les deux forbans. Quant au Rézé, tout, mon cher Duc, devait nous laisser supposer que cet héritier des chefs de bandes Taïffales était le compère obligé des Normands, en même temps qu'il est l'homme-lige de l'évêque nantois et partant ton pire ennemi. Il était dès lors clairement indiqué que, mettant à profit sa réputation de bellâtre et pour t'atteindre plus sûrement, le fourbe songerait à abuser de ton épouse. Les faits, comme tu le vois, n'ont que trop démontré la valeur de cette inattaquable déduction.

— Peuh ! mon féal ami, tout celà est fort bon mais n'a point d'importance, dit le Fièrabras au barbon stupéfait. Ce qui domine tout et, sans plus de retard, je dois t'en informer, c'est que la rébellion s'affiche ouvertement jusque dans mon palais et que nous sommes à la veille d'être envahis par l'armée du Comte de Blois.

— Jour de Dieu ! s'exclama le Vicomte, je pars, à l'instant même, mettre Toars en défense.

— Rassure-toi ! La Vicomtesse s'y trouve déjà et, dans les hameaux de la plaine comme dans les fermes isolées du bocage, elle recrute des défenseurs.

⁂

Arbert se rasséréna. Mais, ne pouvant distraire sa pensée du cocuage infligé à son auguste suzerain, il reprit :

— Si pourtant, tu as à cœur, Monseigneur, d'exercer de justes et nécessaires représailles contre ces misérables, bourreaux de ton honneur, je me chargerai bien, avec mes frères d'armes d'Aunay et de Chatel-Haut, de résister, durant ce temps, à Thibaut le Tricheur.

— Mais je n'ai rien à faire ici, protesta vivement Guilhem IV, ne sachant trop comment sortir de cet océan de mensonges. Ce roitelet de l'Her et ce baron de Taïffales ne m'intéressent ni peu ni prou.

— Et ne m'as-tu point dit ?...

— Ah ! Certes, il y a l'outrage, interrompit le Duc, entrevoyant une dérobade, l'odieux et sombre outrage à ta chère Aldéarde, dont tu es ulcéré. Eh bien ! puisque, dans Toars, notre belle offensée garde si vaillamment ta citadelle, reste, toi mon ami, avec les piqueurs et les chiens. Ils suffiront bien à ce siège. Quant à moi, le devoir m'oblige à marcher à la tête des barons d'Aquitaine.

— Pardon ! Pardon ! rétorqua le bonhomme, nullement enchanté de la proposition. Il est bien entendu, n'est-ce pas, qu'au fond cette violence n'était qu'un subterfuge et qu'en la circonstance le seigneur de l'île d'Her ou celui de l'île de Bouin ne furent, somme toute, que des comparses ? L'abbé de l'Her-moutier m'a, d'ailleurs, dessiné du châtelain normand un portrait des plus pacifiques. Le cas est donc tout différent. Ah ! si mon Aldéarde avait été la proie de ce Jacques de Rézé pour devenir ensuite sa concubine à Chinon, nul souci, Monseigneur, ni de ma vicomté, ni d'aucuns de mes fiefs, ne m'aurait retenu, j'en jure sur mon épée, de le châtier, d'abord, comme un vil coquin, de la race la plus félonne. Mais, heureusement pour moi, il n'en a rien été...

— Peut-être ! coupa froidement Guilhem IV. Mais l'Aquitaine pour l'heure est en danger, et, nous le châtierons plus tard.

Ayant dit, il fit sonner le boute-selle aux quatre coins de l'île.

***

Par là se termina un siège remarquable, vraiment digne, en tous points, de sortir de l'oubli. Le souverain paisible, qui eut à le subir, n'y comprit jamais rien. Il en était ainsi, en ces âges ténébreux, pour le simple caprice d'une dame amoureuse.

— Ah ! ces jeunes gens ! disait Messire Arbert à sa femme Aldéarde, quand revenus tous deux dans leur tour donjonnée à pic sur le Toué, ils scrutaient l'horizon où rien ne se montrait ; le soin de leur fortune les occupe bien plus que celui de l'honneur. Notre Duc fait fi de la trahison de son épouse. Il n'a cure que de ses menées contre la couronne ducale. Nous étions de mon temps plus chatouilleux, ma mie. Et aujourd'hui encore, en dépit de mes ans, si vous n'étiez la plus fidèle et la plus chaste des vicomtesses, comme je serais terrible à l'égard d'un méprisable séducteur !

QUATRIÈME PARTIE

L'Ermite

Trois lustres ont passé. Arbert de Toars est mort, miné par l'âge, et des suites immédiates d'un mauvais coup de froid, pris la nuit, par temps clair, en voulant dénombrer les étoiles, en compagnie de Jean Lalouette. Aldéarde règne, seule, sur la vicomté aux mille fiefs.

Après deux ans d'une guerre sournoise, qui n'avait sérieusement menacé ni Toars ni Chatel-Haut, les deux forteresses avancées de l'Aquitaine, le Fièrabras s'était remis en ménage. Inconstant dans la haine comme en amour, il avait accueilli son épouse avec la joie exubérante d'un enfant que l'on délivre, enfin, d'une longue pénitence.

Il n'eut pas, alors, de mots assez doux pour la chérir. Et dans les chartes de l'époque : les apennes et les vidimées, les paricles, les prestaires ou les précaires que l'on retrouve au « fonds latin » des archives de l'Aquitaine, il la nomme sa bien-aimée : *dilectissima.*

Hélas ! En dépit de la tendresse affirmée par les cartulaires, cette flambée de renouveau dans l'hymen ducal dura peu. Leurs humeurs incompatibles les séparèrent encore et, cette fois, définitivement. Guilhem IV redevint seul et plus que jamais entouré d'ennemis.

Le colosse avait abusé de sa vigueur physique dans les joutes et dans les festins. Pour se guérir de pénibles malaises, il se confiait aux soins de l'italien Madelme, son médecin. Cet étranger exerçait un grand empire sur lui concurremment avec Renaud, son viguier.

Les deux hommes gouvernaient en son nom l'Aquitaine, mais leurs déprédations, leur insolence provoquaient de vifs mécontentements chez les vassaux. Quant au menu peuple, dont les plaintes étaient impitoyablement étouffées, il souffrait en silence.

Le comte d'Anjou, Grisegonnelle, n'avait cessé de lui disputer la possession des riches châtellenies qu'il tenait, en biens propres, dans le *pagus* de Loudun. En lutte continuelle contre ses voisins du Nord que soutenait Hugues Capet, son beau-frère, plein de méfiance à l'égard de ses feudataires, constamment prêts à la révolte, le Fièrabras coulait des jours tourmentés et moroses.

Malgré qu'il ne sut pas écrire ni même tracer les lettres de son nom, il échangeait avec Aldéarde de fréquentes missives. Un scribe rédigeait l'épistole et ajoutait la signature. Guilhem apposait ensuite son seing : une rose à huit pétales ou une croix à huit bras. L'amitié de Madame de Toars était la seule qui lui restât vraiment fidèle. Mais, elle ne se manifestait qu'à l'occasion de souvenirs communs ou pour des raisons d'intérêts. La Vicomtesse, en effet, jamais lasse d'accroître son immense fortune, était exigeante et savait lui faire payer cher son soutien. Au demeurant la violente passion qu'il avait éprouvée, jadis, pour sa belle vassale était morte en lui pour toujours et chez Aldéarde le sentiment profond qu'elle conservait encore pour son ancien amant n'avait d'égal que sa rancune inassouvie envers celle qui l'avait crucifiée.

En bref, du dehors comme au dedans, le duché ne respirait que haines, rivalités et menaces et la ville millénaire des pictaves, qui en était la capitale, n'avait jamais connu de période plus trouble. Crépuscule des grandes cités, annonciateur parfois de lendemains brillants !

***

C'est alors qu'en une matinée de décembre, un vénérable ermite, tout de blanc chevelu et de misère vêtu, pénétra dans l'« Urbs » par la porte Saint-Ladre. Ce nouvel arrivant allait décider du cours prochain des événements en Aquitaine.

Ses pieds, rouges de froid, étaient nus dans des sandales de fibre tressée. Son froc, élimé par l'usure, se complétait d'un sagum en peau de chèvre comme en ont les bergers. Et, par dessus le tout, son revêtement pileux était, chose admirable ! si fourni, que les ondes neigeuses de sa chevelure et de sa barbe, vu sa taille réduite, le recouvraient presque en entier.

Les soldats, qui s'enfumaient autour d'un brasero, dans la barbacane du pont Saint-Ladre, se mirent sur le seuil pour regarder passer ce bonhomme Noël et, malgré la crainte superstitieuse qu'inspiraient alors ces sortes d'anachorètes, ils se moquèrent de lui, en criant :

Nau, Nau, Nau.

Mais l'ermite n'y prêta point attention. Ayant franchi le pont de bois, il demanda la route à un enfant pour se rendre au palais ducal.

L'édifice, récemment achevé, dominait de sa masse rectangulaire les hauteurs du Clain et le chemin, pour y atteindre, contournait des rochers. Le vieillard suivit d'abord une voie rocailleuse et gravit quantité de marches en pierres taillées dont le dur calcaire résonnait sous son bâton de houx. Puis il franchit la porte d'entrée d'une vaste salle, très élevée de plafond et qui mesurait bien trente toises de largeur.

⁂

Devant lui, la cheminée d'une taille adéquate à ce grandiose vestibule, montrait sa gueule en flammes. Un tronc d'arbre y brûlait. De chaque côté du foyer, une vingtaine d'hommes d'armes, assis sur des bancs, leurs piques entre les jambes et les clinques du casque défaites, se chauffaient. Un espace était aménagé au centre pour l'alimentation des chariots à feu que les valets promenaient remplis de braise.

Des chevaliers déambulaient à travers la pièce, par groupes ou séparément, s'interpellant à voix forte et menant un grand bruit d'éperons et de ferraille d'épées. De même allaient et venaient d'autres seigneurs, de riches marchands, des officiers de justice, robins et greffiers. Dans les encoignures stationnait une foule plus humble de citadins et de manants.

L'ermite se rangea parmi ces derniers et attendit. Beaucoup attendaient. Le duché d'Aquitaine, presque un royaume au milieu de la France, envoyait dans cette antichambre ses solliciteurs et ses plaignants : vassaux en quête d'un privilège ou d'une franchise, abbés en mal d'obtenir prébendes et bénéfices, jeunes écuyers désireux de servir, étudiants à la recherche d'un emploi, justiciables appelés devant leurs justiciers, désœuvrés et curieux. On s'écartait avec déférence au passage d'un haut baron ou d'une dame de la Cour, escortés de gardes, de pages et de valets. Des portes s'ouvraient sur de profonds couloirs par où l'on se dirigeait vers les différentes chambres du palais.

⁂

Au bout d'une heure d'attente, pendant laquelle, perdu dans la foule, il s'était familiarisé avec l'ambiance du lieu, le pieux visiteur, déposant son bâton contre un pilier, sortit un morceau de pain bis et un oignon de sa poche. Puis, après ce frugal repas, il croisa les bras sous sa cuculle et se mit, sans arrêt, à marmotter des prières.

Renaud, le viguier, vint faire sa ronde parmi la clientèle de la grande salle. Il fut, de suite, très entouré. C'était un personnage corpulent et de mine réjouie. Il avait un manteau de velours bleu et des chausses écarlates.

L'ermite, un moment intéressé par le remous que produisit son arrivée, retourna vite à ses oraisons. Cet homme, au verbe abondant et sonore, voilant de paupières mi-closes un regard méfiant et rusé, que démentait son apparente bonhomie, n'était pas celui qu'il cherchait.

Le viguier, cependant, allait de l'un à l'autre, remuant d'une main désinvolte la lourde chaîne d'argent qu'il portait en sautoir. Il accueillait ou rejetait des suppliques. Il distribuait des ordres. Les paroles tombaient de ses lèvres rases comme autant de sentences.

On le redoutait. Les jugements, rendus par lui au nom de Guilhem IV, étaient, on le savait, sans appel. On le méprisait aussi, car sa justice était vénale.

La colonne d'eau de la clepsydre, placée à l'un des angles de la salle, avait lentement monté de plusieurs degrés. Elle marquait la troisième heure après-midi quand, sur un bref commandement, les hommes d'armes, au repos près de la cheminée, se mirent debout et rajustèrent leur équipement. Puis, ils s'établirent sur deux rangs à partir de la porte du couloir central jusqu'à la sortie du palais.

⁂

Un géant et un pygmée parurent. Le premier, encore jeune, était somptueusement habillé. Son aspect dénotait la robustesse d'un chêne, bien que sa taille commençât à se courber, ses cheveux à grisonner et que sa figure exprimât une extrême lassitude. L'autre, à la peau dorée et glabre d'un citron, vêtu d'une courte tunique en daim, était sans âge.

Guilhem IV partait pour sa promenade quotidienne accompagné de son médecin, Madelme.

Le moine, à leur vue, cessa de marmotter et, secouant sa crinière d'un geste machinal qui marquait chez lui la décision, il se faufila au premier rang à côté des soldats. Quand le couple fut à sa hauteur, il planta son regard, tout brûlant d'une ardeur mystique, dans celui du puissant seigneur que son pauvre moustier, un soir, avait hébergé.

L'allure bizarre du clerc, la flamme étonnante, qui jaillissait de sa prunelle, frappèrent le Fièrabras. L'ayant considéré, un instant, il tressaillit.

— L'ermite Albin, murmura-t-il à mi-voix. Mais il se ressaisit et continua sa route, indifférent.

Toutefois, prêt à se mettre en selle, il dit au valet, qui tenait son cheval, d'aller demander au religieux à cheveux blancs ce qu'il désirait et de lui apporter la réponse à son retour. Puis, il s'éloigna avec Madelme et plusieurs courtisans.

Au-delà de l'étang Saint-Hilaire, il monta sur les coteaux de Viardus où débutait la sombre étendue de forêts qui couvrait en partie le Poitou jusqu'à la mer. Par là aussi était Toars. Une impulsion inconsciente l'attirait vers ces régions où tant d'événements, qui occupaient le secret de son âme, s'étaient produits.

Chaque jour il entraînait dans une galopade sans but ses fidèles épuisés à le suivre. Il s'enfonçait dans les bois solitaires, comme à la poursuite d'un au-delà lointain, vers l'Océan mystérieux. Enfin, lassé de cette course inutile, il revenait avec ses compagnons, les chevaux ruisselants de sueur, sans adresser la parole à quiconque et aussi sombre que la nuit qui s'appesantissait sur la ville où de rares lueurs trouaient l'obscurité.

Il fut encore plus renfermé ce jour-là. De toute la promenade l'ermite n'avait pas quitté sa pensée. Il rentra plus tôt que de coutume.

⁂

Dans une chambre haute du palais d'Aquitaine, éclairée par une torche fixée sur un trépied, trois hommes sont réunis. Par les étroites fenêtres romanes, à peine plus larges que des meurtrières et munies d'un fort grillage que traversent l'air et la lumière, on entrevoit des coins de ciel, brillants de lune. Guilhem IV est assis devant la cheminée, moins monumentale que celle de la grande salle mais plus ornementée et garnie de landiers. C'est un luxe pour l'époque, qu'on rencontre seulement dans les maisons princières. La partie supérieure de ces chenets de fer porte un récipient ajouré, garni de charbons incandescents. Sur l'un de ces réchauds bout une mixture que le médecin Madelme surveille avec attention. Auprès de lui se trouve une écuelle remplie d'herbes séchées.

Enfoncé dans une cathèdre, construite à sa dimension, le Fièrabras, le visage tourné vers les cintres en bois du plafond, écoute le religieux, drôlement accoutré, qu'il a donné l'ordre, dès son retour, d'introduire :

— Je suis Albin, Monseigneur, l'ermite des marais de la Lande... Celui qui t'a remis sur le bon chemin, alors que tu t'étais égaré dans les tourbières, au sortir de la vallée de l'*Argent*... Ne me reconnais-tu pas ?...

Le Duc d'Aquitaine, feignant la surprise, abaissa son regard sur la touffe barbue qu'il avait devant lui et qui ne laissait vraiment apercevoir que la partie médiane d'un visage dont les yeux le troublaient étrangement.

— Oui, je te reconnais... Oh ! il y a de celà bien longtemps ! Je me souviens, en effet, de ces affreux bourbiers de la Lande et de la jolie vallée de l'*Argent*. Ah ! l'argent ! Ta toison, mon compère, en a pris la parure. Tout vieillit et tout change. Les ermites et les ducs. Moi-même, j'ai déjà le poil gris, aussi gris que la vie que je mène. Mais qu'as-tu donc à me dire ?

— Qu'il est temps d'échapper, Monseigneur, à cette grisaille de l'existence dont tu te plains à juste titre. Et, j'userai, si Dieu me le permet, d'un mythe païen, pour dire qu'il te faut renaître, comme le phénix de ses cendres, et t'élancer vers la lumière.

— Ah ! Renaître ! s'écria Guilhem. Retrouver l'insouciante et folle jeunesse ! En sais-tu la formule ?

— Ce n'est point dans la chair, Monseigneur, mais en esprit qu'il faut renaître.

— Tu entends Madelme ? Demande-lui son secret, toi qui me soigne le corps sans me guérir l'âme.

Le médecin se montrait absorbé dans la confection du breuvage qu'il destinait à son maître. Il répondit cependant :

— J'entends bien, Monseigneur. Mais, j'attends la suite...

— Ah ! Ah ! C'est ton médecin, ce gâteur de tisanes ! ricana l'ermite. Je ne t'en félicite guère, si j'en juge, du moins, par ta mine défaite et ton dos arrondi. Il a patiemment détruit la plus admirable nature que la divine providence s'était plu à former. Je ne possède, quant à moi, Duc Guilhem, ni les simples ni les composées que ce jaune sorcier s'en va quérir dans les prés ainsi qu'un âne sa pâture. Je t'apporte, en revanche, la merveilleuse panacée qui, négligeant le corps, rend l'âme frémissante d'espérance et de joie.

— Eh ! l'ami, fit Madelme, tu oublies qu'au dire des anciens, la bonne santé de l'âme exige celle du corps.

— Tais-toi, mège ignorant ! qui te manifeste incapable de faire recouvrer l'une et l'autre à ton maître.

— J'ai foi dans tes conseils, pieux ermite, dit Guilhem. Et, tu as acquis des droits à ma reconnaissance en tirant du marais mes chariots embourbés... Ce fut un étonnant miracle !... En fais-tu toujours de semblables ?

— Monseigneur, dit Madelme, en présentant au

Fièrabras une boisson fumante, voici votre potion. Ce mélange de miel, de poudre d'hyacinthe et de lait de brebis est un électuaire renommé. Mieux que tous les verbiages, il vous procurera, cette nuit, le sommeil et l'oubli.

— Patience ! Madelme. Je veux, d'abord, apprendre de ce saint homme son remède. Parle, bon Père !

— Le vrai remède est en Dieu, dit gravement Albin. Abandonne, mon fils, cet orgueilleux palais et ces brillants décors de la puissance humaine qui, pareils aux « sépulcres blanchis » dont a parlé le Christ, ne renferment que mort et que corruption. Dépouille le vieil homme pour être enfin rendu à la vie véritable et, dans l'humilité, à l'ombre des autels, tu trouveras la paix du cœur.

— Ah ! Je t'attendais là, O perfide émissaire des ennemis de mon maître ! s'écria l'italien. Ne voyez-vous donc pas, Monseigneur, que ce traître enfroqué, qui médite, céans, de vous mettre au couvent, favorise en celà les ténébreux desseins de la Duchesse et de Capet, à qui tous les moyens sont bons pour vous faire renoncer à votre trône ducal ?... Arrière ! vil imposteur !...

Sourd à cette injonction, l'ermite reprit d'une voix calme :

— Tes ennemis sont de deux sortes, Duc Guilhem : ceux qui font mine de te servir et commettent les pires abus sous le couvert de ton nom, comme celui-ci ; et ceux qui, du dehors, t'affrontent ouvertement. J'ignore ces derniers, mais les premiers, mon Fils, dans leur hypocrisie sont les plus redoutables. Laisse ces gens avides se disputer entre eux les lambeaux du pouvoir comme des chiens furieux les os d'un festin et dévoue au Seigneur le reste de tes jours. Ils ne seront pas trop nombreux pour te permettre d'acquérir la béatitude éternelle... Au surplus, j'ai rempli la mission dont une voix, venue d'en haut, m'avait chargé. Je ne m'attarderai pas davantage en ce lieu.

***

Sur ces mots l'ermite Albin se dirigea vers la sortie.

— Reste ! lui dit le Fièrabras. Retire-toi, Madelme !

— Mais votre électuaire, Monseigneur, ne peut souffrir de retard.

— Je m'en passerai pour une fois...

— Cet homme, Monseigneur, vous vaudra malemort, répartit l'italien, essayant quand même de résister. Dois-je vous rappeler cet autre moine félon qui, sous de faux semblants, regagnant votre estime, sut détourner de vous le cœur de votre Fils ?...

— Oui, je sais, Audebert, l'âme damnée de la Duchesse, dit Guilhem.

— J'ai consacré mon âme à Dieu, non point à une femme, répliqua l'ermite et il ouvrit la porte pour partir.

— Reste, bon Père ! Je t'en supplie, s'écria le Fièrabras. Et toi, médecin, va-t-en ! Je te l'ordonne ! ajouta-t-il sur un ton formidable.

L'italien disparut et le prêtre revint.

Alors tombant à ses genoux, et, comme un être à bout de résistance qui se libère d'un lourd fardeau, le géant confessa sa peine :

— Je t'avais oublié, O mon père, dit-il. Et, cependant, je t'espérais ainsi qu'un condamné, du fond de son cachot, aspire à voir, un jour, la clarté du soleil. J'étais jeune et vaillant quand je t'ai rencontré. Je bravais les soucis. Et, dans l'enivrement de ma toute-puissance, après t'avoir quitté, j'ai goûté, par surcroît, la volupté suprême d'un magnifique amour. J'ai vécu ce bonheur, qui comblait à la fois mes sens et mon esprit, durant tout un printemps, durant tout un été. Puis l'automne est venu et avec lui le fond de la coupe enchantée. Hélas ! Je fus ensuite abreuvé d'amertume. Mon bel amour atteint, par cruauté jalouse, d'une indélébile souillure fut avili à mes yeux pour toujours. Et celle, qui en était l'objet, accablée sous l'opprobre, frustrée de tout espoir, ne rêve que de vengeance ou de cupidité... Vois comme je suis seul, effroyablement seul, sans épouse et sans fils. Pourtant j'en avais un, en qui je me plaisais à regarder revivre la beauté de ma race. Mais, on me l'a ravi. Instruit dans les arts profanes et nourri par sa mère dans l'effréné désir de s'emparer de ma couronne, ce précoce savant est mon pire ennemi. Aigri, malade, je mène un combat sans répit contre un monde coalisé d'ambitieux et de traîtres. Secoure-moi, bon Père ! Arrache-moi de la géhenne où la haine et l'envie, comme un maudit, m'ont enfermé.

— J'ai fait profession, dit Albin, dans le monastère où vécut Saint Maxence à Vauclair et qu'aujourd'hui gouverne le sage abbé Bernard. Là, j'ai connu ton père, Guilhem « à la tête d'étoupe ». Je l'ai vu, dans son repentir, arroser de ses larmes les dalles du sanctuaire. Tu y recueilleras, comme un fruit de la grâce, l'héritage de sa piété.

— Je veux m'y rendre, mon bon Père, mais ne me quitte pas. Seul, je ne pourrais échapper à l'emprise de ceux qui ont fondé leur fortune sur moi.

— Je passerai la nuit à prier avec toi, dit l'ermite. Et, demain, dès l'aurore, ensemble, nous partirons.

Le Retour de Raynold

Heureux qui, comme Ulysse,
a fait un beau voyage.
Joachim du Bellay.

On imagine aisément, dans le passé, un château féodal régi par une douairière sous l'aspect d'un paisible logis, où la vie s'écoulait ouatée et monotone. Il en allait ainsi de Toars au temps d'Aldéarde d'Aunay.

Or, par l'une de ces journées qui s'acheminait sans histoire en cet endroit de la planète, le guetteur vit au loin, sur les guérets de la plaine, comme trois points mouvants, qui laissaient derrière eux un peu de fumée blonde.

Ils grossirent, grandirent, se silhouettèrent à l'horizon et se firent enfin reconnaître pour cavaliers et chevaux piquant droit vers le donjon. L'occupant de l'échauguette, suspendu par deux cents pieds de haut sur le gouffre du Toué, suivit, intrigué, leur venue.

Lorsqu'il fut plus près, le trio s'annonça en jouant de la trompette. Montés sur de solides roussins, les voyageurs, mantels au vent, paraissaient d'opulente mine, ayant dorures étincelantes en leurs habits et plumes en panache au chapeau.

Disons qu'ils parcouraient la route faite par eux quinze ans plus tôt. Mais ils étaient alors à pied, accompagnés de traine-misère, aux yeux de fièvre, aux dents de loup aiguisées par un incessant appétit et mieux pourvus de souquenilles que de chausses en bon drap. Si nous ajoutons que nos gens portaient à leurs baudriers, en guise de rondache et d'épée, le premier une viole, le second une harpe et le troisième des cymbales, le lecteur aura deviné qu'il s'agissait de baladins déjà connus de lui.

C'était, en effet, Raynold avec Anick, le harpeur breton et Hatto, l'ancien montreur d'ours. Celui-ci, après la mort de son élève, victime de sa goinfrerie en un jour d'abondance, avait été promu trompette et cymbalier.

Le reste de la troupe attendait à Chinon. Le trouvère, dans sa hâte de revoir Madame Aldéarde, avait pris les devants. Une profonde gratitude se mêlait au culte voué par lui à la belle Toarsaise. Le renom qu'il s'était acquis auprès d'elle, dépassant les marches du Poitou, lui avait ouvert les portes des plus nobles maisons.

Les hautes baronnies de Touraine, d'Anjou, de Gascogne ; les cours de Bourgogne, d'Espagne, d'Italie et de bien moindres seigneuries avaient applaudi ses chansons et s'étaient esbaudies de ses farces. Le plaisir, stimulant la générosité, elles avaient comblé son escarcelle de sous d'or, de deniers d'argent, parisis ou tournois, au point de la faire éclater, bien qu'elle fut à double logement, en forme dite « cul de vilain. » Mais d'un vilain, pour lors, aux fesses rebondies.

Au demeurant, le bon Raynold ne savait guère recevoir sans donner. Il en était de sa bourse comme de la vasque d'une fontaine où l'eau tombe sans y demeurer et se répand autour d'elle en pluie bienfaisante et jolie.

***

Ne doutant point de l'accueil de Madame Aldéarde, les joyeux cavaliers passèrent, sans ralentir, le pont-levis. Ils ne s'arrêtèrent qu'au pied de la motte du donjon. La Vicomtesse prévenue se tenait au parapet.

Aldéarde avait, à cette époque, 35 ans. L'amertume qu'elle gardait d'une épreuve douloureuse ainsi que l'exercice d'un pouvoir souverain avaient donné du sérieux à son visage et de la dignité à son maintien. Elle était majestueusement belle.

Raynold en fut saisi d'admiration et plus que jamais subjugué par celle qu'il nommait sa « dame de beauté. » Celà le rendit lyrique.

Il avait pris pour habitude, en abordant une demeure seigneuriale, d'acquitter le droit d'entrée par un compliment en vers de sa façon. Il ne faillit point à cette coutume en l'honneur d'Aldéarde.

La harpe et les cymbales préludèrent. Les trois chevaux, houssés de soie, arrondissant le col, au son de la musique piaffèrent en cadence. Et, grattant de la viole, le trouvère lança ses couplets d'une voix dont l'ampleur et la sonorité émerveillèrent Madame de Toars :

Gai chansonnier dont l'âme encore est pleine
Des souvenirs d'un émouvant passé,
Je suis heureux, O dame suzeraine !
En ce castel, fleuron de ton domaine,
De revenir, aujourd'hui, te saluer.

Puis, ayant évoqué, en une véritable litanie de titres nobiliaires, les terres et les châteaux dont elle était la dame, le chanteur termina ainsi son aubade :

Ta loi s'étend de la mer à la plaine,
Sur tant de bois, de coteaux, de vallons,
De fiefs nobles et tenures vilaines,
Qu'il me faudrait la lyre d'Apollon
Pour célébrer congrûment tous ces dons.

Mais au jongleur qu'importe la fortune !
Ce n'est pas elle, amie, qu'il faut chanter,
Lorsque le ciel, en sa grâce opportune,
A résolu qu'en cette Vicomté,
Règnent par toi l'amour et la beauté ! (bis)

Ce trio de ménestrandie retentit comme un coup de fanfare dans le vieux castel engourdi.

— Bravo ! mon cher Raynold, s'écria Aldéarde ravie, tu as beaucoup appris, au cours de tes voyages, dans l'art du « bel canto » !

Nous n'oserions trop affirmer que cette expression italienne, en faveur au XVIIe siècle, eut déjà cours dans le haut moyen-âge où se place notre récit. Elle traduit, cependant, les mots dont se servit la châtelaine qui ajouta :

— Ce n'est point là, d'ailleurs, la seule perfection qui te soit advenue. Tu m'avais quitté, jouvenceau. Homme je te retrouve et, par ma foi, charmant comme un prince des contes de fées.

— Les fées ! répondit Raynold, je n'y croyais plus guère, sauf dans mes chansons. Mais, te voyant si merveilleuse, je sens qu'auprès de toi j'y croirai, de nouveau, dans la réalité.

— Ah ! Je voudrais comme elles, soupira Aldéarde, posséder le pouvoir de conjurer le sort afin de m'affranchir d'un odieux maléfice.

— Contre le mauvais sort, o divine maîtresse, il n'existe aucun charme plus puissant que le rire, s'écria le Trouvère. Car lui seul contient l'éternelle magie.

— Alors, que la gaieté entre avec toi dans ma maison où, depuis si longtemps, n'habite que l'ennui. Mais, en quel lieu, dis-moi, as-tu laissé tes gens ?

— Au bout de ces campagnes de terres à blé et de vignobles que labourent tes serfs. Ils attendent tes ordres dans le grand val de la Vienne.

— A Chinon ?...

— C'est une étape de dix lieues que mes vaillants cornus, qui traînent, en leurs chariots, jongleurs et bagages, accompliront dans une journée.

— Ainsi, tu viens chez moi, sortant de chez Emma ?

— Nennida ! belle amie. Depuis que la Duchesse, avec toute sa cour, a rejoint le palais d'Aquitaine, pour y chaperonner son jeune fils Guilhem V, la forteresse est vide. Elle n'a pour visiteurs que les bêtes errantes de la forêt voisine. On y entend hurler les loups. Je l'ai contournée cette nuit et sur la corniche des tours se mariaient, à l'envie, le grincement de la girouette et le cri des hiboux.

— Eh bien ! Fais dire à tes jongleurs de ne plus se morfondre en ces lieux désertés. Ils seront avec toi, céans, les bienvenus.

Tandis qu'Anick repartait au galop vers Chinon, Raynold gravit avec Hatto l'échelle du parapet. Puis il mit un genou à terre devant la châtelaine et baisa le bas de sa robe.

Elle le releva affectueusement et, la main posée sur l'épaule de son ami, elle l'emmena vers le donjon.

La Vicomtesse était transfigurée par la joie que lui causait ce retour. Elle ne cessait de l'exprimer de la manière la plus vive et aussi la plus tendre.

Sois mon Chevalier de Justice !

Dans l'une des chambres de retrait du manoir, Aldéarde était seule avec le Trouvère. Les pommettes roses de confusion et le regard brillant d'une colère ravivée, elle avait achevé sa confidence.

— Eh quoi ! Ce stupre infâme n'eut-il pas de témoins ? s'était écrié Raynold au récit douloureux de la passion sans gloire infligée de la sorte à Celle qu'il parait de tout l'éclat de son amour et de plus d'auréole qu'une divinité. — Ah ! Que n'ai-je été là avec mes jongleurs ! ajouta-t-il, bouillant d'indignation.

— Hélas ! mon ami, dit Aldéarde, sur le rocher désert de ma crucifixion, nul ne s'est trouvé là, pouvant me secourir, et nul, depuis, ne m'a vengée !

— N'est-ce pas, cependant, le motif secret, demanda le Trouvère, du bruyant désaccord qui s'est produit, alors, entre le Duc et son épouse ?

— Elle s'est enfuie, redoutant son courroux. Mais ce ne fut chez lui qu'une ire passagère, un envol de flamme que la brise dissipe.

— Le bruit en a couru, déclara Raynold, jusqu'aux Etats du Pape, où je pélérinais, honorant Benoit VII par de pieuses cantates. On disait que la désunion provenait des amours de la Fille du Tricheur avec un gentilhomme du pays de Rézé.

— Oui, on a dit celà et d'autres choses encore. Mais toi seul, désormais, avec le Duc Guilhem, connaît la vérité. Mon ennemie n'a point publié sa prouesse d'avoir osé livrer à des hommes ignobles une femme de race noble. Et quant aux malheureux qu'elle avait soudoyés, le flot de la marée balaya l'hécatombe que fit de ces corps vils l'épée du Fièrabras. Eux seuls furent punis.

Mais le sang d'un esclave ne lave pas l'affront que vous cause son maître.

— J'ai appris, dit Raynold, que le Duc est resté deux ans séparé de la fugitive.

Aldéarde haussa les épaules et reprit :

— Le chagrin fut pour lui bien plus grand que pour elle, qui se plût, à vrai dire, à prolonger la pénitence. Cet amant magnifique était sans caractère et, pourtant, je l'aimais...

— Le cloître, maintenant, assure son repos, dit Raynold.

— A sa femme, en tout cas, il donne le pouvoir, répartit Aldéarde. De cette âpre lutte menée contre nous deux, elle est sortie victorieuse. Elle règne sur l'Aquitaine. Et, malgré ma fortune, je suis lentement consumée par l'amère pensée qu'elle se gausse de moi, sans avoir jamais eu ni mari, ni amant, qui se montrât capable de m'affranchir de cette honte.

Raynold se taisait. L'espérance et l'effroi se partageaient son âme. Effroi d'engager un combat inégal. Espoir radieux d'une conquête adorable.

Il comprit qu'à cette heure il était non seulement le confident de Madame de Toars mais son refuge et son appui. L'immonde flétrissure dont elle était atteinte la rapprochait de lui. Il se sentait grandi par son abaissement. Tant qu'elle était l'amie d'un illustre Seigneur; jeunes et beaux l'un et l'autre, au faîte de la puissance, il n'aspirait, chétif, qu'à dédier à l'idole les rêves insensés et secrets de son cœur. Or, voici qu'elle venait, grande oiselle blessée et repliant ses ailes, par un coup du destin se mettre à sa portée.

Mais avant de tenter l'affolante aventure, il était anxieux de connaître quels liens pouvaient encore l'unir au Fièrabras.

— Pourquoi, demanda-t-il, Monseigneur d'Aquitaine, quand mourut le Vicomte Arbert, n'a-t-il pas répudié Mademoiselle de Blois ? — S'il t'avait alors épousée, la réparation eut été éclatante et publique.

— Les hommes sont changeants, dit l'amante déçue. Ils n'ont pas comme nous, en matière d'amour, l'audace d'entreprendre.

— Cependant, belle amie, quand il aime vraiment, l'amoureux le plus humble trouve en lui ce courage.

Durant cet instant, en un même idéal, leurs pensées se joignirent. Elle plongea dans ses yeux le feu de son regard. Il en fut chaviré.

— Que me conseilles-tu ? dit-elle.

Un plan germa dans le cerveau du Trouvère. C'était le moyen le plus franc, le plus grandiose et le plus incertain.

— Je te conseille, amie, ce que le Duc Guilhem a refusé de faire pour châtier son épouse.

— Qu'est-ce donc, cher Raynold ?

— La guerre ! répondit-il.

La Vicomtesse, étonnée, admira le poète. Il reprit :

— Ne possèdes-tu pas un millier de vassaux ? — Le trésor abondant que t'a légué Arbert, te permet d'équiper, de payer, de nourrir cette armée d'hommes-liges, avec tous leurs valets. Que faut-il de plus ? — Nul seigneur, en Aquitaine, pas même la régente de ce roi de Poitiers, ne peut en faire autant, et tu l'auras vaincue avant qu'elle n'ait reçu l'aide d'aucun allié.

— J'y ai déjà songé, dit Aldéarde. Mais la chose est peu sûre. La citadelle du Clain est bien protégée d'eau et coupée de la terre par un large fossé. Messire Jacques de Rézé, dont tu me parlais, tout à l'heure, accourant de Tiffauges, lui prêtera main-forte. C'est un bon chevalier et qui peut mettre en ligne cinq cents lances garnies. Qui donc, contre lui, conduira mon armée ?

— Moi, dit fièrement Raynold.

En vérité, le Trouvère dans l'enthousiasme de la passion exagérait sa compétence. Aldéarde le vit bien et répondit en souriant :

— Abandonnons, ami, ce projet téméraire et puise en ton génie de moins vastes desseins, car notre équipée, si vaillante qu'elle soit, tournerait au désastre et la honte pour moi en serait plus notoire encore que celle de l'île aux mouettes.

Ils ne prolongèrent pas l'entretien plus avant ce jour-là. Après l'effort que lui avait coûté l'aveu de son tourment, Aldéarde éprouvait le besoin de s'en distraire. Elle laissa Raynold rejoindre ses compagnons et s'en alla visiter ses gens de la campagne.

C'était le printemps. Elle cheminait, au pas relevé de sa haquenée, entre les haies vives, verdoyantes et chapeautées de touffes fleuries. L'air lui paraissait plus léger, le ciel plus lumineux, plus pénétrant aussi le parfum de l'aubépine, qui entourait de blancs cordons les pâtures et les courtils. Dans les manses villageois, elle flattait les enfants, souriait à leurs mères. Il n'en fallut pas davantage pour qu'en cette journée le *pagus* toarsais fut rendu tout joyeux par la belle humeur de sa dame, à l'ordinaire si morose.

Elle ressentait un grand réconfort d'avoir auprès d'elle un ami à qui confier sa peine. Le fardeau que l'on porte à deux devient ainsi moins accablant.

⁂

Elle fit de Raynold son premier intendant. Et quoiqu'il n'eut d'autre ambition que d'être aimé de sa belle maîtresse, il apporta dans ces hautes fonctions, si nouvelles pour lui, intelligence et dévouement.

Au reste, il était surtout pour Madame de Toars, le dépositaire de sa haine et l'instrument tout désigné de sa vengeance contre Emma : charge redoutable pour un poète !

L'apaisement qu'elle retira de lui avoir ouvert son cœur fut de courte durée. Rien ne parvenait à la délivrer de l'obsession ni à la guérir du malaise physique qu'elle conservait de l'affreuse souillure. Elle n'attendait son salut que d'une punition plus terrible encore que l'offense et ruminait, à cet égard, mille ténébreux projets. Mais ils étaient abandonnés presque aussitôt conçus.

Bien que vassale de Madame de Poitiers, elle représentait, parmi les feudataires du grand duché, une force avec laquelle il fallait compter. Elle aurait pu tenir tête à sa suzeraine et lui faire la guerre suivant le conseil du ménestrel. Pourtant, elle avait toujours reculé devant les embarras d'une pareille entreprise et, en habile politique, elle feignait, au contraire, pour endormir la méfiance de son ennemie, de lui consentir une apparente loyauté.

Au jeu de la rusée Toarsaise, la grosse Emma s'était laissée piper. Il va de soi que l'offenseur perd le souvenir de l'offense bien plus vite que l'offensé. La Duchesse se disait qu'après tout ce n'était pour elles deux qu'une histoire de jeunesse. Elle en abandonnait toute prudence.

En outre, il était apparu aux familiers d'Aldéarde que la hantise d'une vie tournée vers les choses de la religion s'était emparée d'elle.

On racontait que le Fièrabras, du fond de son monastère, l'attirait vers lui par les voies de la pénitence. Ses mœurs étaient devenues si austères que le renom s'en était répandu dans toute l'Aquitaine. La Duchesse en fut avertie. Et, comme prenant de l'âge avec de l'embonpoint, elle se montrait avide de la douce quiétude qu'apportent aux dévôts les soins de l'au-delà, elle conçut bientôt, songeant à l'imiter, une véritable sympathie pour son ex-rivale.

La présence de Raynold n'avait guère modifié l'existence dans le château. Les rires et les chants que l'on se promettait, le jour de sa venue, furent sans lendemain. Aldéarde était reprise par son souci. Raynold administrait la vicomté. La harpe et les rebecs, pipeaux et cornemuses restèrent donc accrochés aux murs du donjon et les jongleurs, sans emploi pendant l'absence de leur chef, s'adonnèrent à la pêche. Or, dans le Toué moyenâgeux, moins pêché qu'aujourd'hui par défense seigneuriale, elles étaient toutes miraculeuses.

⁂

Des semaines passèrent. Dans ses conversations avec le Trouvère, Aldéarde évita, quelque temps, de revenir sur le sujet qui lui tenait le plus à cœur, mais ses silences et ses soupirs étaient plus éloquents que des paroles.

Par un matin ensoleillé, ils devisaient, comme autrefois, au sommet de la tour maîtresse. Penchés sur un créneau ils regardaient couler au bas des rocs abrupts l'eau noirâtre de la rivière. De chaque côté de la vallée, la plaine, jaune de moissons, ondulait au vent sec du Nord et, comme une barre à l'horizon, les bois de Prigilia mettaient un terme sombre à la houle flavescente des blés.

La vue de ces frondaisons profondes, témoins de ses intimités avec Guilhem, inspirait à Aldéarde de mélancoliques pensées.

— Te souviens-tu, Raynold, de ce moine perfide qui, là-bas, caché dans la sylve ainsi qu'une vipère grise, épiait notre amoureux secret ?

— La bête était venimeuse et féroce, dit le Trouvère.

Et, se rappelant la mort de Flippo, une larme mouilla sa paupière.

Aldéarde avait touché le point sensible. Elle pensa en tirer profit pour associer leurs deux vengeances. Lui montrant sur le coteau d'en face les trois piliers de sa justice, elle lui dit :

— Ne le verrais-tu pas, avec quelque plaisir, suspendu, haut et court, à ces fourches ?

Mais Raynold entendait sur ce point rester le maître de ses actes. Il éluda la question.

— Il a troqué, répondit-il, son bâton de moine forain pour la crosse et la mitre. Madame Emma reconnaissante l'a fait nommer co-adjuteur du jeune abbé de Saint-Hilaire. (1) Et l'on voit le vilain, revêtu de la chape avec collet fourré d'hermine, siéger aux côtés de l'évêque dans le chapitre de la cathédrale. Ses avis y sont, paraît-il, écoutés. Il intrigue, m'a-t-on dit, en vue du remariage de son amoureuse patronne avec le beau Jacques de Rézé.

— Comment ce remariage, demanda Aldéarde, pourrait-il obtenir l'assentiment du Pape, quand Guilhem le bénédictin est toujours vivant ?

— Guilhem est mort pour le siècle, dit Raynold et l'Eglise accorde aux puissants de ce monde des faveurs d'état. Au surplus, le seigneur de Tiffauges possède les suffrages de l'évêque de Nantes qui, bien plus qu'Audebert, est *persona grata* à la curie romaine.

---

(1) Les ducs d'Aquitaine étaient abbés de St-Hilaire.

— Ah ! si poussé qu'il soit dans la cléricature, s'écria la Toarsaise, et qu'il l'épouse ou non, le baron de Rézé n'épargnera pas à sa belle le châtiment que je lui dois. Au seul nom de cette harpie la fureur m'aveugle. Il faudra bien pourtant que ma haine, un jour, accomplisse son œuvre !

Raynold sentit venir l'échéance fatale. Il voulut temporiser.

— Oh ! pourquoi, belle amie, en ce matin de rêve, peuplé de chants d'oiseaux, troubler le cours heureux des minutes trop brèves que nous vivons ensemble par le ressouvenir d'une éternelle rancœur ?... Le moine rasé, dans sa cellule, occupe donc à ce point ton esprit que mes soins assidus n'en peuvent écarter ce douloureux passé ?

— Cher Raynold, dit Aldéarde, il me semble que je ne saurais pleinement agréer tes hommages ni céder avec joie aux tendres sentiments que tu m'as inspirés tant que cette tache sera sur moi.

— Le temps efface tout, ma mie, même ce qui est gravé dans le marbre le plus dur. Laisse le vent norois, qui nous vient tout chargé d'odorantes effluves et qui se joue, folâtre, emmi tes boucles brunes, chasser de ton beau front ce nuage importun.

—Comme elle doit savourer son triomphe ! fit la Vicomtesse, revenant toujours à l'idée qui la tourmentait. Elle m'a déshonorée et puis elle a tant fait que le pauvre Guilhem a du quitter la place. Raynold, si tu m'aimes, venge-nous !

Le Trouvère estima, à part soi, que le Fièrabras aurait bien pu se venger lui-même. Toutefois, telle était sa soumission envers la belle créature dont il se déclarait l'humble servant d'amour qu'il objecta simplement:

— Et, comment pourrais-je, maîtresse, m'attaquer, seul, à Madame d'Aquitaine.

— Ton esprit inventif, si fertile en récits, resterait-il à court pour découvrir une secrète manière de l'atteindre ?

— Ah ! Je ne vois que trop, hélas ! ce qu'il faut faire, dit sourdement Raynold. Mais, puisque tu le veux et dussé-je en périr, j'obéirai, maîtresse.

— Et, quelle raison t'oblige à t'exposer toi-même, répartit vivement Aldéarde. Tu es mon unique soutien et si quelque imprudence te rendait sa victime, j'aurais, cette fois, tout perdu. Non, non, O mon poète ! Imagine autre chose. Si le destin doit frapper cette femme, que ce ne soit pas, du moins, par ton bras. La fourberie dont elle usa, jadis, à mon égard est la seule arme digne d'elle... Et quant à son vilain, mitré, ajouta-t-elle, sarcastique, prends-le dans le même filet...

Raynold était brave, aventureux mais loyal. Il répugnait à répondre à la félonie par la félonie, au crime par le crime. Aussi, sans mot dire, il contemplait la plaine fauve.

Alors la brune enchanteresse attira dans ses bras le jeune homme... Se livrant à la chère étreinte, il appuya son front soucieux, mais déjà consentant, contre l'épaule nue de la châtelaine. Il connut les senteurs chaudes de sa gorge et la caresse de ses cheveux... Imprimant un long baiser sur ses lèvres ardentes, elle lui donna un avant-goût du grand bonheur promis. Puis, inexorable et troublante :

— Sois mon chevalier de justice ! dit-elle, et, féal à ta dame, va lui rendre l'honneur. Ma vengeance deviendra ta victoire, car je serai le prix que tu remporteras.

Le Complot

Aldéarde ouvrit au Trouvère ses coffres à secret, bardés de lames de fer. Elle mit à sa disposition sa cavalerie et son arsenal. Or, il ne prit qu'une forte somme d'argent dont il garnit sa ceinture. Puis il partit avec les jongleurs. Il se réservait d'acquérir plus tard, pour n'éveiller aucun soupçon, les armes et les chevaux dont il aurait besoin.

Lorsqu'il fut à bonne distance du château, il abandonna sa monture, revêtit de vieux effets et se sépara de sa troupe qui s'éloigna avec Anick et Hatto. N'ayant conservé que sa viole, il s'achemina seul vers Poitiers.

On ne s'étonna guère dans la châtellenie du départ du nouvel intendant. Depuis l'entrée en religion de Monseigneur le Duc Guilhem on savait la Vicomtesse fantasque et incapable de s'attacher à quelque chose ou à quiconque.

Raynold marcha plusieurs jours, s'abritant, la nuit, dans les villages. Ce n'était plus, durant ce voyage, le gai chemineux qui lançait, d'ordinaire, aux échos de la route, ses ritournelles favorites et donnait la réplique aux chanteurs ailés, ses amis, qui, pépiant à son approche, traçaient d'un arbre à l'autre des sillages joyeux. Indifférent aux oiseaux, notre chevalier de justice avait triste figure. Les paroles confuses et pressées, qui sortaient de sa bouche, dénonçaient de sombres préoccupations.

La pieuse réputation d'Aldéarde avait, nous l'avons dit, produit bonne impression sur Emma. Mais, superstitieuse comme sont les méchantes femmes, celle-ci redoutait que les prières méritoires de la récente convertie ne lui portassent malheur. Aussi recherchait-elle une occasion favorable de conclure avec elle la paix.

Elle se trouvait dans cet état d'esprit, lorsque le joueur de viole vint chanter dans les cours du palais d'Aquitaine.

***

Amusée par l'art inimitable du jongleur et séduite par l'agrément de sa voix, Emma le fit mander dans ses appartements.

Il entra vêtu de chausses rapiécées et d'un doublet de toile passablement limé. La toque même du ménestrel qui, chez les gens de ce métier, se doit de relever le reste, avait perdu toute fierté. Plate, bossuée, malséante, en un mot, sur cette tête bien faite, elle n'exhibait, pour son rachat, ni plume ni ruban coquet. Tout le costume du pauvre hère, et jusqu'à ses houseaux boueux, paraissait en piteux état.

— Qui es-tu baladin ? demanda l'altière Duchesse dont les rondeurs, étoffées de lin rose, se répandaient, au large, en de vastes coussins.

— Je suis Raynold, le « trouveur », noble dame, répondit l'interpellé.

— Ah ! c'est toi le fameux chansonnier ! Je suis bien aise, enfin, de faire ta connaissance.

On se rappelle que Raynold, fuyant, désespéré, l'Aquitaine après le meurtre de Flippo, n'avait pas pris part aux réjouissances de Poitiers.

— Tes refrains n'ont guère avantagé ton équipage, reprit l'opulente personne. On m'avait dit pourtant que Madame Aldéarde t'avait amoureusement choyé, voire gracieusement doté.

— Oh ! Madame Aldéarde, que je vis récemment, a bien voulu, jadis, avoir pour moi quelques bontés, répondit le Trouvère. Mais, elle n'a cure, en huy, que de sermons et moineries. Elle préfère écouter, assise à l'archebanc de sa neuve chapelle, les chœurs alternés d'ennuyeuses antiennes, plutôt que d'applaudir aux mélodies joyeuses ou aux fables épiques d'un rimeur de chansons.

— Il y a temps pour tout, Messire chansonnier. Mais ton ancienne dame s'y est prise encore jeune pour faire pénitence. Elle en a, peut-être, après tout, le motif, ironisa la Poitevine. Et je n'y vois rien, pour ma part, à redire. Quant à enrichir les chausses percées de ton espèce, c'est un soin superflu. Et, du reste, ton chant ne pourrait qu'en pâtir. Si ventre creux n'a pas d'oreilles, fit-elle en manière de proverbe, ventre repu manque de souffle.

— A ce compte, Madame, répliqua le Trouvère, je chanterai fort et longtemps, car mon estomac crie famine de plus souventes fois qu'il ne célèbre l'abondance. Tout de même, si votre altesse est curieuse, ce soir, de cantilènes et jongleries, elle fera bien d'abord de m'offrir à souper ; ce qui profitera, sans risque de leur nuire, aux résonances de mon gosier.

***

La soirée se passa en d'hilarantes facéties dont Raynold, par une verve exaspérée, pensa étourdir son remords. Ah ! certes, la lourde et rogue matrone, dont il s'était fait l'amuseur, n'était guère plaisante et il aimait trop Aldéarde pour ne pas partager sa rancœur. Pourtant, à la veille de jouer le rôle d'un implacable justicier, le doux poète était saisi d'angoisse. Mais sur la pente, hélas ! où, par folie d'amour, il s'était engagé, il devait aller jusqu'au bout.

Il s'attira promptement les bonnes grâces de la Duchesse qui l'admit dans son intimité. Déjà, pour réussir son infernale machination, il s'apprêtait à lui exposer le plaisir qu'aurait, sans nul doute, Madame Aldéarde à lui faire visiter ses domaines, quand son hôtesse prit les devants :

— Mon jovial compère, lui annonça-t-elle, après un plantureux repas où les farces du jongleur l'avaient de nouveau mise en joie, je songe à t'emmener chez le Sire de Tiffauges. J'ai le désir aussi de saluer au passage ma vassale de Toars et je compte sur toi pour lui en porter la nouvelle.

— J'imagine, Madame, répondit le Trouvère, que vous comblerez d'aise ainsi votre vassale. — « Voilà bien longtemps, disait-elle, lors de mon bref et dernier séjour, que je n'ai pas connu l'honneur de recevoir ma suzeraine ! »

— Adonc ! Celà tombe à merveille, s'écria la Duchesse. Pars aussitôt lui dire qu'elle vienne à ma rencontre, sur les terres de Mirebalais, dès le lendemain du ban de la vendange.

— J'obéis sur le champ, dit Raynold. Mais, j'espère, insinua-t-il, avec un regard honteux sur son accoutrement, que votre altesse daignera, d'abord, accomoder un peu mieux ma tenue. J'aurais l'air, autrement, d'un piètre ambassadeur !

— Holà ! cria-t-elle à son officier de service, qu'on l'habille de neuf et qu'on lui donne un cheval !

Tu diras, ajouta-t-elle, à Madame de Toars que j'entreprendrai ce voyage avec une suite nombreuse et qu'à l'aller comme au retour je logerai chez elle.

Celà répondait entièrement aux machiavéliques desseins du joueur de viole, bien que la perspective d'avoir affaire à une suite nombreuse le satisfit médiocrement.

⁂

Raynold, après avoir, une deuxième fois, fait peau neuve, quitta Poitiers à la nuit tombante. Mais il n'alla pas loin.

S'étant engagé dans l'âpre montée de la Cueille Mirebalaise, il s'arrêta devant une cabane de manant, sur les hauteurs, à l'ouest de la Ville.

A l'intérieur retentissaient des voix avinées.

— Double-six, cria quelqu'un en même temps que des poings furieux s'abattaient sur les ais gémissants de ce qui devait être une table.

— Tu triches, Flamand ! Tes dés sont pipés ! hurlaient les joueurs lorsque Raynold entra.

L'homme, qui avait annoncé double-six, mit sa large patte velue sur les dés pour les protéger.

Tes dés sont pipés ! protestait-on de tous côtés.

Le Flamand releva la main. Il offrit de vérifier les cubes de buis dont, habilement, il venait de faire l'échange.

On lui laissa, en grognant, ramasser la mise.

Ils étaient environ une trentaine dans cette masure dont la table, située au centre, avec une huche, placée contre la muraille, composaient tout l'ameublement. Leur aspect était peu rassurant. Ils étaient vêtus, comme les paysans, de bliauds en laine tricotée, serrés à la taille par une courroie de cuir ou par une simple corde de chanvre. Des lanières en peaux de bêtes se croisaient sur leurs jambes. Leurs pommettes étaient teintes au vermillon. Certains avaient aux oreilles des boucles de cuivre. Ils portaient à la ceinture un effarant attirail de coutels, de hansarts et de haches.

Cette clientèle insolite emplissait le chaume agreste d'un relent de taverne. La famille du manant, reléguée près de l'âtre, constitué, sous une ouverture du toit, par quelques pierres plates, tremblait de frayeur.

Les brigands, car ce ramassis ne pouvait être autre chose, jouaient aux dés et à la mourre.

Ce dernier jeu importé d'Italie se jouait à deux. Il consistait pour chaque joueur à crier un nombre en levant rapidement un ou plusieurs doigts d'une seule main.

Le gagnant était celui qui avait annoncé un chiffre égal au total des doigts levés.

Chaque partie était l'occasion de chicanes et de vociférations, alimentées par le vin abondant d'un tonneau défoncé, où l'on puisait avec des récipients volés un peu partout : coupes, hanaps, pots d'étain, gobelets.

Dès que l'on eut remarqué la présence de Raynold, le silence se fit.

***

Anick et un autre jongleur, qui se tenaient dans une encoignure de la pièce, s'avancèrent vers lui.

— Frère, dit Anick, ce sont-là les compagnons qu'il te faut et voici leur chef : Albrecht, dit Jambe de loup.

Le personnage ainsi désigné et plus couramment appelé le Flamand était celui que l'on soupçonnait de se servir de dés chargés. Mais ses yeux de brute arrogante, froids et bleus comme l'acier, savaient inspirer le respect.

Cependant, à la vue de Raynold, sa mine s'adoucit. Il l'aborda la main tendue.

— Il paraît, camarade, que tu ne refuses pas, en ayant le moyen, de payer cher la besogne bien faite.

Pour toute réponse, Raynold mit sur la table un sac aux sonorités métalliques.

— A la bonne heure ! s'écria Jambe de loup. Voilà un parler qui me plaît ! *Argumentum ad crumenam,* ajouta le brigand, qui se piquait d'avoir des lettres.

Né du double péché d'un clerc et d'une nonne, destiné, par suite, à l'église, Albrecht, dit Jambe de loup, avait retenu du latin un certain nombre de maximes appropriées à sa présente vocation.

— Après celui-là, il y en aura d'autres ! déclara, d'un air détaché, le Trouvère à la bande rendue merveilleusement attentive.

— Eh bien ! Exprime-nous tes désirs, fit Albrecht emphatique.

— Oui, mais auparavant jurez-moi, dit Raynold, de marcher sans faillir dans la téméraire entreprise où je dois vous mener.

— *Per Baccho !* s'écria un colosse, en montrant le sac d'écus qui les fascinait tous, si tu veux nous conduire en enfer, au son de cette musique, nous t'y suivrons, corps et âme, sans broncher.

Ce disant, il posa son poing énorme, en manière de serment, sur le hanap qu'il venait de vider.

— On ne saurait mieux dire, mon Compère ! approuva Raynold avec un sourire narquois, dont les brigands auraient du se méfier.

Mais aucun n'y prit garde et la bande clama d'une même voix :

— Nous le jurons !

⁂

Raynold et Anick invitèrent alors le Flamand à sortir avec eux. Les trois hommes eurent ensemble un long entretien. Puis, sur un signe du Flamand, les autres occupants de la chaumière le rejoignirent et tous disparurent dans la nuit, délivrant ainsi leurs hôtes d'une grande peur.

A une lieue de là, ils pénétrèrent dans l'immense forêt, dont il subsiste encore des tronçons et qui recouvrait, à cette époque, la haute Aquitaine jusqu'au pays des Brennous et jusqu'aux terres franches de Chatel-Haut. Ils s'arrêtèrent dans un endroit découvert, où se trouvait une villa abandonnée. C'était un ancien rendez-vous de chasse. Les jongleurs, demeurés avec Hatto, y avaient élu domicile. L'écurie, toiturée de branchages, contenait des chevaux achetés, sur l'ordre de Raynold, à des marchands bretons de l'Argoat. Ces gens, à la belle saison, en amenaient des troupeaux entiers dans les pâturages de la Vienne, en prévision de la foire de la Saint-Luc, qui se tenait à la mi-octobre.

Les brigands ou plutôt les routiers — nom communément donné à ces bandes de soldats pillards — furent hébergés dans la villa par les jongleurs. Chacun d'eux fut pourvu d'une monture, d'un haubergeon et d'un espiet.

Ayant, de la sorte, recruté, équipé, armé et logé sa troupe, le Trouvère s'en éloigna pour aller transmettre à Aldéarde le message d'Emma.

⁂

La tragédie était montée. Il ne restait plus qu'à la jouer. C'est ce à quoi réfléchissait le Trouvère, le long de la voie dallée et cimentée, en partie reconquise par l'herbe, que les Romains avaient construite, quelques siècles plus tôt, de Limonum à Juliomagus.

Tant qu'il s'était agi d'ourdir, de préparer, de soudoyer, son esprit, absorbé par l'intrigue, en avait négligé le côté immoral et, pour tout dire, criminel. Maintenant, livré à lui-même, durant que son cheval, les rênes lâches et sans hâte, sabotait sur le pavé des Césars, Raynold, au bord de l'abîme, en sondait toute l'horreur.

Un faux pas du roussin le tira de cette songerie, pourtant salutaire. Il reconnut, au sommet d'une ligne montueuse qui fermait l'horizon, l'abbaye de Saint-Jovinus. Les blanches arcades du monastère et ses toits de tuile rouge resplendissaient, ensoleillés, entre les chaumes gris du vieux bourg d'Ension, pauvrement bâti à son ombre.

Il lui revint en mémoire qu'il devait, pour la réussite de son stratagème, se faire de l'Abbé un inconscient complice. Il ne recula point devant cette démarche et s'enfonça plus encore dans le péché.

Il apprit du vénérable religieux que « Madame la Vicomtesse Aldéarde » séjournait à deux lieues de là, dans sa campagne d'Ayreval.

Il n'en fallut pas davantage pour dissiper ses appréhensions et, délaissant la route romaine, il emprunta les sentes forestières afin de rejoindre au plus vite l'objet de son amour.

Après un temps de galop et avoir franchi deux collines, il découvrit, à la sortie des bois, de florissantes cultures et de riches vignobles. Plus loin, sur le contour d'une anfractuosité rocheuse de la vallée du Toué, s'élevait un logis seigneurial de construction récente au milieu de vastes chantiers en pleine activité.

***

Aldéarde, à la tête d'une véritable armée de terrassiers, de charroyeurs, de jardiniers, de maçons, de charpentiers, de couvreurs, s'employait à donner des ordres pour l'embellissement de sa villa.

Elle recevait, en outre, de nombreux visiteurs, dames et seigneurs, séduits par la fraîcheur du lieu et par le nouvel agrément d'un site champêtre auparavant masqué par de maigres chênaies.

La demeure de la Vicomtesse dominait un petit lac alimenté par une source intarissable et qui remplissait tout le fond du vallon.

Couverte de fleurs aquatiles que les beaux jours faisaient éclore à la surface de l'aigue vive, en une féérie de couleurs, la jolie fontaine entretenait, sur ses bords, des aulnes, des bouleaux, des peupliers, des frênes gigantesques. Les peupliers, surtout, grassement nourris du limon de la rive, atteignaient des tailles prodigieuses et dépassaient la cime des coteaux. Ils avaient vivement intrigué le Trouvère, arrivant par la plaine, lorsqu'il vit apparaître au ras du sol pierreux, leurs panaches feuillus. C'était à l'endroit même où deux cents ans plus tard devait surgir la flèche romane d'un clocher.

Le retour imprévu de Raynold fit sensation parmi la compagnie.

— Eh quoi ! Sire vagabond, dit Madame de Toars, affectant la surprise, aurais-tu découvert par delà mes domaines un sujet de chanson ou matière à broder sur si vaillants exploits que tu veuilles, aussitôt, m'en donner la primeur ? — Voyons ! Quel beau fait d'armes viens-tu nous raconter ?

— Sur la terre de France, vaillantises et prouesses, Madame, sont en chômage, répondit Raynold. Et, nos preux chevaliers en sont réduits pour vivre à se faire jongleurs voire, encore, pillards.

— Nous écouterons donc une histoire de brigands ! fit Aldéarde.

— Pas même, illustre dame ! — Ah ! certes, on entend bien parler un peu partout de ces routiers qui vont par bandes et qui rançonnent l'Aquitaine. Mais ce ne sont là qu'aventures moroses, indignes d'être chantées, de larrons sans génie ; lesquels ne savent point, comme mes frères en jonglerie, plumer l'oie seigneuriale ou la poule vilaine sans la faire crier.

— Enfin qui te ramène sitôt en notre fief ?

— Un message, Madame, de la Duchesse Emma pour votre seigneurie.

— Pardieu ! Gentil Trouvère, elle t'a chargé, je pense, d'un message plaisant ?

— Celui d'une personne, dit Raynold, qui, fort énamourée, songe à s'en aller voir bientôt un galant sire.

— Et qu'exige de nous, en cette conjoncture, l'auguste suzeraine ?

— Bon accueil et bon gîte pour Elle-même et ses gens, à l'aller comme au retour de son prochain voyage au château de Tiffauges.

— Oyez ! dames et seigneurs et, vous aussi, valets ! cria la châtelaine, alertant tout son monde. Oyez l'agréable nouvelle ! Notre altesse ducale, comtesse de Poitou, régente d'Aquitaine, se rendant à Tiffauges, s'arrêtera céans. — Mais, pour quand ce voyage ?

— Après la fête des vendanges, répondit Raynold. Tel est son bon plaisir. Elle se sent, m'a-t-elle dit, transportée à la fois d'un grand tourment d'amour et de la folle envie de boire le vin nouveau de tes crus renommés au sortir même du pressoir.

— Eh bien ! dit Aldéarde, elle sera satisfaite et nos celliers, à pleines cuves, célébreront sa bienvenue. Le vin de cette année, par un chaud mûrissage, coulera dans les coupes, abondant et vermeil comme un sang généreux. Il réjouira le cœur de Madame de Poitiers et il entretiendra l'ardeur de sa flamme, ajouta la perfide, pour Messire de Rézé. Quant à nous, Messeigneurs, tels que des dieux bacchants, nous ornerons nos fronts des pampres de la vigne en l'honneur du vin neuf, doux comme miel et gonflé d'enivrantes vapeurs, dont nous ferons hommage à notre Suzeraine.

Ayant ainsi donné le change sur ses intentions, Madame de Toars, pressée de s'entretenir en secret avec le Trouvère, regagna sa demeure.

***

Tandis que la cour toarsaise s'enthousiasmait à l'idée des fêtes grandioses qui devaient marquer le séjour de la Duchesse en Ayreval, Raynold, silencieux et soumis devant Aldéarde, attendait de son regard, comme un bon chien fidèle, la joie ou la tristesse.

— J'imagine que ton ambassade et cette venue chez moi de Madame de Poitiers sont en étroit rapport avec l'accomplissement de ma vengeance ? lui demanda-t-elle.

— Maîtresse, j'ai réuni les hommes et j'ai décidé du lieu de l'embuscade. Mais ton ennemie disposera d'une escorte nombreuse et j'ai du, par suite, emprunter du secours de toute provenance.

— Que te manque-t-il ? — N'ai-je pas laissé à ta discrétion, en sous d'or et deniers d'argent, la somme suffisante ?

— Elle suffit, dit Raynold. Mais si ma bande est assez forte et assez bien armée pour avoir raison des gens de la Duchesse, elle n'est pas composée, comme le sérail d'un sultan, uniquement d'hommes muets.

— Que veux-tu dire ?

— Ignores-tu la puissance de la maison de Blois et des alliés de la Duchesse ? Ne crains-tu pas, après sa mort, de redoutables représailles ?

— Sans doute, mon cher Raynold, nous devons y parer. Mais, à quel propos, parles-tu d'hommes muets ?

— J'en parle justement, répondit le Trouvère, afin de t'éviter ce posthume danger. Il nous faut agir de telle sorte que mes tueurs à gage ne puissent ensuite rien révéler. Or ces stipendiés sont de sac et de corde.

— Si tes précautions sont bien prises, nul ne pourra me soupçonner, dit Aldéarde.

— Il est plus facile, reprit Raynold, de faire bavarder un routier que sa mule. Mais ceux-ci ne parleront guère si on leur en ôte aussitôt le moyen.

— Explique-toi.

La rougeur monta au front du poète, vraiment peu enclin à de telles besognes. Il s'expliqua cependant :

— L'attentat aura lieu sur des terres où s'exerce ton droit de justice.

— Je comprends, fit Aldéarde.

— Ah ! Ce sont des chenapans, qui ont vingt fois mérité la corde pour les pendre, s'écria Raynold, comme pour s'excuser.

— Nous ferons donc, en ce procès, une double justice, déclara froidement la Vicomtesse.

— Prends bien garde, dit Raynold, car tu auras affaire à de rudes soudards et leur chef, Jambe de loup, mènera le combat comme un vrai sire de l'ost.

— Je partirai, dit Aldéarde, à l'avance de Madame d'Aquitaine avec les meilleurs écuyers de ma garde. Si j'arrive trop tard, hélas ! pour son salut, fit-elle d'un air ironiquement navré, du moins rendrai-je ses agresseurs aussi muets, je le jure, que les affreux truands qu'elle a payés jadis pour me nuire et dont la mer des Atlantes a recueilli les mânes aux grèves de Thallemont.

— Ainsi, soupira Raynold, dans l'effroyable drame où je vais me damner pour toi, un égal forfait te vengera de l'autre.

Elle prit la main du Trouvère. Celui-ci l'attira farouchement contre lui et les yeux enfiévrés :

— Pour ta beauté, maîtresse, pour ton corps adoré, je vais livrer au diable ma part de paradis.

— Nous nous damnerons ensemble, dit-elle, s'abandonnant à son baiser.

Puis se dégageant doucement :

— Ami, retourne d'où tu viens. Le jour de la vendange, d'une rouge vendange ! demain se lèvera. Nous n'avons que le temps de nous y préparer.

Le Guet-Apens

Par un matin de fin septembre, Emma quitta sa capitale, à demi-couchée dans une litière en orme rouge, décorée comme une chapelle. Elle était portée par quatre mules, robustes et grises. Les montants du véhicule, les voussures du toit, le toit lui-même s'adornaient d'images peintes, sculptées dans l'épaisseur du bois : animaux chimériques, figurines angéliques ou démoniaques. Ces sculptures dorées, en bas-reliefs ou rondes-bosses, imitées de celles qui existent aux archivoltes des portails d'église, formaient, avec de riches tentures et un amoncellement de carreaux brodés, un cadre digne de l'imposante et notable matrone.

Les dames sur l'âge, les vieux seigneurs, qui étaient du voyage, avaient adopté le même mode de locomotion. Ils rivalisaient entre eux par l'ornement de leurs basternes.

Cependant la plupart des commensaux de la Cour poitevine : les chevaliers, les écuyers, leurs épouses, damoiselles et damoiseaux, allaient à cheval. Le cortège était magnifique. Et, dans les lacets qui gravissaient les pentes escarpées du Clain, on voyait se dérouler un interminable ruban, ondoyant et bigarré, d'où émergeaient des têtes empanachées, des lances, des oriflammes et des bannières, dais et pavillons. On remarquait surtout la file somptueuse des litières dont les attelages, houssés de pourpre et de lin, étaient menés à la main par des pages. Le train ducal s'achevait enfin par de lourds chariots, tirés chacun par six gros normands, où l'on avait entassé les provisions, les bagages et la valetaille. La suite de la reine Balkis, se rendant dans les états du roi Salomon, n'affichait pas plus de pompe ni d'éclat que celle de Madame d'Aquitaine s'en allant visiter le baron de Tiffauges. Mais, moins heureux en celà que le maître du cantique des cantiques, Jacques de Rais n'était pas promis à l'honneur de jouir d'une telle magnificence.

L'âge mûr et la grande chère avaient amplifié chez la Fille du Tricheur une nature par elle-même puissante. Elle tenait bonne table comme les seigneurs de sa famille et elle avait adouci, par l'abondance des mets recherchés, l'amertume de ses déboires conjugaux. Ses fastes culinaires étaient célèbres dans toute l'Aquitaine et ses officiers de bouche cités parmi les plus habiles.

Un majordome, escorté de trois sergents d'armes, précédait la joyeuse société. Il était chargé de requérir, en cours de route, dans les manses serviles et les châtellenies, le ravitaillement nécessaire. Le convoi, du reste, en cas de disette, transportait dans ses chars de copieuses denrées, car la voyageuse se montrait plus soucieuse, encore, de franche ripaille que de la conquête d'un second mari.

C'était une belle journée de vendanges; comme il s'en produit en Poitou, à l'arrière-saison, avant que le soleil ne se noie dans les brumes automnales. Les plaines mirebalaises, assez dépourvues d'arbres mais déjà bien cultivées, étalaient leurs chaumes roussis et l'or de leurs vignobles à la splendeur d'un ciel sans nuages d'où rayonnaient sur la terre, encore lourde de fruits, la chaleur et la lumière. Sous la surveillance des messiers, les foules paysannes, répandues entre les échalas et les virées de ceps, travaillaient à la cueillette des grappes dont s'emplissaient les hottes puis les cuves.

⁂

Emma s'entretenait avec son nouveau maître queux :

— Baudry, disait-elle, nous devons festoyer dans les bois de Chouppes. Tous les préparatifs sont-ils faits ?...

— Messire Bertrand de Myrebeau, répondit le valet, s'est empressé, Madame, en généreux vassal, d'offrir, pour orner le menu, ses oiseaux de basse-cour, le gibier de ses parcs, les carpes de ses étangs, les fruits de ses vergers et le vin de ses caves. Depuis hier, à la vesprée, les cheminées de ses cuisines enfument l'air sans arrêt. Elles répandent sur la campagne les effluves appétissants de tant de rôtis, de chairs grillées, de poissons frits, proprement accommodés de sauces, d'herbes aromatiques et des quatre épices que tous les manants du canton en reniflent d'aise et d'envie. On a exhumé, Madame, des fosses basses du château, des cruches vénérables aux panses rebondies. Elles sont pleines d'un vin rosé, bouqueté d'oliban, de cannelle et d'anis. Enfin de votre ville nous avons emporté du miel de printemps, des galettes et des fouaces.

Il y avait là de quoi échauffer la gourmandise de quelqu'un moins porté sur la bouche qu'Emma.

— Ce soir nous dînerons, dit-elle, chez la Vicomtesse de Toars. Et, nous n'aurons point, je suppose, à pourvoir aux agréments de la table.

— Certainement pas, Madame, répondit le hasteur, tout à fait convaincu, du reste, à cet égard.

C'était, en effet, un ami de Raynold qu'il avait introduit auprès d'elle afin de servir ses plans.

A ce moment un jeune seigneur, se détachant d'un groupe de cavaliers, s'approcha et dit :

— Ce plat pays que nous traversons, madame la Duchesse, est d'une monotonie désespérante.

Emma, s'adressant aussitôt à la jeunesse impatiente qui marquait le pas à ses côtés, s'écria :

— Pardieu ! Messires, en ces campagnes que la moisson a dénudées, vous avez toute licence. Faites courir vos palefrois et entraînez aussi les haquenées de vos dames en vue de nos chasses prochaines au pays taïfale.

On vit alors, dans toutes les directions, de folles échappées, si bien que la Duchesse se trouvait seule, le plus souvent, avec les barbons et les douairières.

***

Le soleil atteignait le sommet de sa courbe, lorsque débuta le festin dans une clairière des bois de Chouppes. Le châtelain de Myrebeau, qui s'en était fait l'ordonnateur et le fournisseur, avait envoyé des bûcherons pour défricher la place. On avait coupé les hautes herbes et soigneusement arraché les ronces. De sorte que les convives purent s'installer à l'ombre de la forêt sur un tapis de frais gazon, matelassé de mousse.

Des villageoises s'approchèrent avec des corbeillons, tressés de leurs mains. Ils étaient garnis de raisins, de pommes et de pêches. On tira des panetières, portées à dos d'esclaves, des pains longs d'une brasse, de vingt livres pesant et des miches rondes du même poids.

Puis ce fut, comme toujours, une débauche de viandes. Quand on les présenta sur de grands plats en bois de chêne, chacun prit sa geline, son coq ou son faisan et y mordit à belles dents. Au coutel à défaire, on se tailla de larges parts dans les quartiers de venaison, dans les rôtis d'oie, de dindons et d'outardes. On mangea des hérons, des grues, des cygnes, des paons, des fritures de gardons et des carpes farcies ; des anguilles grillées comme aussi des couleuvres. On croqua par douzaines, sans en perdre une miette, y compris la carcasse, des alouettes gauloises, bardées de lard en fines tranches, croustillantes, dorées à la flamme et servies sur des rondelles de pain frit. Le tout fut arrosé de vins gris des coteaux, dotés par la vieillesse et la décantation d'un parfum de framboise et d'une couleur de pelure d'oignon.

Malgré l'étonnante douceur de la température en ce départ de l'été, le fond de l'air gardait une certaine fraîcheur, l'appétit de nos gens s'en trouvait excité autant que par la course du matin.

On déposa sur l'herbe, après les rôtisseries, des vases remplis de crèmes, des fromages séchés et des galettes de sarrasin. Puis des vignerons, amenés par Baudry, offrirent des vins aromatisés, contenus en des pots faits de glaise d'Ourly. Il y eut, surtout, arrivant d'Ayreval, en don gracieux de Madame Aldéarde, deux outres pleines d'un jus liquoreux de raisin, additionné de miel, comme les vins de Myrebeau, mais dosé plus encore d'épices et de piment que la Duchesse Emma déclara délectable.

Très rouge, animée et très gaie, elle donnait le ton à toute la compagnie et savourait mieux que personne la qualité des mets et le piquant de la boisson.

Sur ces entrefaites, le Trouvère parut.

*
**

Tel le démon secret d'un drame menaçant, il se montrait ou disparaissait, au gré de l'intrigue, tirant, l'un après l'autre, les fils qui devaient amener le dénouement fatal.

Après son retour à Poitiers et avoir exprimé à la Duchesse la joie manifestée par Madame de Toars à l'annonce de sa visite, il était reparti sous le prétexte, disait-il, de régler l'ordre des plaisirs.

Il rejoignit, en réalité, les jongleurs et Jambe de loup afin que, de ce côté, l'action se déclenchât dans le moment voulu. D'autre part, ses émissaires tenaient Aldéarde au courant.

Il revenait, à présent, vers Emma comme le sacrificateur qui se saisit de sa victime ou comme le bourreau qui prend possession du condamné.

Cependant, la confiante Duchesse ne voyait en lui que son amuseur obligé.

— Mes agneaux ! cria-t-elle à ses compagnons de réjouissance, car le vin la rendait familière et joviale, il nous faut, après boire, de la danse et des chants. Or, notre sire baladin — qui se prétend sorti, je ne sais trop comment, de mes chars à bagages — survient fort à propos pour nous complaire sur ce point. Adonc, ami Raynold, accorde ton rebec et, pour terminer le festin, régale-nous de tes chansons.

— Mélusine ! Mélusine ! répétèrent en chœur les festoyants, unanimes à réclamer la romance la plus connue du Trouvère.

— Choisis la plus ébaudissante ! reprit la Poitevine, et mêles-y, compère, comme le poivron rouge en ce jus de la vigne, des couplets égrillards, à la mode gauloise, remplis de paillardises !

Et, la grosse luronne, sans se soucier, d'ailleurs, en cet accès lubrique, des pucelles présentes, s'en trémoussait d'aise à l'avance.

Mais Raynold coupa court à ce débordement d'allégresse :

— Noble Dame et Seigneurs, fit-il gravement, ce n'est plus l'heure, en vérité, après le réconfort de ce repas champêtre de s'attarder encore parmi ces bois moroses... Sachez donc plutôt que Madame Aldéarde, avant le dîner fastueux de ce soir — dont mille serviteurs concourent aux apprêts — organise, comme entremets, dans les bosquets fleuris de sa villa d'Idraïcus, une cour d'amour. Déjà sont rassemblés pour ce jeu et ces ris, troubadours, jongleurs, musiciens et danseurs. Maints divertissements avec eux vous attendent. Ajouterais-je aussi que l'illustre abbaye d'Ension est sur votre passage et que l'on y compose, avec les herbes recueillies sur les bords d'une source dénommée, à bon droit, la « Divine », un savant élixir auprès duquel l'hydromel et le nectar ne sont que de pâles boissons sans arôme et sans goût. Le saint abbé Arnoul vous espère, Madame, pour vous rendre humblement ses devoirs de vassal et vous faire l'hommage de la chaude liqueur aux reflets d'émeraude.

Il n'en fallut pas davantage pour que la compagnie aussitôt se leva avec des cris d'enthousiasme. Chacun courut à sa monture, sauf Emma qui, déjà vacillante, se fit porter à sa litière. Puis l'on se mit en marche vers tant de joies promises.

***

La petite rivière issue de la Divine, dont elle gardait le nom, fut traversée à gué au village des marnes. Or, malgré l'attrait exercé sur les familiers de la Duchesse par la champorée (1) de Messire Arnoul, de galants chevaliers reprirent avec les dames leurs courses buissonnières. Seuls, quelques francs buveurs et les voyageurs en litière se retrouvèrent à l'abbaye. Toute une cavalerie amoureuse s'était égaillée sur les bords de la rivière entre les aulnes, les mélèzes et les poulpes. Les charretiers du convoi, les soldats, la valetaille musaient

---

(1) liqueur obtenue par des mélanges, on dit aujourd'hui : champoreau.

dans les courtils et goûtaient la vinée. De sorte que, en ce péril mortel, la Duchesse avait perdu le meilleur de son escorte. Mais là ne résidait pas pour elle le plus grave danger.

Les bons Pères ouvrirent toutes grandes à la régente d'Aquitaine et à sa suite, ou du moins à ce qu'il en restait, les portes de leur monastère. Dans la cour des cloîtres, les vilains du domaine abbatial formaient la haie. Des chœurs de gouges, aux fraîches mines, et de gars de labour chantèrent en son honneur un cantique de fête. Puis l'Abbé, s'avançant en tête des chanoines, lui offrit d'admirer sa basilique.

C'était une longue bâtisse en torchis, ayant forme de croix, dont la couverture en tuiles à rebord constituait le seul luxe. Usant de ses prérogatives et n'étant point, d'ailleurs, en état de mieux faire, Madame de Poitiers pénétra dans l'église en litière.

Mais elle ne put franchir de même la porte basse du réfectoire où, sur la table recouverte d'un fin doublier, le précieux liquide attendait les visiteurs en des jarres d'argile cuite, tournées d'un pouce habile par le moine potier. C'est pourquoi quatre frères servants et le fidèle maître queux prirent, avec respect, dans leurs bras, la régente et la placèrent sur le trône érigé à son intention.

Raynold n'avait en rien exagéré les mérites du breuvage. La champorée vous pénétrait comme une flamme merveilleuse. On la but en des cornes de bœuf cerclées de métal doré et de contenance profonde. Mais de tels vases manquent d'assise et l'on devait pour les poser, en absorber le contenu. Il en résulta des paris que l'on tint, à diverses reprises, en vidant les cornes d'un trait. Insidieusement stimulée par Baudry dont la poigne robuste assurait son maintien, Emma gagna tous les paris et, superbement, se saoula de « champorée » avec délices.

Ivre et d'autant plus généreuse, elle laissa derrière elle une aumône princière. Ce qui lui valut les bénédictions du couvent. Le bon abbé, pourtant, quand il la vit partir, à tel point en ribote, en demeura contrit. Il se reprochait amèrement d'avoir suivi le conseil astucieux du Trouvère, de mettre en belle humeur Madame d'Aquitaine pour lui faire délier les cordons de sa bourse.

Or, le mal était accompli. Elle s'éloigna vers Idraïcus le cœur en liesse, mais ayant, hélas ! égaré son bon sens en même temps que son escorte.

D'ailleurs, elle n'était pas la seule. Les barbons et les douairières, la corne pleine en mains, lui avaient fait raison... Et tout ce noble monde, mollement balancé au pas tranquille des mulets, s'en allait en chantant. Les vénérables preux, comme de simples soudards, hurlaient, à tue-tête, des horreurs sans nom qui eussent scandalisé leurs voisines de basternes, si elles avaient encore pu l'être.

⁂

Le domaine d'Idraïcus ne comprenait alors que deux ou trois habitations rustiques. Un logis seigneurial était en projet. On avait, en attendant, défriché les marécages et planté sur le sol ameubli de nombreux bosquets. Venues à maturité et en plein épanouissement ces charmilles, coupées d'avenues, offraient des rendez-vous ombreux et de discrètes promenades.

Les acteurs du programme établi par Raynold étaient groupés dans un rond-point : ménestrels de vielle ou de flûte champêtre, acrobates, jongleurs et jongleresses. Il y avait, en outre, beaucoup de baladins dont le costume et la tenue n'indiquaient aucun emploi précis.

Mais celui qui aurait assisté à l'entrevue de Raynold avec les hôtes de la cabane poitevine, eut facilement reconnu sous les chaperons neufs aux bords dentelés, leur recouvrant la tête et les épaules, les chenapans qui se disputaient si âprement aux dés.

Bien que le Trouvère se fut encore absenté pendant la visite à l'abbaye, il ne tarda pas à rejoindre la Duchesse et dirigea sa marche vers Idraïcus.

Dès qu'elle parut, les jongleurs et les filles poussèrent de bruyantes clameurs. Puis toute la troupe s'efforça par des danses, des chants et par les tours les plus divertissants, d'amuser l'arrivante.

Dans l'état d'ébriété où elle se trouvait, elle ne tarda pas à faire chorus à ces manifestations tapageuses.

On l'installa dans une vaste cathèdre faite de branchages entrelacés et garnie de feuillages. Ainsi solidement calée en ce siège forestier, son épaisse chevelure rousse en désordre et telle qu'un gros oiseau ébouriffé dans la ramure, elle présida les débuts d'une cour d'amour qui devint bientôt l'occasion de bacchanales effrénées.

⁂

Elle-même en donna le signal.

— Compères et commères ! cria-t-elle avec un rire de ménade, vos hurlements de joie me semblent altérants et, rien qu'à les entendre, j'en ai soif pour vous. Aussi bien par les noces d'Ariane et de Bacchus, avant de célébrer l'amour, je veux goûter ici le vin d'Idraïcus !

Puis s'adressant à Raynold :

— Ohé ! Sire baladin ! où donc s'est placée, pour jouir du spectacle, ma commère Aldéarde ? Je ne l'aperçois point parmi tous ces ribauds !

— Votre Seigneurie est en avance sur elle, répondit le Trouvère. Mais qu'à celà ne tienne, car elle envoie devant de rondes messagères...

Effectivement, roulées par des sommeliers sur le sable fin de l'allée centrale, arrivait une file de barriques ventrues.

En un tournemain, elles furent dressées en demicercle à la lisière du rond-point et non moins prestement défoncées. Pour cette foule assoiffée, c'était comme si, par l'orifice de chaque futaille, dont le blond liquide s'irisait à la lumière du jour, se fut ouvert un océan de délices.

⁂

La bacchanale, dès lors, au son des vielles et des pipeaux, se déchaîna sans retenue.

Une coupe fumeuse de vin cuit, préparée avec soin par Baudry et la plus capiteuse de toutes, vu le mélange inusité de girofle, de piment, de muscade et de gingembre qu'elle contenait, fut offerte à laRégente. Elle l'engouffra d'une lampée !

Un moment, l'œil fixe et hagard, elle resta droite. Puis, sous l'effet de l'assommoir, elle retomba dans la cathèdre ivre-morte.

Raynold alors se tourna vers Hatto. L'ex-montreur d'ours fit un geste bref et les routiers de Jambe de loup se mêlèrent aux danses d'amour. A la vue de leurs armes, les belles jongleresses poussèrent des cris d'effroi et s'enfuirent sous les charmilles tandis que le Flamand se jetait sur Emma.

Etalée comme une faunesse et la tête noyée dans les vapeurs du vin, la Fille du Tricheur crut à un geste lubrique. Affolée de luxure, elle attirait déjà dans ses bras le colosse, lorsque la pointe d'un couteau la réveilla terriblement.

Brusquement dégrisée, elle rejeta d'un coup de poing, lancé en pleine face, le chef des routiers. Et la vigoureuse descendante d'une rude lignée de batailleurs se dressa, le regard allumé de fureur.

L'agresseur n'en voulait guère à sa vertu dont, au surplus, elle faisait bon marché mais à sa vie. Elle regarda autour d'elle. Raynold et le fidèle Baudry n'étaient plus là. Deux valets, frappés à mort, étaient tombés. En présence de l'affolement des autres, elle se vit seule. Elle sentait sa poitrine inondée du sang chaud qui s'échappait de sa blessure. Elle chercha son poignard. On l'avait désarmée.

Surpris, d'abord, par la riposte, le Flamand se rua de nouveau.

Elle le prit à la gorge dans un étau d'acier, griffa l'homme et de ses dents, tranchantes comme celles d'une louve, le mordit. Elle en aurait eu raison, si la bande entière ne l'avait assaillie.

Or, comme Aldéarde à Thallemont, elle succomba sous le nombre, mais victime, hélas ! d'une vengeance homicide.

***

La haquenée d'Aldéarde renâclait sur le sable devant la flaque de sang frais où gisait la Régente... Elle venait d'expirer après un dernier râle, qui fut un cri de rage.

Contemplant, à ses pieds, son ennemie vaincue, la fière Vicomtesse fut enfin délivrée d'une immense obsession.

Rassurés par sa présence, les barbons et les douairières, le visage encore hébété par l'ivresse, se risquèrent hors des bosquets où ils s'étaient réfugiés. Quand ils furent réunis autour de la morte, Aldéarde, s'étant mise à genoux, ainsi qu'on le devait entre seigneurs féodaux, ferma pieusement les yeux de la Suzeraine. Puis elle se releva et, le front courroucé, le verbe haut, elle entreprit sa tâche de justice.

Les routiers, après leur mauvais coup, avaient couru à leurs chevaux pour s'enfuir. Mais ils ne trouvèrent à leur place qu'un cadavre : celui du compagnon qui les gardait. Raynold avait tout paré, tout prévu. Sans avoir le temps de se reconnaître, ils furent cernés par les gardes toarsais, aux montures bardées de fer et l'arme d'hast en mains. On ne leur fit aucun quartier. Ceux que le fer n'occit pas furent pendus aux charmilles.

Jambe de loup résista le dernier. Adossé contre un hêtre, il s'était ménagé un rempart de barriques. Il les poussait du pied aux jambes des chevaux et de sa longue épée, qu'il maniait à deux mains, écartait le fer des lances. Mais son bastion feuillu bientôt fut sa potence, car un acrobate, envoyé par Raynold et gagnant d'arbre en arbre ainsi qu'un chat sauvage, l'accrocha par le col, en un lacet de chanvre, à la plus haute branche.

***

Dans l'une des maisons de la villa d'Idraïcus où la noblesse poitevine, vite accourue, se lamentait sur le sort infortuné de la Duchesse, Madame de Toars, debout à son chevet, apparaissait à tous comme la personnification du Châtiment confondant le Crime.

Et, si l'on pleurait la défunte, on allait ensuite s'incliner respectueusement devant la Justicière !

Où Raynold reçoit le Prix de la Vengeance

On fit à Emma de Blois, régente d'Aquitaine, de magnifiques funérailles. La famille ducale y révéla toute l'étendue de sa puissance par la foule innombrable de feudataires, de vassaux, de parents et d'alliés qui s'y rendit des confins de la Bretagne et de l'Anjou jusqu'aux marches ibériques, en y comprenant la meilleure noblesse d'Auvergne, de Bourgogne et de Gascogne. Le jeune Duc Guilhem V se fit remarquer par les qualités précoces qui lui valurent, plus tard, d'être surnommé le Grand. La Vicomtesse de Toars s'y montra dans un faste impressionnant comparable à celui des plus riches seigneurs du royaume de France. Et nul ne devina le drame obscur dont cette mort avait été le dénouement tragique.

Seul Raynold était poursuivi par le remords. Comme après la mort de Flippo, la vie nomade, où il se plaisait, lui offrit un refuge à ses peines. Il ne conserva avec lui que quelques jongleurs, ses vrais amis, s'étant séparé des autres, après les avoir grassement payés.

Il eut voulu s'affranchir de son fatal amour et même, par pénitence, se consacrer à Dieu dans les plus humbles besognes d'un monastère. Il s'en fallut de peu qu'il n'abandonna ses compagnons et ne se rendit au couvent de Saint Maxentius pour tout avouer au Fièrabras, sous le sceau de la confession, en lui demandant de partager sa retraite.

Au cours de l'une de ces journées errantes, assis sur le bord d'un talus, il fit part de ce projet à Anick et à Hatto.

— Frère, lui dit avec philosophie l'ancien montreur d'ours, dans notre condition, nous sommes le jouet des maîtres de ce monde. Le serf, devenu soldat, pille et massacre d'une âme tranquille, sur l'ordre de son Seigneur. Pourquoi prendre souci d'événements où nous n'intervenons que par la loi inexorable du destin ?

— Je n'ai perpétré, il est vrai, ce crime de lèse-majesté seigneuriale que pour le bon plaisir d'une autre dame suzeraine, répondit Raynold, acceptant en partie l'excuse qu'on lui proposait. J'ai cédé à son pouvoir, sans doute... mais aussi, hélas ! à ses charmes. Et celà, cher Hatto, est un péché mortel. Nulle pénitence ne sera trop sévère pour m'en absoudre.

— Frère, fit à son tour le harpeur breton, nous t'avons assisté car tu es notre chef. Mais tu portes sur toi, comme la dame de Toars, tout le poids de notre péché. Or, nous laisseras-tu seuls, exposés, peut-être, aux pires représailles, quand cette illustre protectrice est prête à t'accueillir et nous-mêmes avec toi ?...

Ebranlé par ce raisonnement, le Trouvère décida, pour le moins, de ne pas quitter ses amis. Il reprit ses chansons et, grâce à elles, le goût de l'existence.

Insinuante d'abord, puis violente et brutale, la passion d'amour que, depuis tant d'années, il nourrissait pour Aldéarde, le ressaisit. De plus, il éprouvait, comme tous les grands coupables, le besoin de s'épancher et d'évoquer, avec son amie, cette journée d'Idraïcus dont il ne pouvait distraire sa pensée. Aussi, ce fut vers Madame de Toars et non point vers le prêtre Guilhem qu'en fin de compte il dirigea ses pas.

⁂

Un soir, il remonta le raidillon de la colline du Toué, ainsi que jadis en compagnie de Meynard le colporteur. Dans l'étroite vallée, que dominait la citadelle, les feux obliques du couchant illustraient de splendeur les teintes d'or, de cuivre, de cendre et de rubis, dont, à l'automne, se revêt la nature avant que d'être dépouillée et mise à nu, feuille à feuille, par la bise ou le noroît.

Aldéarde, en rentrant de la chasse, aperçut, dans la cour du manoir, le Trouvère et ses amis, modestement rangés sur son passage. Elle n'en sembla point autrement surprise.

— Bonjour Raynold ! cria-t-elle joyeuse, en allant vers lui les mains tendues.

Puis elle ajouta plus bas quand ils se furent rejoints :

— Comme tu as tardé ! J'étais pourtant anxieuse de te revoir et de causer longuement avec toi.

Ainsi les deux complices éprouvaient l'un et l'autre un égal besoin de confidences.

— La muette chanson, qui captive mon cœur, telle que le chant d'une sirène, m'a ramené vers toi, répondit Trouvère.

D'instinct, ils s'étaient isolés. Ils traversèrent la grande salle du donjon. Elle menait à la chambre de parade ; celle de leur première entrevue. Aldéarde s'arrêta sur le seuil.

— Impatiemment, je t'attendais, fit-elle, avec une moue de reproche... N'as-tu donc rien à me demander ?...

Il leva les yeux vers la châtelaine. La course faite au grand air, en avivant son teint, mettait du fard à sa beauté. Elle n'en était que plus ardemment désirable et elle s'offrait à lui...

Mais, comme un croyant, s'il découvrait enfin le paradis rêvé, resterait en extase, Raynold, au comble de ses vœux, demeurait interdit.

— Allons, viens, cœur tremblant, dit la Vicomtesse, en le précédant dans la chambre solitaire.

A genoux, maintenant, devant son amie, il tenait étroitement embrassées ses jambes longues et belles de Diane chasseresse que rejoignait sa chevelure.

— Je m'étais juré, disait-elle, tant que cette honte pèserait sur moi, de n'appartenir à aucun homme. Puisque tu as lavé l'offense de ma chair, prends d'elle, O mon Raynold, le grand bonheur promis !

Et se livrant à ses caresses, elle le grisa de volupté.

Les familiers du château, durant cette soirée, n'en revirent point la dame. Elle s'excusa, prétextant la fatigue, de ne pas assister au repas de la chasse.

Le Châtelier

L'hiver s'écoula paisible dans la douce intimité des amants. Le gel et les frimas de la rude Gâtine les tinrent rapprochés des hautes cheminées du château où le tronc noueux d'un orme centenaire entretenait le feu durant une semaine. Puis, le printemps, ramenant la feuillée, peupla les vallons du Bocage de mystère et de chants d'oiseaux.

La fortune de Raynold auprès d'Aldéarde d'Aunay, Vicomtesse de Toars, avait été constante. Elle l'avait porté du rôle d'amuseur et de simple confident, au cours de leur première rencontre, à celui d'intendant, pour en devenir, O faveur suprême, le mari secret.

Cependant, au milieu de leurs plus agréables abandons, lui apparaissait, telle qu'un spectre, l'image d'Emma gisant dans les bosquets d'Idraïcus.

Ce souvenir et quelques autres étaient entre eux des motifs de discussion.

— Le Flamand a tué cette femme comme une bête forcée au détour d'un hallier, soupirait tristement Raynold... Pourtant elle était jeune encore et de naissance illustre. Souriant à la vie, elle allait épouser un seigneur de son choix.

— Ce fut une chance de ma destinée, répliquait Aldéarde, que je ne sois pas morte de honte et de douleur, immolée à sa haine par des brutes immondes. Chasse, ami, ces pensées. L'oubli convient aux morts. Le plaisir des vivants se rit des vains fantômes et des regrets moroses.

— Ce plaisir si charmant, dit une fois Raynold, après une nuit enivrante, n'est hélas ! que le prix du sang !

— Ah ! s'écria la Vicomtesse avec humeur, combien de chevaliers, de fiers paladins en ont fait davantage pour des femmes moins belles et moins nobles que moi ! N'est-ce point le devoir d'un amant de venger l'honneur de sa dame ?...

— Pardon de cette offense ! O divine maîtresse ! dit alors Raynold. Mais je ne suis qu'un chansonnier. Et je n'étais point fait, je ne le vois que trop, pour le jeu cruel des armes.

— Il ne fallait donc pas vouloir conquérir, O timide rêveur, une fille de vaillante lignée. Va-t'en de ma maison, si ton âme inquiète se sent, auprès de moi, bourrelée de remords !

— Oh ! Ne me chasse pas de ta chère présence, implora le poète, car j'en éprouverais la peine d'un damné, qui, partageant le lit radieux d'une déesse, aurait été jeté, soudain, dans la géhenne !

— Soit, fit la châtelaine apaisée, mais épargne-moi, je t'en prie, ces lamentations ridicules !

Raynold promit tout ce qu'elle voulut et fut pardonné. D'autant plus aisément, à vrai dire, qu'Aldéarde, en dépit d'une certaine violence de caractère, se plaisait infiniment aux délicates attentions du Trouvère.

Un matin de mai que les parfums de l'aubépine montaient de la nature en fleurs, jusqu'à la plateforme du donjon où Raynold et Madame de Toars, fidèles à ce lieu de rendez-vous, goûtaient la douceur du temps, il lui demanda :

— Voudrais-tu, gente amie, me faire une grande joie ?

— Laquelle, mon Raynold ?

— Celle de nous rendre ensemble, après la chute du jour, au luc de Prigilia, dans le vieux châtelier...

Là, je saurai vraiment que ton cœur m'appartient, si tu te donnes à moi, dans ce sanctuaire d'amour où je fus le témoin, jadis, d'autres déduits !

Aldéarde se récria :

— Me reprocherais-tu ce moment de ma vie, qui marqua les débuts de notre amitié ?

— Non, sans doute, ma mie. Mais ton consentement à satisfaire ce désir me rachèterait vis-à-vis de moi-même de t'avoir, en ce lieu, servi pour un rival.

— Tu étais alors un tout jeune homme ! Raynold. Et quelle rage, au surplus, te possède de vouloir constamment réveiller entre nous le souvenir de ceux dont le cloître ou la mort nous ont à jamais séparés ?

— Serais-tu sujette au remords, toi-même, répartit le Trouvère, pour me refuser ce bonheur ?

Elle haussa les épaules :

— Or, ne t'ai-je point dit qu'une personne de mon rang ne s'embarasse pas de pareils soucis ?

— Eh bien ! dis-moi que tu acceptes !

— Plus tard !

— Non, ce soir, ma mie... crains-tu qu'en sa cellule Guilhem Fièrabras n'en sache la nouvelle ?

— Mais, enfin, pourquoi cette profanation ? fit la châtelaine, découvrant ainsi le fond de sa pensée.

— Profanation ! dis-tu, s'écria le jongleur. Mais, n'ai-je pas pour toi, en profanant mon art, bafoué l'honnêteté comme toute piété ?... Et, mieux qu'un paladin, auquel on ne demande, en somme, que vaillance, n'ai-je pas soudoyé, trahi, rusé, menti assez pour mériter d'avoir cette revanche ?...

Puis, après un moment, il reprit :

— C'est la jeune saison et la nuit sera belle. Consens à mon désir. Dans cet asile solitaire, suspendu tel qu'un nid de vautour entre le ciel et la forêt, Aldéarde tu seras mienne; affranchie, cette fois, entièrement du passé. Et, je composerai pour te plaire, O ma mie, sur de vieux airs gaulois, un chant nouveau d'amour !

***

Comme quinze ans plus tôt la lune, réfléchie par la fontaine du bois sacré, baignait de sa pâle lumière la façade rongée de lierre et de lichen de l'ancien poste gallo-romain des Ambilâtres auxiliaires.

Les gardes, qui avaient accompagné Madame de Toars, veillaient à quelque distance, jouant sans bruit à la morra auprès de leurs chevaux.

D'ailleurs, l'endroit était désert et les amoureux n'avaient aucun ennemi à redouter.

La noble suzeraine, soumise à son amant et simplement femme à cette heure, accueillait, sans réserve, les caressantes privautés de cet être d'élection, comme Dieu en a mis sur la terre pour consoler ses créatures féminines de l'égoïsme des autres mâles.

Ils se tenaient sur le seuil de la chambre haute du gardoir, à laquelle on accédait, nous l'avons dit, par un escalier construit dans la maçonnerie. A leurs pieds, la « Blanche » étalait sa nappe d'argent dans le cadre sombre des bois. Au-dessus, l'infini, rayonnant de clartés, révélait, à leurs yeux, des mondes inconnus.

Sans quitter son amie, Raynold prit sa viole et, s'accompagnant d'une main sur les cordes, il se mit à chanter :

Aldéarde ! en ce châtelier,
Près du lac où le disque entier
De la lune amoureuse plonge,
Tout concourt à notre déduit,
Le lieu, le mystère et la nuit
Comme en un beau songe.

***

L'astre nocturne est si brillant
Que les ombres au firmament
Se dispersent sur son passage.
Ainsi, chassant les noirs soucis,
Son cours rassure nos esprits
Par un bon présage.

***

Je ne suis point, tel qu'un Normand,
Poussé par rames et par vent,
Venu d'une rive lointaine,
Donner l'attaque à ton coteau
Afin d'en prendre le château
Et la châtelaine.

Bien loin de t'imposer ma loi,
Je n'étais, maîtresse, pour toi
Qu'un grillon dans ta maisonnée.
Humble chanteur au cœur épris
D'une passion d'un noble prix
Mais, irraisonnée.

⁂

Immobile et plein de secrets,
Le bois aligne ses bosquets,
Véritable armée du silence.
Il pourrait te dire pourtant
Que j'y venais pleurer souvent
De désespérance.

⁂

Or, aujourd'hui, sont mes tourments,
Plus légers que les flocons blancs
Dont, par endroits, l'azur se tache,
Tandis qu'entre eux de gais soleils,
Joyaux miroitants et vermeils,
Jouent à cache-cache !

⁂

Ainsi vont les jeux de l'Amour,
Qui s'offre et nous fuit tour à tour,
Incertain comme les chimères.
Et puisque, amie, il doit finir,
Cueillons, toutes, de ce plaisir,
Les fleurs éphémères.

La Corneaude

Madame de Toars et son chansonnier s'installèrent, pour la saison d'été, en Ayreval sur le Toué.

La paisible rivière, descendue lentement des hauteurs de Gâtine, trouvait là une vallée élargie où se terminaient, sur sa rive occidentale, les terres froides du Bocage, tandis qu'elle bordait, à l'orient, les assises calcaires de coteaux vallonnés, riches en vignes et céréales.

Ainsi s'expliquait l'origine du nom de ce lieu-dit que les gallo-romains appelaient « Vallée d'or » pour ses magnifiques moissons. D'« aurea vallis », en latin, l'usage, en français, avait fait Ayreval.

Les amours du Trouvère et de la châtelaine devaient porter leur fruit. Quand arriva la canicule, elle était grosse de sept mois des œuvres de son amant. Et, bien que les mœurs fussent alors très libres chez les grands seigneurs, Aldéarde dissimulait sa taille arrondie sous de flottantes tuniques.

Cet espoir de maternité n'avait en rien modifié ses habitudes. Elle continua de chevaucher, de courre le cerf, de se baigner dans le Toué, ou, par les fortes chaleurs, dans les eaux vives de la source située au pied de la villa.

Cette source, remarquable par sa limpidité, possédait de nombreuses vertus. On lui prêtait surtout le don de faciliter les naissances. Les paysannes y trempaient leurs flancs distendus à l'approche de la délivrance. L'action bienfaisante de la fontaine, en amollissant leur chair, leur rendait, ensuite, moins pénibles les douleurs de l'accouchement. Il était même advenu que, déjà parturientes après cette immersion, elles allassent déposer dans les saulaies voisines leur vagissante progéniture.

Il fallait cependant ne se livrer qu'avec prudence à ce bain salutaire et ne pas s'aventurer trop loin du bord. On risquait autrement d'être englouti dans le vaste entonnoir où venait sourdre, à gros bouillons, l'onde issue des profondeurs du bassin.

Au soir d'une journée torride, en l'absence de Raynold, parti muser dans les villages, Aldéarde abandonna la chasse et rentra seule à la villa. Elle descendit de cheval auprès de la fontaine, attacha son coursier au tronc d'un peuplier et défit ses chaussures. Puis, sans quitter la soie légère qui la couvrait, elle pénétra dans les eaux claires.

Quand elle y fut jusqu'à mi-jambe, elle s'arrêta pour se désaltérer. De ses deux mains, en conque, elle puisa la fraîche boisson. Et, sans troubler, en y buvant, le pur cristal de la fontaine, elle voyait transparaître, sur le sable très fin, ses pieds délicats, affranchis de la meurtrissure des brodequins de chasse.

Elle avançait tout en se jouant parmi les fleurs aquatiles et les quenouilles de roseaux. Elle songeait à son bel ami et au jeune être, conçu de lui, qu'elle allait bientôt mettre au monde.

L'eau, montant jusqu'à sa ceinture, glissait, comme une enveloppante et souple caresse, sur ses hanches gonflées où elle sentait remuer l'enfant. Elle vit alors un blanc nymphéa...

La fleur merveilleuse émergeait à côté de ses feuilles, posées sur l'onde lisse comme autant de barquettes vertes. Une envie de femme grosse la prit. Elle voulut atteindre le beau lys d'eau. Il avoisinait le remous. Elle tendit la main, fit un pas, se pencha et satisfit sa convoitise... Puis, brusquement, le fond céda, se déroba, l'entraîna. Ne trouvant rien où se retenir, elle tomba dans le gouffre... Saisie par un froid glacial, elle poussa un grand cri. Mais la rive était solitaire. Personne ne l'entendit.

Bonne nageuse, elle remonta à la surface. Quelques brasses allaient la sauver. Or, voici que ses muscles, contractés par le froid, lui refusent en partie leurs services.

Son état l'alourdit. Elle roule et se débat dans le vert tourbillon où ses cheveux s'emmêlent aux pédoncules des fleurs d'eau. Ses membres s'engourdissent et elle va succomber...

C'est à ce moment, rapporte la légende, qu'une génisse se montra !

Une vraie corneaude à en juger par l'envergure de sa tête fourchue. Rousse et le mufle dressé, la bête hume l'air, puis s'engage, massive, dans le flot qui l'assiège. Mais, dominant le tourbillon, elle traverse le gouffre et présente, au passage, ses cornes à l'infortunée, qui s'y accroche désespérément.

Quelques secondes après, Aldéarde d'Aunay, sauvée par la vache rousse, gisait, évanouie et telle qu'un paquet d'herbes ruisselantes, sur les pelouses de la rive.

Une serve, qui s'en venait laver du linge dans le val, la découvrit. Aux appels qu'elle lança d'autres serviteurs accoururent. On ranima la châtelaine. Quand elle eut repris ses sens, on rechercha, sur son désir, la miraculeuse génisse. Mais la corneaude fut introuvable.

⁂

Raynold passa la nuit à veiller sa maîtresse, agitée de frissons. On fut sur le point de faire défiler, comme autrefois, à son chevet la discordante théorie des sorciers et des meiges. Par bonheur, le lendemain, la fièvre se calma. En revanche, se manifestèrent les premiers symptômes d'un enfantement prématuré.

On établit aussitôt le vide autour de Madame de Toars. Elle ne garda auprès d'elle que sa vieille nourrice et le Trouvère alla quérir une discrète matrone, préposée dans le *pagus* aux accouchements clandestins.

Aldéarde donna la vie à un garçon. Cette naissance, avant terme, attribuée par les amants aux effets de la source, n'eut évidemment d'autre cause que les efforts accomplis par la châtelaine pour échapper à la noyade.

Quoiqu'il en soit, l'enfant naquit viable et comme il ne pouvait prendre ni le nom de son père ni celui de la Vicomtesse, la fontaine, dont il était, avec sa mère, sauvé, lui fournit le sien. Elle était réputée, de très vieille date, comme « fons salubris ». On inscrivit donc le poupard au registre du prieuré sous le patronyme local d'Hildegard de Saine Fontaine.

A peine relevée de ses couches, Aldéarde entreprit de nouvelles recherches pour retrouver la vache rousse. Elles demeurèrent aussi vaines que les premières.

On avait conduit, ce jour-là, le troupeau d'Ayreval dans les prairies du bord du Toué et aucun ruminant n'avait quitté le pâturage.

Aldéarde et Raynold virent dans cet événement l'intervention du ciel. Comme Adam et Eve, après leur faute, ils connurent que le doigt de Dieu était sur eux. Leur amour illicite leur en parut d'autant plus criminel dans son principe. Et, sans se l'avouer, ils en ressentirent, l'un et l'autre, un grand trouble.

Repentir

On approchait de l'an mille. D'effrayantes rumeurs couraient parmi le peuple. On avait vu des signes dans le ciel. Des astres chevelus contournaient le soleil, en laissant derrière eux une traînée de lumière. Des animaux de forme étrange, évadés des arcanes de la forêt celtique, répandaient l'épouvante chez les gens de la glèbe. Des monstres étaient sortis des antres de la mer, pourvus d'ailes géantes, au tissu membraneux, comme les chauve-souris et de queues tortueuses, aux anneaux écailleux, ainsi que des dragons.

Les temps étaient révolus. On tirait de l'oubli d'anciennes prophéties que des moines inspirés, couverts de cendres et frénétiques, propageaient dans les villes, les bourgs et les hameaux. Ils prédisaient le nouvel avènement du Messie. Sa venue marquerait, disaient-ils, la fin d'un monde où la violence, les iniquités et l'orgie prouvaient abondamment le règne de l'Antéchrist. Ce déchaînement des passions allait, comme autrefois dans Sodome et Gomorrhe, attirer sur le globe en folie le feu dévorateur. Alors le Christ apparaîtrait au milieu des nuées et pour tous les humains, de vie antérieure ou récente, il prononcerait la sentence dernière.

Ces sinistres monitions sillonnaient l'Occident comme des traits de feu. Le royaume de France n'en fut point épargné. En Aquitaine, dans les deux Bourgognes et en Gascogne, nombre d'âmes, empreintes de religiosité, y ajoutèrent un grand crédit. Et, pour la chrétienté, dans l'attente de son millénaire, cette époque de la Grande Peur fut celle aussi du Repentir.

Afin de s'assurer l'impunité d'une vie lourde de débauches et de rapines, les seigneurs se ruinaient en fondations pieuses. Ils peuplaient leurs domaines de chapelles et de prieurés; concouraient à construire de vastes monastères, capables d'héberger les foules pénitentes. Ils instituaient pour les malades, les vieillards, les pélerins, des hospices et des maisons-Dieu. Jamais les abbayes ne furent aussi prospères, les conversions aussi retentissantes, l'Eglise plus puissante. C'était, par tout le royaume, une admirable floraison, une exubérante poussée de colonnes votives, de dômes, de clochers, de flèches, de calvaires, de lanternes des morts et de croix hosannières qui, tendus vers le ciel comme autant de bras suppliants, imploraient du Très Haut le pardon des pécheurs.

Or, en ces temps, ils foisonnaient. Leur race impie avait prospéré comme l'herbe mauvaise dans les terres gâtées. Le soldat-laboureur de Rome avait apporté aux barbares du Nord, dans l'une des poches de sa besace, la civilisation et, dans l'autre, la dépravation des mœurs impériales. Tel en celà que le savant qui, dotant ses semblables de nouveaux moyens de mieux vivre, leur fournit par là-même des instruments de mort.

***

Dans la confusion générale des esprits, qui régnait alors, la Vicomtesse Aldéarde, rentrée à Toars avec Raynold, n'arrivait pas à s'affranchir de l'impression causée par son aventure d'Ayreval.

Elle retourna par crainte et non plus, cette fois, par calcul, aux pratiques religieuses abandonnées par elle depuis le meurtre d'Idraïcus.

Les soins de la religion eurent le pas, dans son existence, sur ceux de l'amour. L'intimité des amants s'en relâcha. Elle retenait ses femmes auprès d'elle et, dans la chambre de retrait, où ils se voyaient d'ordinaire, le Trouvère la rencontrait rarement seule. Lui-même, repris par le remords, se montrait taciturne. En dehors de brefs moments où s'exaspérait leur passion, ils s'éloignait de sa maîtresse.

Il se remit à voyager, par fugues passagères, avec Anick et Hatto.

Leur fils était élevé par Bertrade, la nourrice d'Aldéarde, dans l'une des dépendances du château. On taisait sa véritable naissance.

Hantée par le souvenir de son miraculeux sauvetage, la Vicomtesse conçut le dessein d'édifier une église au lieu même où il s'était produit et de transformer le lit de la fontaine en un pieux sanctuaire.

Mais ce projet de construire un pareil monument, en un terrain constamment inondé, parut hérissé d'obstacles aux maçons qu'elle interrogea. Elle résolut donc de consulter à Poitiers le moine Radfroi, clerc de Saint-Hilaire et l'un des maîtres-bâtisseurs d'églises les plus en renom du Poitou.

⁂

A son arrivée dans cette ville, elle eut beaucoup de mal, avec les soldats de son escorte, à se frayer un passage parmi l'affluence des pélerins, venus de toutes parts aux tombeaux d'Hilaire le Grand et de Madame Radégonde, la sainte des Francs.

La capitale de l'Aquitaine vivait dans une atmosphère de terreur et de contrition perpétuellement entretenue, sous les voûtes sonores de la cathédrale, comme dans les moindres sanctuaires, ainsi qu'aux places et aux carrefours, par les prédications exaltées de clercs déchaînés et d'ermites hirsutes. Chacun, appréhendant la terrible échéance, redoublait de ferveur et de mortifications.

Des troupes de fanatiques des deux sexes et de toutes conditions, où le noble, par humilité, coudoyait le vilain, parcouraient en cortèges les rues de la Cité. Leurs vêtements en lambeaux laissaient voir en partie leurs corps déchirés par les flagellations. La fureur d'ascétisme, les vagues désordonnées de cette foule, ses lamentations, ses appels obsédants à la clémence divine, étaient propres à troubler les têtes les plus solides.

Après avoir été soumise, tout un jour, aux manifestations de ce délire sacré, qui sévissait non seulement dans les églises et les lieux publics mais encore dans les demeures privées et les hostelleries, la Vicomtesse Aldéarde, en proie déjà à l'inquiétude, subit plus que les autres visiteurs les effets de cette contagion du repentir.

Par un retour sur elle-même, elle mesura soudain la forfaiture de l'acte dont elle s'était rendue coupable.

Tout, en effet, dans l'antique métropole où Emma d'Aquitaine avait vécu, honorée et puissante, évoquait à ses yeux le souvenir de la morte. Chaque visage, chaque maison, chaque pierre du chemin devenait pour elle un reproche vivant. Le regard, dissimulé sous le chaperon, du mendiant qui lui tendait la main, dans l'encoignure des portes ou au seuil des temples, la poursuivait d'une importune question :

— Dame étrangère ! semblait-il dire, n'est-ce point en visitant ton domaine que Madame la Régente a péri ?

Le grincement des chars, qui gravissaient les pentes, les cris des valets d'attelages, les piailleries des marmots, les aboiements des chiens et même le martèlement des pavés de la rue par les sabots de sa haquenée, tous les bruits de la ville, sonnant à son oreille, portaient en eux la même et redoutable demande :

— Aldéarde ! Qu'as-tu fait de la Duchesse Emma ?

Les porches profonds du palais ducal où elle n'osait plus pénétrer, les colonnades des basiliques, leurs arceaux, leurs tourelles, le peuple des statues, des bas-reliefs et des images sculptées sur le pourtour des archivoltes; la flore et la faune romane, toute cette production chimérique, hallucinante, fantastique et innombrable, tirée de la pierre blanche des carrières pictones et qui s'étageait d'arcades en arcades, de roses en médailles, de l'assise des temples au sommet des frontons; tous ces blocs entassés, orgueilleusement décorés, les tours, les dômes, les clochers se dressaient, sur son passage, comme pour lui crier :

— Vassale félonne ! demande à Dieu pardon du meurtre de ta suzeraine !

***

A la longue, elle n'y tint plus. Le spectacle de tant de gens qui n'allaient, ne venaient, n'agissaient, ne pensaient que mus par les élans de la pénitence; la muette accusation proférée contre elle par toute une ville qui, sans la nommer, l'accablait, la désignait comme la coupable, la condamnait à l'expiation, triomphèrent de sa libre décision. Oubliant le but de son voyage et poussée par une force invincible, qui émanait des êtres et des choses, elle se trouva, au soir de cette journée, hors des murs de Poitiers. Elle avait pris la route de Vauclair et se rendait au couvent illustré par Maxence. Sur le point de sombrer dans un affreux désespoir, elle allait se jeter aux pieds du Fièrabras, afin d'obtenir par lui l'absolution de son crime.

Le monastère, bloc rectangulaire de pierre grise, tourelé et crénelé comme un château, occupait le fond d'une cuvette que formait la vallée de la Sayvre entre les monts de la Gâtine.

Une brume épaisse, qui montait de la rivière dans le décor d'un couchant nuageux, suspendait ainsi que des bannières ses vapeurs violettes à la cime des tours.

Aldéarde descendit, pendant près d'une lieue, la route, déclinant par les pentes, qui conduisait jusqu'à l'entrée des cloîtres.

Elle fit prévenir l'Abbé. Celui-ci peu après se montra. C'était un vieillard cassé par l'âge.

— Je suis Aldéarde d'Aunay, vénérable père, dit-elle, veuve d'Arbert de Toars. Je me rends auprès de Guilhem d'Aquitaine, religieux en ce couvent.

— Tu n'ignores point, dame très sage, répondit Bernard, que la règle de nos maisons en interdit l'entrée aux personnes de ton sexe.

— Je ne l'ignore point, vénérable père, répliqua la visiteuse. Mais c'est au prêtre Guilhem qu'en ces jours de grand repentir j'ai affaire. Et lui seul peut m'entendre.

— Puisqu'il s'agit, ma fille, du sacrement de la pénitence, dit l'Abbé, suis-moi jusqu'à l'oratoire où nous recevons, chaque samedi, la confession de nos fidèles.

Il la précéda dans une allée, sablée et bordée de grands arbres, qui traversait les jardins de l'abbaye. Puis il la fit entrer dans une petite chapelle, située au bord de la Sayvre et où l'on avait accès également par l'extérieur du monastère.

L'invitant à se mettre à genoux sur un banc de pierre, il lui dit :

— Prie pour la rémission de tes fautes, en attendant l'arrivée de notre Frère Guilhem et confie-toi, ma fille, sans détours, au Bon Dieu.

***

Elle se couvrit la tête de son voile de veuve et s'inclina devant le tabernacle, mais elle n'eut pas à réciter une longue prière car elle perçut bientôt sur les gravillons de l'allée le pas du Fièrabras.

Lorsqu'il fut à ses côtés, elle tourna vers lui son visage voilé et, dans la pénombre de la chapelle, elle le reconnut surtout à sa haute stature.

La vie monastique avait modifié l'aspect de son ancien amant. En creusant ses traits, elle les avait empreints de gravité. Sa barbe, devenue blanche, lui donnait la majesté d'un vieillard.

— Qu'est-il donc survenu dans ton existence, Aldéarde, pour t'engager à troubler ma retraite ? dit-il.

Elle releva son voile. Il vit ses yeux noyés de larmes.

— C'est la plus douloureuse des pécheresses, Guilhem, qui, dans sa détresse, réclame ton secours.

— Je suis là pour recevoir l'aveu des péchés, répondit le prêtre, en s'asseyant auprès d'elle. C'est du Tout-Puissant que tu obtiendras le secours, si ta repentance est sincère du mal que tu as commis.

— Pardonne-moi, Guilhem, fit en sanglotant la Vicomtesse.

— Dieu seul est notre juge, dit le prêtre.

— Devant lui, Guilhem, je ne suis, hélas ! qu'une pauvresse, reprit Aldéarde, chez qui la peur de l'au-delà avait tué la fierté. Mais, tu peux en son nom m'accorder le repos.

L'ex-Duc considéra un moment la femme qu'il avait aimée et qui, si obstinément, si tragiquement même, s'attachait à sa vie.

— Ainsi donc, dit-il, ayant assouvi ta haine inexpiable et rendu mon Fils orphelin — car je n'ai jamais cru à cette histoire de routiers, imaginée par ton Trouvère et que tu fis répandre touchant la mort de la Duchesse — ainsi donc, Aldéarde, c'est moi que tu choisis pour t'absoudre et pour t'acquérir, au nom d'un Dieu clément, la paix du cœur, que si longtemps, moi-même, après t'avoir connue, je n'ai plus possédée.

— Aie pitié, Guilhem ! Et pardonne les excès coupables du grand amour que j'eus pour toi.

— Notre amour, malheureuse ! répliqua vivement le religieux, comment oses-tu, au pied de cet autel et au mépris de la divine Majesté, invoquer pour excuse ce qui fut notre honte et qui demain, peut-être, au jugement suprême, causera notre confusion ? Ah ! confesse plutôt que l'orgueil, ce péché de Satan, fut chez toi le véritable guide et que son génie malfaisant, contre ma pitoyable épouse inspirant ta vengeance, arma seul ton bras homicide !

— Oh ! pour me laver de ce sang répandu, gémit-elle, en se tordant les bras, que dois-je faire, Guilhem ?

— T'humilier, souffrir et servir, répondit le prêtre.

— Faut-il qu'en ce lieu, je sois la dernière des serves ? demanda la pécheresse. Ordonne ! J'obéirai ! Dieu veut-il, Guilhem, que de ce qui fut autrefois ma parure, j'essuie, jusqu'à l'user, la pierre du tabernacle ?

Et, prosternée sur les dalles sacrées, elle répandait, en signe d'offrande et de soumission, les flots de sa magnifique chevelure. Jamais la lampe de ce pieux sanctuaire n'avait éclairé un aussi profane décor. Devant l'éblouissante merveille qui, jadis, avait causé sa perdition, le guerrier, devenu moine, ne put retenir un mouvement de dégoût. Emporté, dans son trouble, par une colère hors de raison, il la prit par la brune crinière et la releva rudement.

— Non, vraiment, cria-t-il, monstre de séduction !... Cette expiation là deviendrait trop facile, s'il te suffisait d'accomplir, dans la douceur du cloître, des besognes serviles ou d'y tenter Dieu même, en déployant tes charmes.

— Alors, Guilhem, fit la suppliante créature, ordonne ma punition et, si dure qu'elle soit, j'obéirai, te dis-je !

Le géant, plus grand encore sous sa longue cuculle, réfléchissait.

— Dois-je pèleriner, reprit-elle, le bourdon à la main et revêtue de bure, ne vivre que d'aumônes mendiées sur les chemins et m'en aller, pleurant, crier miséricorde aux tombeaux des martyrs, des vierges et des saints ?

— Non ! car ce serait là faire une œuvre stérile !

Enfin il décida.

— Retourne en ta demeure, simplement, lui dit-il. Prends sous l'habit de veuve un cilice de chanvre et, retranchée du siècle, fuyant l'agitation des vanités humaines, consacre à servir Dieu les redevances et les profits, tailles, dîmes, péages, champarts et bénéfices que te laisse, par an, ton immense fortune...

Elle redressa le front.

— J'étais venue, dit-elle, engager à Poitiers un maître-bâtisseur pour construire une église en mon fief d'Ayreval où j'ai reçu du ciel une insigne faveur.

Elle lui fit alors le récit de son aventure et du miracle de la vache rousse.

Quand elle eut terminé, Guilhem déclara :

— Bénis cet avertissement, Aldéarde, et vois dans la génisse miraculeuse l'intervention de Celui qui ne désire pas la mort impénitente du pécheur. Construis donc cette église. Qu'elle s'élève au-dessus des coteaux d'Ayreval et soit la basilique d'une abbaye prospère ! Le Christ, dont le monde espère, en tremblant, le retour, n'aura pas trop de temples sur la terre pour y loger dans toute sa gloire. Va ! ma sœur, ton âme ardente et repentie ne saurait se satisfaire d'oraisons ni de larmes. Entreprends et besogne pour la cause de Dieu. Plus ton œuvre sera grande, plus elle te vaudra, là-haut, de lui voir ratifier le pardon qu'humble ministre de son culte, je vais t'accorder ici-bas.

Elle s'agenouilla de nouveau et Guilhem prononça sur sa tête les paroles de l'absolution.

Puis, il l'accompagna jusqu'à la sortie qui donnait sur le val. Son escorte, envoyée par Bernard, l'y attendait.

L'Église

Un mois après cette visite, trois religieux, à dos de mules, arrivèrent à Ayreval. Parmi eux se trouvaient Radfroi, le « maître d'œuvre ». Il avait pris en cours de route deux moines de l'abbaye d'Ension : Ingelbert et Gérald. Lui-même avait été l'élève de l'illustre maison, qui, durant plus d'un siècle, pourvut d'architectes, d'ornemanistes et de sculpteurs, les bâtisseurs d'églises dans le Haut-Poitou.

Le projet d'Aldéarde était grandiose. Il lui fallait, par suite, de nombreux ouvriers.

Elle préleva dans son douaire et réclama de ses vassaux quinze cents serfs et leurs familles. Les bûcherons se présentèrent par compagnies et par lieux de forêts, avec la hache franque ou la cognée sur l'épaule. Puis ce furent les serfs-carriers, armés de pics, les tailleurs de pierre, ceinturés de rouge, les maçons, les mortelliers, les charpentiers aux larges braies.

Pour constituer les équipages, elle prit aux élevages de ses domaines : deux mille chevaux, cinq cents bœufs, autant de mulets de bât. En outre, elle recruta, dans les manses mirebalais, un troupeau d'ânes gris, pour les petits transports à dos ou en charretons.

On installa le campement des gens, les écuries et le parc des chars sur les hauteurs du sud; à l'opposé de la villa et de son vicus.

Les marchands affluèrent. Ils disposèrent leurs étalages en plein air, d'abord, puis sous des abris de planches. Il y eut bientôt des auberges, des boulangeries, des échoppes, des cabarets et des tripots. Deux matrones tinrent boutique à l'écart. Sur la place du marché, où se débitaient les légumes, un meige ouvrit son officine. A l'auvent d'une baraque proche un barbier suspendit son enseigne. Une ville entière naquit près des chantiers de la Basilique que Madame de Toars faisait édifier en Ayreval. Or cette ville cléricale demeura. Longtemps même elle prospéra. Car, en ces âges de foi ardente, une église était en perpétuel devenir. Elle grandissait, s'exhaussait, se ramifiait en chapelles, cloîtres, autels et prieurés, en même temps qu'augmentait le nombre de ses clercs, des fidèles et des pélerins. Et, pour se maintenir, la vie spirituelle, dont elle était le centre, exigeait, dans son entourage, un égal accroissement de la vie temporelle.

⁂

— Le plan de Radfroi comportait à sa base l'obligation d'endiguer les eaux de la source miraculeuse du côté du levant, de manière à isoler, avant de la combler, la partie du marécage où l'on se proposait de construire.

Usant, comme César, de la richesse forestière de la terre gauloise et s'inspirant de ses méthodes, il décida que cette digue serait faite en bois.

Sur la rive gauche du Toué s'étendait la forêt profonde comme l'Océan, qu'elle rejoignait. On l'exploita en amont. Sous la hache des nains, acharnés à leur perte, les géants de la sylve qui pensaient, d'âge en âge, pouvoir atteindre les nuées, retombèrent sur l'humus natal en de sinistres craquements. La rivière charriait leurs fûts découronnés jusqu'au port de halage. Et là, tirés de l'eau par chevaux et par bœufs, ils parvenaient dans les chantiers avec un tel renfort de cris et de jurons qu'à l'approche du val on aurait pu se croire aux abords d'une bourgade en émeute.

L'architecte plaça son barrage à six toises de l'œil de la source. Il s'agissait, en somme, de ficher côte à côte et de fixer debout, au fond du marécage, les troncs d'arbres taillés en pointe.

Il réalisa l'entreprise à l'aide d'une machine de son invention. C'était un pont roulant d'une seule arche qui, enjambant le bassin, s'appuyait à chaque rive sur un chariot. On le déplaçait aisément. Des hommes s'y tenaient, qui, par groupes de dix, manœuvrant des béliers, enfonçaient les pieux gigantesques. Le tablier, suspendu par des cordes, descendait avec les travailleurs au fur et à mesure de l'avancement du pilotage. On le remontait ensuite pour un nouvel alignement.

Dix rangs de pieux furent accolés dans cet ouvrage où l'on engloutit deux mille arbres. Mais jamais, depuis, la digue ne bougea. Les eaux calcaires de la fontaine, en pétrifiant les bois, en assurèrent la pérennité.

Après que la forêt eut fourni cet apport aux fondations de la Basilique, les coteaux d'Ayreval, dont le pic et la pioche révélaient la richesse, ajoutèrent le leur.

Il fallait maintenant combler le marécage. Travail herculéen ! Radfroi de nouveau justifia son renom.

Il fit, en premier lieu, raser à fleur d'eau la végétation et rendit la face du lac aussi glabre que celle d'un diacre. Le vallon était entouré de rochers. On abattit les têtes en surplomb de manière à dresser, sur les bords du bassin, un glacis de vingt mètres de haut. Au-dessus se trouvaient les carrières dont on avait extrait des blocs de pierre par milliers. Lorsque les carriers eurent amené ces roches au départ de la pente, ce fut, à l'heure dite, un formidable éboulement dont le bruit, comparable à celui du tonnerre, fit trembler d'épouvante toute une lieue de pays. Les masses, roulant en avalanche, culbutèrent dans les flots bourbeux qui, chassés de leur lit et franchissant la digue, envahirent les chènevières, les vergers et les courtils. L'inondation grossit le Toué et, plus rapide qu'un torrent, elle s'en alla jusqu'à la Loire, emportant tout sur son passage, les maisons riveraines, écluses et moulins. Elle couvrit de ses vagues jaunâtres les prés fleuris de la vallée où d'innocents pastours bien loin de soupçonner, par un ciel sans nuages, une trombe pareille, se noyèrent avec leurs troupeaux.

Les remarquables travaux entrepris par la Vicomtesse Aldéarde connurent de ce fait un grand retentissement et le génie constructif du clerc Radfroi fut universellement loué.

***

Quand il eut assis, par le bois et la pierre, le sol de

sa construction sur le granit primitif, Radfroi, ayant terminé le gros œuvre, en nivela les matériaux. Puis, sur ce plan solide, uni et sans fissures, les maçons se mirent à bâtir sous la direction du moine architecte Gérald.

On dressa les murs. On réserva les ouvertures. Et, par groupes successifs de quatre, en respectant la règle du « nombre d'or », on monta les piliers de la nef et des bas-côtés.

Ingelbert fut chargé de l'ornementation et des sculptures.

Chaque jour, la route d'Ension à Ayreval était parcourue par des files de petits ânes et de mulets, portant des ornements sculptés. On voyait sur leurs bâts des chapiteaux, des corniches, des frises, des feuillages et des fleurs rustiques avec des animaux bizarres, des angelots et des diablotins. Ces images de pierre, ciselées par les moines de l'abbaye, étaient destinées à l'embellissement des arcades et des colonnes.

Les années passèrent. L'église s'élevait toute blanche, nette et pure comme une prière. A mesure qu'elle s'élançait vers Dieu, Aldéarde sentait s'alléger le poids de son forfait.

Quand on eut achevé la nef et les collatéraux, on mit en chantier le narthex et la façade. Ingelbert à les décorer employa tout son art.

Devant un Porche

Auprès de la nouvelle église, le fils d'Aldéarde et de Raynold jouait sous les yeux de Bertrade, la nourrice de sa mère. Hildegard avait alors quatre ans.

Son passe-temps favori était de faire naviguer, sur les ruisselets du rivage, des brins d'herbe, des feuilles de saule ou des tiges de jonc. Il creusait des rigoles dans le sol marneux à l'aide des outils en bois d'aulne que fabriquait pour lui le jardinier de la villa. Il créait des îlots, de petits lacs et des golfes. Puis, quand il était las de barboter dans l'eau, il se plaisait avec les mortelliers, qui tamisaient du sable fin pour servir d'assise aux dalles du parvis. Souvent aussi, il demeurait à regarder, durant des heures entières, le moine Ingelbert qui, dans l'arcade gauche de la façade, sculptait un superbe animal de grandeur naturelle.

Le maître de pierre taillait dans un bloc de dur calcaire. Et l'on se demandait quelle œuvre grandiose allait naître de son ciseau.

A l'entrée de nombreux sanctuaires, en cette époque pré-romane, on représentait Constantin foulant aux pieds de son cheval l'arianisme infâme. Sous les traits du victorieux apparaissaient parfois ceux du fondateur de l'église. Or, Madame de Toars voulait que cette statue équestre rappela également son miraculeux sauvetage. Et, là pour Ingelbert résidait le problème.

On ne voyait point, pour l'heure, sur l'échine et les flancs de la bête robuste, se dessiner la cuirasse ou la toge d'un empereur romain, mais plutôt les plis d'une robe et la taille élancée d'une dame, se tenant à ses cornes. Car l'animal avait des cornes autant qu'une vache normande mais il ne montrait de mamelles pas plus qu'un étalon.

Ce n'était, à vrai dire, dans la collection féérique de l'imagerie moyenâgeuse, qu'une création fantaisiste de plus et les cornes, après tout, symbole de puissance dans le pandémonium antique, décoraient aussi bien les hommes et les dieux que les bêtes ou le diable. C'est pourquoi nous ne déciderons point de savoir si le quadrupède de pierre, sculpté avec amour par le moine Ingelbert et dont les siècles n'ont laissé qu'une croupe anonyme, fut un cheval ou bien une vache.

Tandis qu'Hildegard passait ainsi joyeusement ses journées sur la place de l'église, il arrivait que la vieille Bertrade, lâchant inconsciemment son rouet, s'endormait au bruit monotone des coups de ciseau du faiseur de statues. Elle ne se réveillait parfois qu'à l'heure de rentrer à la villa avec le jeune garçon. Mais, pendant ce temps, que devenait son père ?

Raynold avait appris le voyage d'Aldéarde à Poitiers et sa visite à l'abbaye de Vauclair. Il savait son esprit occupé désormais de pénitence, des soins d'une église à bâtir et qu'elle employait ses loisirs à combiner avec Radfroi les plans d'une abbaye afin d'y loger les chanoines attachés à la Basilique. Tout celà lui interdisait un retour auprès d'elle que, d'ailleurs, il ne souhaitait plus.

Par contre, l'idée que son fils allait vivre auprès d'une mère indifférente et dans un milieu où il serait fatalement importun, lui était pénible.

***

Un jour que le bambin puisait de l'eau à la fontaine pour remplir un trou qu'il venait de creuser, il vit surgir à ses côtés un quidam à la mine joviale et d'étonnant plumage.

Les chausses rouges... et tuniqué de vert comme une sauterelle, portant à son bonnet de laine un long flot de rubans, lui tombant sur l'épaule, comme un ménestrier, une double flûte et un sac de toile pendant à sa ceinture, tel s'annonçait ce sire bizarre, à la perruque noire et de teint olivâtre.

— Je viens jouer avec toi, petit, dit l'inconnu.

Hildegard, nu-pieds dans l'herbe et serrant contre son bliaud un vase plein d'eau, le regarda surpris.

— Veux-tu, reprit cet amuseur, voir marcher un moulin.

— Oui, répondit l'enfant.

Le jongleur, car c'en était un, sortit alors de son sac une rondelle de cuir sur laquelle étaient fixées des ailettes. Elle était traversée par une tige de fer qu'il posa, sur deux supports de coudrier, au-dessus du ruisseau. La roue, entraînée par le courant, se mit à tourner à toute vitesse.

Hildegard, émerveillé, rit aux éclats de l'invention de son nouvel ami.

Au reste, le sac du baladin était inépuisable. Il en tira des moines barbus, des chevaliers casqués, de nobles dames aux manteaux lamés d'or et d'argent, des chambrières et des valets, des laboureurs et des bouviers, tout un peuple en miniature, façonné dans du bois tendre, avec une jolie métairie, une pastourelle et son troupeau qu'il installa sur la pelouse.

L'enfant admirait, tour à tour, de blancs moutons, de noirs taureaux, des grisons têtus, des biques aux longs poils ainsi qu'une famille emplumée de cygnes, de canards et d'oisons qui voguèrent sur l'aigue vive.

Bertrade intéressée vint, elle aussi, suivre le jeu et s'en égaya tout autant qu'Hildegard.

— Bonne femme ! A qui donc est ce chérubin ? demanda le jongleur, en contrefaisant sa voix.

Il n'était autre, en effet, qu'Anick, le harpeur breton, qui, pour n'être pas reconnu, de blond était devenu brun et avait troqué sa harpe contre une flûte.

— C'est le petit gars de ma pauvre dernière ! fit-elle en larmoyant.

— Serait-il orphelin ? s'apitoya le jongleur.

— Hélas ! en venant au monde, il a coûté la vie à sa mère, répondit Bertrade.

La vieille mentait doublement. Car depuis l'accident de jeunesse, qui, l'ayant rendue mère d'un futur écuyer de la maison d'Aunay, l'y fit entrer elle-même comme nourrice, elle n'avait jamais eu d'autre rejeton.

— Ne désires-tu point, bonne femme, dit alors gravement l'inconnu, qu'un bel avenir lui soit assuré ?

— Et comment celà serait-il, mon bon ami ?

— Confie-le moi ! Sa fortune est certaine.

— Dame non ! répartit Bertrade. Veux-tu donc en faire un jongleur comme toi ?

— Je connais un ménage de riches châtelains, répondit le breton, qui, dépourvu de descendance, cherche pour l'adopter un enfant orphelin.

Puis, employant, sans plus de discours, un argument qu'il pensait décisif, il fit tinter aux oreilles de la vieille une bourse garnie de solidi d'argent.

— Vilain tentateur ! s'écria-t-elle, pour tout l'or du monde, je ne veux me séparer de mon fieux !

Anick n'insista pas et continua de jouer avec son petit compagnon une partie de la vesprée. Cependant Bertrade le considérait avec méfiance et, cette fois, ne s'endormit point.

*
**

Une semaine s'écoula sans ramener le baladin. Hildegard avait repris ses jeux solitaires, mais il chérissait plus que les autres les jouets que son ami de passage lui avait donnés.

Or, une après-midi que Bertrade, oubliant toute prudence, s'était abandonnée à sa sieste coutumière, elle ne retrouva plus, à son réveil, le fils d'Aldéarde.

La vieille serve, après l'avoir vainement réclamé à tous les échos du rivage, courut, affolée, annoncer à sa maîtresse la disparition de l'enfant. A cette nouvelle, la Vicomtesse, chez qui le sentiment maternel se réveilla soudain, entra dans une colère terrible.

Elle menaça la malheureuse nourrice des pires châtiments et lança à la poursuite du ravisseur tous ses écuyers disponibles.

Pendant qu'ils parcouraient le pays, elle se rendit elle-même sur les lieux du rapt pour se renseigner. Là, un aide-maçon s'approchant, balourd, lui présenta un morceau de parchemin qu'il venait de découvrir, cloué bien en vue sur un arbre du val.

Elle y lut ces vers, tracés de la main de Raynold et qui, d'après la suscription, lui étaient destinés :

A la dame de ce lieu

Du sort de notre enfantelet
Ne te mets point martel en teste,
Pour t'affranchir de ce péché,
J'emporte, amie, ce qu'il en reste.

Elle relut deux fois le billet, le cœur déjà moins oppressé à la pensée de savoir Hildegard dans les bras de son père.

Comme elle était sur le point de convoler en secondes noces, pour des raisons de convenance, avec Arnaud Manzer, Comte d'Angoulême, seigneur vénérable et de mœurs rigides, elle songea que la présence chez elle de cet enfant pourrait, à la longue, provoquer un scandale. Il valait mieux sans doute qu'il en fut autrement. Et elle ordonna d'arrêter la poursuite.

Plus tard elle fit remettre au Trouvère une somme importante afin que leur fils, lorsqu'il serait en âge, put tenir honorablement sa maison.

⁂

Hildegard de Saine Fontaine engendra-t-il une lignée ?...

Nous nous sommes posé la question et voici ce qui porterait à le croire.

Cent ans après les événements que nous venons de rapporter, lorsqu'il fallut rétablir la règle, parmi les chanoines émancipés d'Ayreval, l'évêque Pierre II de Poitiers, fit appel à un religieux de l'abbaye de Lesterps, nommé Pierre de Saine Fontaine. Fut-ce une simple coïncidence ou le prélat choisit-il à dessein l'un des descendants présumés d'Aldéarde ?...

Nous laisserons à d'autres la tâche d'éclaircir ce point obscur de l'histoire Ayrevalaise et nous reviendrons, pour clore ce récit, à la cité monastique que, selon la pénitence imposée par Guilhem, Aldéarde devait passer le reste de ses jours à fonder.

La Basilique grandit. Exhaussant, plus tard, par dessus la vallée, la flèche de sa tour, elle tendit une croix rédemptrice aux derniers idolâtres de la plaine. Une riche abbaye l'entoura de ses cloîtres. Enfin, la ville, née des chantiers, adaptant ses maisons de planches aux bosses et aux creux des coteaux, s'y fixa définitivement.

Quand elle mourut la fondatrice eut son tombeau dans l'église : « Au piés du grand autel, costé de l'évangile », selon le témoignage des religieux d'avant l'année 93, qui chassa, comme on sait, des cloîtres les vivants et les morts de leurs sépultures.

Sa tombe était de pierre blanche, représentant son effigie, ajoute la chronique de l'abbaye. On eut aimé d'y voir aussi gravée cette épitaphe :

« C'est ici que repose dans la paix du Seigneur,
« Aldéarde d'Aunay, Vicomtesse de Toars, Comtesse
« d'Angoulême, dame de Thallemont, d'Ayreval, de
« Mauléon et de moult autres lieux... Elle fut de rang
« illustre comme de grande beauté. Sa légende, en dépit
« de violences coupables dues à l'amoureuse passion,
« illumina de charme, d'aventures épiques et d'un ra-
« yon de poésie, les temps revêches et sombres du mo-
« yen-âge où elle vécut. »

FIN

Achevé d'imprimer
sur les presses de
l'Imprimerie Graphique de l'Ouest
Le Poiré-sur-Vie (Vendée)
N° d'imprimeur : 8046
Dépôt légal : Mai 1988